［美］A.J. 费恩————著 于是————译

The Woman

in the

Window

窗里的女人

湖南文艺出版社
HUNAN LITERATURE AND ART PUBLISHING HOUSE

博集天卷
CS-BOOKY

献给乔治

我总觉得，

在你内心深处，

有一些无人知晓的事情。

——《辣手摧花》（1943）

起散落的纸张。

包工头出现在门口，一只手塞在口袋里，另一只手扬了扬。米勒先生也招招手，回了礼。他走上门廊，拿起公文包，两个男人握了握手。他们走进屋去，丽塔跟在后面。

好吧。也许还有下一次。

星期一

10 月 25 日

2

刚才有辆车嗡嗡地开过去，像灵车那样走得很慢，有点肃穆，尾灯在黑暗中闪闪发亮。"新搬来的邻居。"我对女儿说。

"哪一栋？"

"公园另一边的。207。"车已经停在那户门口，暮色中，依稀能看到他们像幽灵般晦暗不清，从后备厢里不断地搬出纸箱。

她的嘴里发出哧溜哧溜的声音。

"你在吃什么？"我问。其实不用问，今晚是中餐之夜；她在吃捞面。

"捞面。"

"和妈咪讲话的时候不要吃东西，别吃了。"

她又哧溜一下，咀嚼起来。"妈——"这是我俩之间的拉锯战；她不想再叫我妈咪，而是用更短促、生硬的叫法，毫不顾及我的意愿。埃德的回应是"随她去吧"，可那时候她明明还叫他"爹地"呢。

"你该过去打个招呼。"奥莉薇亚怂恿我。

"小南瓜，我很乐意去一趟。"我走上楼梯，想去二楼，那儿的视野更好。"哦，到处都有南瓜。家家户户都摆出一只。格雷家有四只呢。"我到了二楼平台，手里拿着酒杯，唇间抿着红酒。"真想帮你挑只大南瓜。跟爹地说，给你弄一只。"我喝一口，吞下，"让他给你搬两只南瓜，一只给你，一只给我。"

"好。"

小卫生间半敞着门，但没开灯，我瞥见自己在镜子中的映象。"你开心吗，宝贝？"

"开心。"

"不孤独吗？"她在纽约从来没有真正意义上的朋友；她太害羞了，太小了。

"不。"

我抬头看向楼梯尽头，黑漆漆的，上面很暗。白天，阳光穿过穹顶天窗照耀下来；夜里，天窗就成了瞪圆的独眼，俯视深邃的阶梯。"你想念庞奇吗？"

"不想。"她和猫也相处得不好。有一年圣诞节清晨，公猫庞奇抓伤了她，两只前爪飞快扫过她的手腕，留下纵横交错的四道抓痕；皮肤上渗出鲜红的血珠，像是红色的井字棋盘；埃德差点把猫扔出窗口。现在，我四下环顾，发现猫蜷在书房沙发上，望着我。

"小南瓜，让我和爹地讲话。"我又上了一段楼梯，走廊上的长条形地垫硌得我脚底板疼。藤编的。我们当时怎么想的啊？它太容易脏了。

"嘿，女汉子。"他跟我打招呼，"有新邻居？"

"是的。"

"那儿不是刚搬来一户吗？"

"那是两个月前的事了。212。他们姓米勒。"我以脚跟为圆心，转身下楼梯。

"现在搬来的又是哪家？"

"207。在公园的另一边。"

"街坊邻居一直在变。"

我下了一层，在平台上转弯。"他们带过来的东西不算多。只有一辆车。"

"新邻居大概很快会来打招呼。"

"应该是吧。"

沉默。我抿了一口酒。

现在，我又回到起居室了，站在壁炉边，火光聚集在这里，墙角的阴影却显得很深重。"我说……"埃德开口了。

"他们有个儿子。"

"什么？"

"有个儿子。"我重复一遍，把额头抵在冰凉的玻璃窗上。哈莱姆区的这片街区还没有普及钠灯，照亮街道的只有柠檬角形状的月亮，但我可以辨认出远处的人影：一个男人，一个女人，一个高个子男孩，来回走动着，把箱子搬到前门口。"十几岁。"我补充了一句。

"别激动，老女人。"

我抢在自己管住嘴巴之前，让这句话脱口而出："好希望你们在这里。"连我都感到措手不及。埃德也没想到，我听得出来。短暂的冷场。

接着，他说："你还需要一段时间。"

我没出声。

"医生都说了，太多的联系不利于康复。"

"我就是那个医生。"

"你只是其中之一。"

身后传来柴火裂开的噼啪声——壁炉里亮出一星火花。炉火稳定下来，在壁炉栏里温柔地燃烧。

"你为什么不邀请那些新邻居来家里做客呢？"他问道。

我一饮而尽。"今晚就这样吧。"

"安娜。"

"埃德。"

我几乎能听到他的呼吸声。"很遗憾，我们不在你身边。"

我几乎能听到自己的心跳声："我也很遗憾。"

庞奇刚才跟着我下楼了。我一把抱起它，走回厨房，把电话放在厨台上。睡前再来一杯。

抓着酒瓶，我转身面向窗户，正对着人行道上如幽灵般游荡的三个影子，嘴对瓶口，仰脖自灌。

星期二

10 月 26 日

3

去年此时，我们打算把这栋房子卖了，甚至约了房产经纪人；明年九月，奥莉薇亚可以去市中心的学校上课，埃德已在伦诺克斯山为我俩找到了极好的工作。"会很好玩的，"他信誓旦旦地说，"我会装一个坐浴盆，只给你用。"我在他肩头捶了一拳。

"坐浴盆是什么东西？"奥莉薇亚问。

但后来他走了，也带走了她。所以，昨晚我心痛如绞，回想起那个胎死腹中的卖房广告：满怀挚爱重新翻修！十九世纪哈莱姆黄金地段地标建筑！无与伦比的家庭别墅！我觉得"地标"和"黄金地段"这两个用语有待商榷。"哈莱姆"当然是准确无误的，"十九世纪（1884年）"也是。"满怀挚爱重新翻修"，我可以拍着胸脯保证属实，装修费还很贵呢。"无与伦比的家庭别墅"也是实话。

我的地产及附属空间如下：

地下室：我们的房产经纪人称之为"低层复式套间"。街面以下，独立门户，面积等同于公寓整个底层；内设厨房、浴室、卧室、小办公室。那是埃德八年来的工作空间——设计蓝图被他铺在桌上，合同和各种文件被他钉在墙上。目前已外租。

花园：其实应该说是庭院，可以直接从一楼进出。灰岩地砖铺就；摆了一对没人用的阿迪朗达克实木花园椅；靠外面的角落里种着一棵无精打采的小白蜡树，像个没朋友的青少年，孤零零地彳亍难行。我常常想去抱抱它。

一楼：如果你是英国人，那就该说"底层"；如果你是法国人，那会说"premier étage"。（我既不是英国人也不是法国人，但我实习期曾在牛津住过一段日子——恰好就住在"低层复式套间"，还在今年七月开始了线上法语自学。）厨房——开放式，"雅致型"（还是房产经纪人说的），后门直通花园，边门通向公园。白桦木地板，现在有一块块红葡萄酒留下的污迹。走廊里有一个小卫生间——我称它为红房间。根据本杰明摩尔涂料公司的目录，那种红叫"番茄红"。起居室里有沙发和咖啡桌，铺着长毛绒波斯地毯，踩上去依然感觉很舒服。

二楼：埃德的书房（书架上满登登的，有的书脊有裂痕，书封上色尘斑驳，所有的书像一口好牙那样排得整整齐齐）和我的书房（空旷又通风，宜家书桌上摆着苹果笔记本电脑——我的国际象棋鏖战之地）。也有一个卫生间，刷成了名为"天堂狂喜"的蓝色，对一间只有马桶的小房间来说，这种蓝色野心不小。还有一个很深的多用途储物间，也许可以把它改造成暗房，万一我舍弃数码相机，再用胶片呢？我对数码相机越来越无感了。

三楼：主卧和浴室。这一年，我把很多时间耗在了床上；床垫是那种有益睡眠的智能床垫，两边可单独调节。埃德把他那边设置在柔软挡，软得能让人陷下去；我这边设置在坚硬挡。"你躺在砖头上睡觉啊！"有一次他这么说，并漫不经心地竖起手指，好像在床单上弹钢琴。

"你睡在云朵里。"我对他说。他就给了我一个缓慢悠长的吻。

他们走后，在黑暗又空虚的几个月里，这么大的床简直像是给自己的大奖，我会在床上慢慢地滚，像翻卷的海浪一样，从一边滚到另一边，把被子缠在身上，再摊开。

三楼还有客房和双人套房。

四楼：很久以前的用人房，现在是奥莉薇亚的卧室。此外还有一间备用的空房。夜里，我有时会像鬼魂一样潜入她的房间。白天，我时常站在门口，望着阳光里慢慢飘浮的尘埃。有时，我也会一连几星期根本不上四楼，就像皮肤上落了雨水的感觉，这层楼也慢慢融化成记忆。

　　无所谓了。明天再和他们聊一次吧。眼下，没看到谁穿过公园。

星期三

10 月 27 日

4

高挑的少年从 207 号的前门跑了出来，活脱脱像闸门放开时冲进跑道的赛马。他飞快地跑过我家的窗前，向马路东边跑去。我没能看清楚——昨晚看《漩涡之外》看到后半夜，醒得又早，我正犹豫着要不要先来杯红酒漱漱口，却只见一片金发掠过，一侧肩膀挂着双肩包，眨眼间就没影了。

我大口吞下一杯酒，踩着棉花般上了楼，走到书桌边，抓起尼康。

我能看到那位父亲在 207 号的厨房里，身材魁梧，肩很宽，身后的电视机屏幕照出他的身影。我将取景框凑近眼睛，放大：《今日新闻》。我心想，我可以下楼去，打开我的电视，和邻居一起看新闻；也可以待在这儿，透过镜头，在他家的电视机上看新闻。

我决定就这么办。

正面全景我已经看了很久了，好在谷歌能提供多角度的街景视图：刷成白色的石墙有点学院派的味道，楼顶有凉亭式的露台。当然，从我家只能看到那栋房子的一侧。从朝东的窗户看去，我可以清楚地看到他家的厨房、二楼的小客厅和三楼的一间卧室。

搬家公司的人是昨天来的，把沙发、电视机和一组古董大衣橱搬了进去。男主人负责指挥工人们搬运物品。从他们搬来的那晚，我就没见过他妻子。挺想知道她长什么样。

今天下午听到门铃响时，我已经快把"摇滚棋手"[1]将死了。我慢吞吞地下楼，按下蜂鸣器，打开门厅的门锁，这才看到我的房客站在外面，如同"不修边幅"一词的真人图解。他其实挺帅的，下巴有些长，眼窝很深，又黑又深。格利高里·派克的熬夜版。（不只我这样想。戴维为博红颜一笑，偶尔也这样说，我注意到了这一点。确切地说，是我听到的。）

"我今天晚上要去布鲁克林。"他对我说。

我伸手在乱发里抓了一下："哦。"

"走之前，还需要我打点什么吗？"这话听起来别有用心，像是黑色电影里的台词。你只要嘟起嘴，吹口气。[2]

"谢谢。不用了。"

他微微侧身，又睨了我一眼。"要不要换灯泡？这儿有点暗。"

"我就喜欢阴暗。"我想加上一句，还喜欢阴暗的男人。这是《空前绝后满天飞》里的恶搞台词吗？"祝你……"快乐？开心？性福？"过得愉快。"

他转身走了。

"你知道的吧，你可以从地下室的门直接上来，"我努力搜刮出一点幽默感，对他说道，"我基本上都在家。"我指望他能笑一笑。他已经搬来两个月了，我还从没见他的嘴角上扬。

他点点头，走了。

我关上门。

对着镜子，我仔细打量自己。鱼尾纹辐散延伸。灰黑夹杂的头发垂到肩头；腋窝下杂草丛生。肚腩松松垮垮。大腿上有橘皮堆积。皮肤白得吓人，紫色静脉浮现于四肢。

橘皮，脂肪，体毛，皱纹。我得打扮一下。曾几何时，据某些人说，

---

1. 主人公线上好友的昵称。
2. 语出 1944 年的电影《逃亡》，亨弗莱·鲍嘉和劳伦·白考尔的定情之作，由霍华德·霍克斯导演。

据埃德说，我也挺招人爱的。"我一直以为你是个好女孩。"到最后，他伤心地这么说。

我低头去看瓷砖地上略微弯曲的脚趾——又长又细，算是我最漂亮的部位之一（或者之十？），但现在指甲长了，像小野兽一样。我在医药箱里一通摸索，一瓶又一瓶药像图腾柱一样堆得老高，好半天才把指甲剪从最下面挖了出来。至少，这个问题是我可以解决的。

星期四

10 月 28 日

5

不动产买卖契约已于昨日公布。我的新邻居姓拉塞尔，男主人叫阿里斯泰尔，女主人叫简；他们为这个朴素的新家花了三百四十五万。谷歌还告诉我，他是一家中等规模的商业咨询公司的合伙人，来此之前，他在这家公司的波士顿分部任职。她的信息太难找了——你倒是试试在搜索引擎里输入"简·拉塞尔"的名字啊？

他们选中了一个生机勃勃的社区。

从我家南窗望出去，总共可以看到五户人家，其中之一就是对门的米勒家——如果你搬来这里，就请对他们家放弃一切希望吧。最东面是格雷姐妹家，两栋房子一模一样：窗口的空心木板挑檐一模一样，深绿色的前门也一模一样。我觉得右边那户应该住着格雷姐妹中较孤僻的那一位。再往右就是沃瑟曼家，亨利和利萨是这里的老住户；我们搬进来的时候，沃瑟曼太太就自豪地说他们"已经住了四十多年，还要继续！"她上门（"当面"）告诉我们，她（"和我家亨利"）有多么厌恶"又一个雅皮士部族"搬到这个曾经"当之无愧的生活社区"。

埃德气炸了。奥莉薇亚把她的兔子公仔正式命名为"雅皮"。

自从我们给沃瑟曼夫妇起了绰号，他们就再也没跟我说过话，哪怕现在我已脱离部族，独自生活了。他们对格雷姐妹中不太孤僻的那家人也没有更友好，那家人有一对双胞胎女儿，现在十几岁了；女儿们的父亲是古董家具公司 M&A 的老板之一，母亲热衷于筹办读书俱乐部。本月书目：《无名的裘德》[1]，书名张贴于俱乐部的广告板上，成员们——八个中年妇女——正聚在格雷家的前厅里分享读后感呢。

我也读了，还假想自己坐在那群妇女中间，嚼着配咖啡的甜点（做起来可费事了），喝着红酒（这事我拿手）。"安娜，你觉得裘德怎么样？"克里斯蒂娜·格雷会这样问我，我会这样回答：裘德真的是一文不名。我们就会大笑一番。事实上，她们此刻正在大笑。我想和她们一起笑。我抿了一口酒。

米勒家西边是武田家。丈夫是日本人，妻子是白人，他们的儿子美得不可方物。他会拉大提琴；天气和煦的那几个月里，他会在门窗敞开的门厅里练琴，埃德就会打开我家的门窗作为回应。很久以前的一个六月仲夏夜里，我和埃德曾在巴赫组曲的伴奏声中共舞：对街的男孩拉着大提琴，我俩在厨房里摇摆，我把头枕在他肩头，他的十指紧扣在我背后。

今年夏天，他的琴声一如往常飘向我家，在起居室外彬彬有礼地叩响玻璃窗，好像在说：让我进去。我没打开窗户，没办法敞开——我现在根本不开窗，决不——但我仍能听到琴声低诉，苦苦哀求：让我进去，让我进去！

206-208号是一栋空置的赤砂石双户连体别墅，挡在武田家的隔壁。前年十一月，这栋楼被一家公司买下了，但没人搬进来，很神秘。在将近一年的时间里，别墅的正面被空中花园般的脚手架整个包起来了；但脚手架又在一夜之间全部被撤走——那是埃德和奥莉薇亚离开前几个月的事——从那以后，什么动静都没有了。

以上，就是我的南部帝国及其国民介绍。请注意，这些人都不算我的朋友；他们中的大部分人，我顶多只见过一两次。我猜想，这就是城郊生活吧。这大概会让沃瑟曼夫妇有感而发。我怀疑他们是否知道我现在变成这样了。

---

1. 英国作家托马斯·哈代的最后一部长篇小说，出版于1895年。小说以悲怆的笔调叙述了乡村青年裘德一生的悲剧。

我们家往东有一所废弃的天主教学校，确切地说：圣邓诺学校就斜靠在我家外墙上，我们搬来后，学校就关闭了。奥莉薇亚表现不好的时候，我们常吓唬她说：再不听话就把你送到圣邓诺去。褐色石砖墙因破损而显得斑驳，布满污垢的玻璃窗黑漆漆的。反正它在我印象中就是这副模样；我已经很久很久没看过它了。

正西面就是社区公园——很小，长宽不过两个地块，连通我们这条街和北向街道的小径由砖块铺成。公园入口两侧各有一棵悬铃木，树叶金灿灿的；铸铁小门低低矮矮，围住了左右两侧。用房产经纪人的精辟妙语来说，非常古朴典雅。

再往后，就是公园那边的房屋：207号。罗德夫妇两个月前挂牌出售，迅速清空，飞向南部的维罗海滩安度晚年。阿里斯泰尔和简·拉塞尔搬了进来。

简·拉塞尔！我的理疗师竟然没听说过她。"《绅士爱美人》[1]啊！"我告诉她。

"我可从没遇到过这种好事。"她这么回答我。比娜很年轻，大概就因为年轻吧。

这都是今天早上的事；我还来不及跟她斗几句嘴，她就把我的双腿相交叠起，将我整个人向右侧推压。痛得我气都喘不上来了。"你的腿筋需要拉伸。"她信誓旦旦地安慰我。

"你个贱人。"我喘着粗气。

她把我的膝盖往地板上摁："你付我钱，可不是为了让我给你好日子过的。"

我畏缩了一下。"我可以付你钱让你走吗？"

比娜每周来一次，帮助我痛恨生活，顺便口头更新她的性爱冒险记。我要说的是，其刺激程度和我的性生活不相上下，只不过，比娜太挑剔了。"这些 App 上的男人，有一半都用五年前的照片，"她怨气冲天，瀑布

---

1. 简·拉塞尔（Jane Russell）和玛丽莲·梦露出演了1953年的影片《绅士爱美人》。

般的长发全部拢在一个肩头，"剩下的一半都结婚了。还有另一半呢，他们单身总是有原因的。"

三个一半，但你不会和扭转你脊椎骨的人争辩算术问题。

一个月前，我注册了 Happn[1] 账号，假惺惺地告诉自己："就看看而已。"比娜已经跟我解释过了：Happn 可以根据你和男性用户的共同点帮助你速配成功。可是，万一你和任何人都没有交集呢？万一你在方圆四千英尺的空间里寻寻觅觅直至永远，依然一无所获呢？

我不知道。手机上跳出来的第一个男性用户就是戴维。我立刻把自己的账号删除了。

从第一次远远瞥见简·拉塞尔到现在，已经过去四天了。她显然和原版拉塞尔不是同一款，没有尖耸的豪乳、黄蜂一样的细腰，不过我也没有，两样都没有。我也只见过他们家的儿子一次，在昨天早上。那位丈夫——有着宽厚的肩膀，微蹙的眉头，尖利的鼻峰——倒总在他们家出现：在厨房里打鸡蛋，在客厅里看书，偶尔朝卧室里瞥一眼，好像在找什么人。

---

1. 一款利用定位系统的社交软件，用户可以通过查看信息了解对方的兴趣爱好并开始聊天。

星期五

10 月 29 日

6

今天我上法语课，晚上要看《恶魔》：卑鄙恶劣的丈夫，被叫作"次品"的妻子，情人，一桩杀人案，一具消失的尸体。你可以打败一具消失无踪的尸体吗？

但先要完成日常工作。我吞下药片，趴在桌边，点击鼠标，输入密码。登录阿戈拉网站。

不管什么时候，不管白天黑夜，这里总有人在线，至少几十人。这个网站的用户星星点点遍布全球。有些人我能叫得出名字：旧金山湾区的塔利亚；波士顿的菲尔；那个曼彻斯特的律师有个很不像律师的名字，米茨；玻利维亚的佩德罗，他的英语马马虎虎，比我的洋泾浜法语好不到哪里去。另外一些人就只能看网名了，包括我——在某个灵光一闪的瞬间，我起了"恐旷安娜"这个颇有卖萌嫌疑的名字，后来我跟一个网友坦白，说自己是心理医生，一传十，十传百，所以现在我的名字是"医生在此"。她马上就会为你看诊了。

恐旷症，即广场恐惧症、旷野恐惧症，词根来源于希腊语中的市集"阿戈拉"，作为医学用语，指代一系列焦虑紊乱症状。首个病例出现于十九世纪晚期，过了一个世纪才成为医学领域公认的"独立的诊断结果"，但大部分情况下会被归类为恐慌症的并发症。如果你有兴趣，可以参阅《精神病诊断和统计指南（第五版）》，简称"DSM-5"。这个书名总能把我逗乐；听起来就像一部电影的衍生系列。喜欢"精神病4"？

那你肯定会爱上续集的!

只要涉及诊断,医学读物就会展现出非同寻常的想象力。"恐旷症患者的恐慌症状……包括独自离家在外;在人群或队伍之中;在桥上。"要是能站在桥上,我愿意付出一切。该死的,要是能出去排个队,你要什么我就给你什么。我还喜欢这个:"在剧院座位的正中央。"竟然能想到正中央的座位!

如果你有兴趣看全文,请参阅113页到133页。

我们中的很多人——病情最严重的人往往要克服创伤后遗症导致的焦虑和紊乱——都宅在家里,躲开外面那个混乱、拥挤、喧嚣的世界。有些人害怕汹涌的人群,有些人害怕汹涌的车流。我呢?我怕的是无垠的天际,无尽的地平线,完全暴露于天地之间,一走到户外就无法承受压力。"DSM-5"笼统地称之为"开放空间",这个词会急不可耐地把你引向它的186个脚注。

身为医生,我会这样说:患者一直在寻求能掌控的环境。这是临床诊断。但身为患者(这个词准确无比),我会说恐旷症并没有毁掉我的生活,而是成为了我的生活本身。

进入阿戈拉网站的首页,我扫了一眼留言板,理了理思路。已经三个月没出家门了。卡拉88,我知道你的苦衷,我都快十个月了,还在继续。情绪决定恐旷症症状?早起的鸟同学,这听起来更像是社交恐惧症,或是甲状腺有异样。还是找不到工作。哦,梅根——我了解,深表同情。多亏了埃德,我不需要找工作,但我非常想念我的病人们,很担心他们的安危。

有个新用户给我发来邮件。我把春天时一挥而就的《幸存者手册》发给了她,还留了一句话:"看起来你有恐慌症哦。"——我觉得这样听起来比较轻松,不至于让人太沉重。

Q:我该吃什么?

A:蓝围裙,美餐,生鲜即送……美国有很多美食外卖供你选择!

如果你在其他国家，可以找找类似的外卖业务。

Q：我怎么去拿药？

A：美国所有大药房现在都可以直接配送到家。如果有配送方面的疑问，请让你的医生和当地药房直接联络。

Q：怎样保持房子的整洁？

A：打扫啊！找清洁公司上门服务，或者自己干。

（我没有雇人，也没有自己干。我家真的需要彻底大扫除了。）

Q：垃圾怎么处理？

A：你雇用的清洁工可以帮你扔垃圾，或者安排亲朋好友来帮你。

Q：怎样做才能让自己不觉得无聊？

A：嗯，这确实是个难题……

诸如此类的问答。总体来说，我觉得这份手册写得还不赖。连我都想照着它做。

这时，我的屏幕上跳出一个聊天窗口。

萨莉4号：医生，你好！

我觉得嘴边漾出一丝笑意。萨莉：二十六岁，住在澳大利亚的珀斯，今年复活节的那个周日遭到强暴。一条手臂骨折，双眼和脸部有多处撞伤。警方无法辨认并逮捕强暴她的罪犯。萨莉在家里关了四个月，在世界上最孤单的城市里孤零零地与世隔绝，但现在已有所好转，最近十周她可以走出家门了——如她所说：这对她有好处。心理医生，厌恶疗法[1]，心得安[2]。没什么比β受体阻滞剂更有用了。

---

1. 一种应用惩罚性刺激，通过厌恶性条件反射来消除某些不良行为的方法。
2. 又名普萘洛尔，用于治疗各种心律失常的一种药物。

医生在此：你也好呀！都好吗？

萨莉4号：都好！今天早上去野餐了！！

她一直很喜欢用感叹号，甚至在抑郁时期也照用。

医生在此：怎么样？

萨莉4号：幸存！：）

她也喜欢使用表情符号。

医生在此：你是个幸存者！还在服用心得安吗？

萨莉4号：在吃，我已经减少到80毫克了。

医生在此：每天吃两次？

萨莉4号：就一次！！

医生在此：最小剂量！太棒了！有没有副作用？

萨莉4号：就是眼睛干涩而已。

她挺幸运的。我也在吃心得安（及其他药物），可副作用很明显，经常头痛，痛得我感觉脑袋都快炸裂了。心得安会导致偏头痛、心律失常、气短、抑郁、幻觉、严重的皮肤反应、恶心、腹泻、性欲减退、失眠和嗜睡。"副作用再多一点，这种药就堪称完美了。"埃德曾这么说。

"自燃。"我也提出非凡的见解。

"爆屎。"

"缓慢、拖延的死亡。"

医生在此：有没有复发？

萨莉4号：上星期有过一次挣扎。

萨莉4号：但熬过去了。

萨莉 4 号：用呼吸练习法。

医生在此：老土的纸袋法。

萨莉 4 号：我觉得自己像个白痴，但真的管用。

医生在此：确实管用。干得漂亮！

萨莉 4 号：多谢：）

我抿了一口红酒。又一个聊天窗口跳出来：安德鲁，我在经典电影爱好者网站认识的男性网友。

这周末去安格利卡电影中心看格雷厄姆·格林[1] 系列？

我愣了一下。《堕落的偶像》是我最喜欢的老电影之一：阴郁的管家，充满宿命寓意的纸飞机。我十五年前看过《恐怖内阁》。正是老电影让我和埃德走到了一起。

但我还没向安德鲁解释过自己当下的处境，只能回复一句"没空哦"了事。

我回到萨莉的窗口。

医生在此：你还在看心理医生吗？

萨莉 4 号：是的：）谢谢你。减少到一周一次了。她说进展神速。

萨莉 4 号：吃好药、睡好觉是关键。

医生在此：你睡得好吗？

萨莉 4 号：还是会做噩梦。

萨莉 4 号：你呢？

医生在此：我睡得很多。

---

1. 格雷厄姆·格林（1904—1991），英国作家、编剧、文学评论家，电影《堕落的偶像》和《恐怖内阁》都由格林编剧。

也许是太多了。我应该和菲尔丁医生聊聊。但我不确定自己会不会这样做。

萨莉4号：你进展如何？进入备战状态了吗？
医生在此：我没有你那么快！ PTSD（创伤后应激障碍）势如猛虎。但我也很强。
萨莉4号：是的，你很厉害！
萨莉4号：只是上线看看这里的朋友——想你们哦！！！

我和萨莉道别，正巧法语老师打来了网络电话。我自言自语起来，用法语问好："伊夫，早安。"其实我还没按下Skype的通话键呢，我愣了一下，意识到自己很想见到他——乌黑的头发，深棕色的皮肤。他有两道生动的眉毛，每当我的美国口音让他无论如何都听不懂时（经常发生），他就会紧紧蹙眉，两条眉毛几乎连在一起，扭成重音符号的形状。

如果现在安德鲁发消息过来，我肯定置之不理。也许这样做是对的。经典电影？那是我和埃德共享的事情。不会再有其他人了。

我把书桌上的沙漏倒过来，看着细沙落下，在金字塔形的小沙堆上激出涟漪。那么多时间。快一年了。我差不多一整年没有走出过这栋房子。

好吧，这八周里，我几乎尝试过五次：从厨房出发，鼓起勇气，走进花园。用菲尔丁医生的话说，我有自己的"秘密武器"：伞——其实是埃德的伞，伦敦雾牌，摇摇晃晃的。菲尔丁医生自己也像个东倒西歪的稻草人一样站在花园里，当我把门推开时，那把雨伞在我身前挥舞。弹簧弹起，伞面自动撑开；我紧张地凝视那只大碗形的伞，紧盯着伞骨和伞面。深色格子图案，每一片弧形伞面上分布着四块黑色方格，每一格的纵横边缘都由四条白色细线标出。四格，四线。四黑，四白。吸气，数到四。呼气，数到四。四。魔法数字。

撑开的大伞像一面盾、一把军刀挡在我前面。

就这样，我向外迈出一步。

呼，二，三，四。

吸，二，三，四。

尼龙伞布在阳光下反着光。我踏下了第一级（总共有四级台阶，又是四！），把伞稍微倾斜，指向天空，就斜那么一点点，快速瞥了一眼他的鞋子，他的小腿。整个世界涌进我的视野，就像水池里的水快要满溢了。

"记住：你有你的秘密武器。"菲尔丁医生对我喊道。

才不是什么秘密，我好想大叫一声；这他妈的就是一把破伞，被我撑开、在光天化日之下挥舞。

呼，二，三，四；吸，二，三，四。真没想到，这种小口诀起到了效果；我竟然走下了台阶（呼，二，三，四），走过了几米草地（吸，二，三，四），直到恐慌的水池终于满溢，水如潮汐般涌来，淹没了我的视野，淹没了菲尔丁医生的声音。之后……还是别去想那个场面了。

星期六

10 月 30 日

7

暴风雨。白蜡树浑身颤抖，灰岩地砖怒目而视，昏暗潮湿。我记得有一次在庭院里失手摔了一只玻璃杯，它像肥皂泡一样碎掉，红酒溅在地上，流进地砖缝隙里，黑红色液体蠕动着，流向我的脚边。

有时候，天空阴沉，我会幻想自己在天上，坐在飞机里，或躺在云端，俯瞰下面这个小岛：桥自东岸跨过来，车辆挤挤挨挨驶上桥墩，如同被灯光吸引而来的飞虫。

我已经很久没有感受到雨水了，还有风——风的拥抱，我忍不住这样说，哪怕听起来有点恶心，超市里的廉价爱情小说才会这样措辞。

但是，我是说真的。还有雪，不过我再也不想站在雪里了。

今天早上收到了生鲜直送包裹，史密斯奶奶苹果[1]里混入了一只桃子。我不知道这是怎么回事。

我们相遇的那天晚上，艺术剧院里上映的是《三十九级台阶》。埃德和我讲述了各自的往事。我告诉他，我母亲让我断奶的方法就是看黑白恐怖片、经典黑色电影；十几岁的时候，我宁可看吉恩·蒂尔尼和詹姆斯·斯图尔特的老电影，也不想找同学们玩。"很难说这是温馨还是

---

1. 澳大利亚的一种青苹果。

悲哀。"埃德如此评价，直到那天晚上，他才第一次看黑白电影。两个小时不到，他就吻了我。

你是说，你吻了我吗？在我的幻想中，他会这么说。

奥莉薇亚出生前的那几年里，我们每星期至少看一部老电影——全都是我童年时代看过的悬疑经典：《双重赔偿》《煤气灯下》《海角擒凶》《大钟》……那些夜晚，我们活在黑白世界里。对我而言，那好比故友重逢；对埃德而言，却是结识新朋友的好机会。

我们还列了观影清单：瘦子系列，从最出色的第一部到最差劲的《瘦人之歌》；大丰收的 1944 年的所有杰作；约瑟夫·科顿[1] 在黄金年代里的每一部经典。

当然，我也可以给自己单独列个片单。比方说，并非希区柯克本人拍的、最好的希区柯克式电影：

《屠夫》，导演克劳德·夏布洛尔的早期电影，坊间传言，希区柯克表示他做梦都想执导。《逃狱雪冤》，由亨弗莱·鲍嘉和劳伦·白考尔扮演一对情人，悬念和美景都笼罩在旧金山的柔光晨雾中，堪称剧中人以整容手术伪装自己的电影鼻祖。《飞瀑怒潮》，玛丽莲·梦露主演。《谜中谜》，奥黛丽·赫本主演。《惊惧骤起》，琼·克劳馥的演技全靠眉毛。《盲女惊魂记》，还是赫本，演绎了在地下室公寓里孤立无援的盲女。要是把我关在地下室里，我会发疯的。

接下来是后希区柯克时代的好片子：《神秘失踪》，结尾出人意料。《惊狂记》，波兰斯基向大师致敬的杰作。《副作用》，由一段冗长的反药物学讲说开场，接着就像鳗鱼般彻底滑入另一个类型。

好的，先到这里。

有些热门电影里的台词会被张冠李戴。"再弹一遍，山姆。"——据说这是《卡萨布兰卡》里的台词，但鲍嘉和褒曼[2] 都没讲过这句话。"他

---

1. 约瑟夫·科顿（1905—1994），美国演员，代表作有《公民凯恩》《煤气灯下》等。
2. 指影片《卡萨布兰卡》主演亨弗莱·鲍嘉和英格丽·褒曼。

活着。"但弗兰肯斯坦[1]从没点明他创造的怪物是男是女；真相是残酷的，他说的是"它活着"。进入有声电影时代，第一部福尔摩斯电影中冷不丁冒出一句"基本演绎法，我亲爱的华生"，其实，柯南·道尔的原著中根本没有这句话。

好吧。

接下来呢？

我打开笔记本电脑，回到阿戈拉网站。曼彻斯特的米茨发来消息；亚利桑那州的迪普斯2016[2]发来常规的近况报告。没什么特别值得注意的事。

210号的前厅里，武田家的少年手持琴弓，拉起了大提琴。再往东，格雷一家四口顶着雨，大笑着冲上四级台阶。公园那边，阿里斯泰尔·拉塞尔在厨房水龙头下接了一杯水。

8

傍晚前，我正把加州产的黑皮诺往平底酒杯里倒时，门铃突然响了起来。杯子从我手中滑落。

酒杯碎了，一道细细的红酒舔上了白桦木地板。"靠！"我骂出了声。（我注意到了这一点：身边没有人时，我骂人的次数变多了，声音更响了。这会吓到埃德的。我已经被吓到了。）

门铃再次响起时，我刚抓了一把纸巾。到底是谁呀？我心想——也可能已经骂出了声？戴维一小时前出门了，他要去东哈莱姆接个活——

---

1. 影片《科学怪人》主人公。
2. 米茨、迪普斯2016和后面出现的迪斯科米奇等均为主人公在阿戈拉网站上的网友兼病友。

我从埃德的书房里看着他走的——而我呢，现在也没有快递要收。我弯下腰，胡乱地把纸巾盖在酒渍上，再快步走向门口。

门铃对讲机的屏幕上出现一个高高的男孩，穿着紧身夹克，手握一只白色的小盒子。那是拉塞尔家的男孩。

我按下通话键。"什么事？"我说道，这不像"您好"那样有礼貌，但总比"谁他妈找我"要亲切多了。

"我住在公园那边。"他回答，几乎是在喊，但不可思议的是，声音竟然还那么甜美。"我妈妈叫我把这个带给你。"我看到他把盒子推向对讲机；但他不确定摄像头在哪里，索性以脚后跟为圆心，慢慢转了转身体，双手举过头顶。

"你就……"我开了头，但没说完。应该让他把盒子放在门口吗？那样好像不太友好，但我已经两天没洗澡了，猫还可能冲他乱叫。

他还在门口站着，高举着盒子。

"进来吧。"总算说完了，我按下开锁键。

我听到门锁自动弹开，就朝门口走去，小心翼翼的模样就像庞奇——确切地说，是像它以前接近陌生人那样——当家里有陌生人来的时候。

毛玻璃上映出人影，隐约可见小树般清秀颀长的身影。我转动门把。

他确实很高，娃娃脸，蓝眼睛，茶色的头发，眉毛上有一条微微凹陷、淡得几乎看不出的疤痕指向前额。大概十五岁。他看起来很像我从前认识、还吻过的一个男孩——在缅因州的夏令营里，四分之一个世纪以前。我喜欢他。

"我叫伊桑。"他说。

"请进。"我再次邀请。

他进屋了："这儿好暗呀。"

我打开墙上的开关。

我打量他的时候，他在打量这间屋子：墙上的几幅画，贵妃椅上伸懒腰的猫，堆在厨房地板上已被浸透的一团纸巾。"怎么了？"

"小事故。"我说，"我叫安娜。福克斯。"特意补上姓氏，以便他用正式称呼来叫我；毕竟，我的年纪够当他的（小）妈妈了。

我们握了握手，他把盒子递了过来。盒子上紧紧绑着鲜亮的缎带。"送给你的。"他害羞地说。

"先放那儿吧。我拿点饮料给你？"

他朝沙发走去："可以来杯水吗？"

"当然。"我回到厨房，那儿还有一摊残局等着我去收拾，"要加冰块吗？"

"不用，谢谢。"我接了一杯水，然后再接一杯，故意不去看厨台上那瓶刚打开的黑皮诺。

纸盒端端正正地搁在咖啡桌上，紧挨着我的笔记本电脑。我还挂在阿戈拉上呢，迪斯科米奇出现了早期恐慌症状，我们聊过之后，他在屏幕上打出大号字体的谢谢。"好了，"我说着，在伊桑身边坐下，把杯子放他面前。我把电脑合上，再去拿礼物："让我们看看是什么好东西。"

我解开缎带，掀开盒盖，从一团软衬纸中取出一支香熏蜡烛——像琥珀一样晶莹剔透，里面有花朵和花茎的造型。我把它贴近脸庞，摆出模特作秀的标准姿势。

"薰衣草香味的。"伊桑抢先说道。

"我想也是。"我深吸一口气，"薰衣草是我的最爱。"再来一遍，"薰衣草是我的最爱。"

他笑了笑，嘴角一边往上翘，仿佛被隐形的提线拉动。我突然意识到，不久的将来，他肯定是个帅气的万人迷，顶多再过一两年吧。至于那道疤——女人们会爱死它的。女孩们大概已经爱上了。男孩们也有可能。

"我妈妈让我把它送过来，大概几天前吧。"

"你们太客气了。应该是老邻居给新邻居送欢迎礼才对。"

"有位夫人来过了。"他说，"她对我们说，如果只是三口之家，根本不需要那么大的房子。"

"我敢说那一定是沃瑟曼太太。"

"是的。"

"别理她。"

"我们也这样想。"

庞奇已经跳下贵妃椅了，现在正一步一停地靠近我们。伊桑弯下腰，把手掌摊开，放在地毯上。公猫愣了愣，然后谨慎地往前凑，闻了闻伊桑的手指，继而舔了起来。伊桑咯咯地笑了起来。

"我好喜欢猫咪的舌头。"他好像很不好意思承认这一点。

"我也是。"我喝了一口水，"猫的舌头上有很多倒刺——很细小的刺。"我担心他听不懂倒刺的意思。我发现自己和十几岁的青少年讲话时并没有把握；我最年长的病人是十二岁。"我可以把蜡烛点亮吗？"

伊桑耸耸肩，笑着说："当然可以。"

我在书桌上找到一盒火柴，樱桃红的盒子上写着"红猫"；这让我想起和埃德在书桌前共进晚餐的那一夜，是两年多以前的事了，或者三年。塔吉锅炖鸡肉，我记得，他对我选的红酒赞不绝口。那时候，我喝得不多。

我擦亮火柴，点着了烛芯。"你看，"小小的火焰升起来，像一只小爪子在挠着空气；火焰开出了花朵，盛放的花朵在发光。"多漂亮啊！"

此时的沉默令人感觉温馨。庞奇扭着屁股、蹭着伊桑的小腿来回走了一圈，又跳上他的膝头。伊桑开心地笑出声。

"我觉得它很喜欢你。"

"应该是吧。"他说着，勾起手指在猫耳朵后面轻轻地挠。

"很多人逗它，它都不喜欢。脾气很坏。"

小马达似的声音响起来了。庞奇竟然真的发出舒心的呼噜声。

伊桑笑得很灿烂："它是不出门的那种猫吗？"

"厨房门上有一扇猫门是给它用的。"我指了指那扇活动门，"但大多数时间，它都待在家里。"

"乖猫咪。"庞奇弓起身往他胳肢窝里钻，伊桑也轻轻叫唤它。

"你喜欢你们的新家吗？"我问。

他不再和猫讲话，只用指关节抚摸它的脑袋，迟疑片刻，说道："我想念以前的家。"

"我想也是。你们以前住哪儿？"其实我已经知道答案了。

"波士顿。"

"怎么会搬来纽约了？"这个问题的答案，我也知道。

"爸爸换了个新工作。"确切地说是调任，但我不会去纠正他。"我的房间变大了。"他突然说道，好像刚刚想到这一点。

"以前住那儿的那户人家进行了一次大改造。"

"妈妈说是大手笔的装修。"

"没错。大手笔。他们打通了楼上的几个房间。"

"你去过我们家吗？"他问。

"去过几次。当然，我和罗德夫妇不算很熟。但他们每年长假会办一次派对，我就是去参加派对的。"差不多是一年前的事，事实上，也是我最后一次去罗德家。埃德陪我去的。两周后他就走了。

我已经放松下来了。有那么一会儿，我觉得这要归功于有伊桑作陪——他讲起话来温柔又轻松；连猫都愿意接受他——但我很快清醒过来，那是因为我已经调整到了分析模式：用习惯性的问答方式与对方交流。好奇和同理心是我们这行的两大法宝。

转瞬间，我好像又回到了东八十八街那间笼罩在幽暗灯光里的安静的会诊室，两把舒适的椅子面对面摆放着，中间是一块海蓝色的小地毯。暖气片发出轻响。

门悄悄地开了，候诊区摆着沙发和木质咖啡桌；桌上堆着《天才儿童》和《游侠里克》等儿童读物；玩具箱里的乐高积木都快溢出来了；角落里的白噪声机器发出嗡嗡的轻响。

还有韦斯利的房门。韦斯利，我的合作伙伴，我的大学导师，也是他把我招进了这家私人心理诊所。韦斯利·布里尔——我们都叫他"韦斯利·太厉害"，头发总是乱蓬蓬的，袜子常常配错对，却有着机智过人的头脑，以及洪亮如钟的嗓门。我看到他在自己的诊疗室里，身子陷在伊姆斯沙发椅里，伸直大长腿，脚尖指向房间的中心，膝盖上摊着一本书。窗子开着，送进冬天的清冽寒风。他在抽烟。他抬起头来。

"你好啊，福克斯。"他说。

"我现在的房间比以前那间大。"伊桑又说了一遍。

我往后坐了坐，跷起腿来。这姿势摆得有点荒谬。我都记不得上一次跷二郎腿是什么时候了："你上哪所学校？"

"家庭学校。"他回答，"我妈妈教我。"没等我回应，他就朝边桌上的照片点点头："那是你们的全家福吗？"

"是的。那是我先生，那是我女儿。他叫埃德，她叫奥莉薇亚。"

"他们在家吗？"

"不，他们不住在这儿了。我们分居两地。"

"哦。"他摸了摸庞奇的背，"她多大了？"

"八岁。你呢？"

"十六。到二月就十七岁了。"

奥莉薇亚也会讲这种话。他看上去要小一些。

"我女儿也是二月生的，情人节那天。"

"我是二十八号。"

"差一点就赶上闰年了。"我说。

他点点头："你是做什么的？"

"我是心理医生，给孩子们看病。"

他皱了皱眉头："小孩为什么要看心理医生？"

"有各种各样的原因。有些孩子在学校过得不顺心，有些是家里有麻烦。有些孩子搬家后会对新环境很不适应。"

他没说什么。

"我猜，如果你在家里上学，就必须在课外找朋友了。"

他叹了口气："我爸帮我找了一个游泳队，叫我去参加。"

"你游了多久了？"

"五岁开始的。"

"你肯定游得很好。"

"还行吧。爸爸说我有那个天赋。"

我点点头。

"我挺厉害呢。"他说得很谦逊,"我还教人游泳。"

"你教别人游?"

"教残障人士。不是那种……身体上有残疾的人。"他补充了一句。"发育性残疾人。"

"是的。我在波士顿教过不少人。我也想在这儿教人游泳。"

"你怎么会想到教残障人士游泳呢?"

"我有个朋友的妹妹是唐氏综合征患者,几年前看了奥运会就特别想学游泳。我就教她,后来她学校里的其他孩子也来跟我学。后来我就进入了……"他晃了晃手指,想找到一个准确的词,"这个领域。"

"非常好。"

"我没有加入社团之类的团体。"

"那些不属于你的领域。"

他扭过头,看到了厨房。"从我的房间可以看到你家。"他说,"就是那儿。"

我转身去看。如果他看得到这栋房子,说明是从东窗看过来的,正对我的卧室。这想法多少有些烦人——毕竟他是个大男孩。我在想,他会不会更喜欢男人呢——这念头已经是第二次冒出来了。

就在这时,我发现他的眼里闪着泪光。

"哦……"我习惯性地朝右边看,因为在我的诊疗室里,纸巾盒就搁在右手边。但此刻我看到的是相框,照片里的奥莉薇亚对着我灿烂欢笑,露出门牙间的缝隙。

"对不起。"伊桑说。

"不,你不用道歉。"我安慰他,"怎么了?"

"没什么。"他揉了揉眼睛。

我等了片刻。他还是个孩子,我提醒自己不要忘记——哪怕个子很高、已经变了声，他仍未成年。

"我很想念朋友们。"他说。

"我明白。肯定会的。"

"在这儿，我谁都不认识。"一颗泪珠滑下脸颊，他用掌根抹去。

"搬家很辛苦。我搬到这儿的时候，也花了好多功夫去认识新朋友。"他抽噎起来，没有掩饰吸鼻子的声音。"你是什么时候搬来的？"

"八年前。到现在其实已经第九年了。我从康涅狄格州搬来的。"

他又吸了吸鼻子，弯起手指刮了一下鼻头："没有波士顿那么远。"

"没错。但不管从哪儿搬来都很辛苦。"我很想给他一个拥抱。但我没有。本地隐居宅女爱抚邻家男孩——我可不想看到这种标题的八卦新闻。

我们静静地坐了一会儿。

"我可以再来一杯水吗？"

"我去帮你倒。"

"不用麻烦你，我去就好。"他准备站起来；庞奇从他大腿上翻滚下来，转移到咖啡桌下摊开四肢。

伊桑走向厨房的水池。水龙头放水的时候，我站起身，走向电视机柜，拉开下层的抽屉。

"你喜欢看电影吗？"我问了一句。没等到回答，我就扭头去看，发现他愣愣地站在厨房门口，盯着公园的方向看。在他身旁，我准备丢弃的一堆酒瓶在可回收废物箱里闪现幽蓝的暗光。

过了一会儿，他才朝我看，问道："你说什么？"

"你喜欢看电影吗？"我重复了一遍，他点点头，"过来看看吧。我的DVD光盘收藏数量惊人哦！非常非常多的影碟，我老公都说太多了。"

"我以为你们分居了。"伊桑喃喃自语，朝我这边走来。

"怎么说呢，他还是我的法定丈夫。"我看了看左手，下意识地转转无名指上的婚戒，"但你说得对。"我让他过来看打开的抽屉："欢迎你来我这儿借影碟看。你有影碟播放机吗？"

"我爸的笔记本电脑有个外接光驱。"

"那个也行。"

"他可能会借我用一下。"

"但愿如此。"我好像知道阿里斯泰尔·拉塞尔是哪种人了。

"什么类型的电影？"他问。

"大部分都是老电影。"

"像……黑白电影那么老？"

"大部分都是黑白的。"

"我从没看过黑白电影。"

我瞪大了眼睛："保证惊喜连连。最棒的电影都是黑白的。"

他好像不相信，但又好奇地去看抽屉里的藏品。大约两百套碟，标准收藏出品，基诺出品，环球影业出品的希区柯克精装典藏版，黑色经典特辑，《星球大战》全系列（只有我一个人类[1]）。我扫了一眼碟盒侧脊上的片名：《四海本色》《旋涡》《爱人谋杀》，然后抽出一盒，打开封套，"看这个吧。"说着，我把碟递给伊桑。

"《荒林艳骨》。"他读出片名。

"从这部开始看挺好的。悬念迭起，但不会很吓人。"

"谢谢你。"他咳了一声，清了清嗓子。"抱歉。"他又喝了口水，"我对猫毛过敏。"

我瞪着他。"你为什么不早说？"我转头去看猫。

"它那么热情可爱，我不想让它不高兴。"

"太可笑了。"我对他说，"但你很好。"

他笑着说："我该走了。"他走回咖啡桌旁，放下杯子，弯下腰，隔着玻璃桌面和庞奇告别。"乖猫咪，不是因为你才走的哦。"说完，他直起身，甩了甩手。

"你要粘毛滚筒吗？猫毛？"我甚至不确定家里还有这玩意。

---

1. 《星球大战前传1：幽灵的威胁》里的台词。

"不用了。"他左右看看，"可以借用一下洗手间吗？"

我指了指红房间，"请便。"

他去洗手间时，我朝餐具柜上的镜子看了看。今晚务必冲澡，毋庸置疑。最晚明天。

我回到沙发上，打开电脑。迪斯科米奇发来留言：多谢你帮我。你是我的英雄。

马桶冲水声响起，我赶忙回复了一句。过了一会儿，伊桑出来了，在牛仔裤上蹭着掌心。"好了。"他边说边把两只手塞进口袋，像一个典型的学生那样慢吞吞地走向门口。

我跟上去："非常感谢你来拜访。"

"回头见。"他说着，把门拉开。

不。我心里说：你在附近是见不到我的。但我对他说："下次再见。"

9

伊桑走后，我又看了一遍《罗拉秘史》。克里夫顿·韦伯演得那么浮夸煽情，文森特·普莱斯试着用南方口音讲话，各种线索互相矛盾，没理由成为佳作，但偏偏就是那么好看！哦！配乐也棒极了。海蒂·拉玛曾解释自己拒绝出演罗拉的原因："可惜他们给我的是剧本，而不是乐谱。"

我没有吹灭蜡烛，让那朵小火焰继续闪动。

然后哼着《罗拉秘史》的主题曲，在手机屏幕上滑动手指，上网搜索我的病人，以前的病人。十个月前，我失去了所有人：九岁的玛丽，因父母离异而挣扎；八岁的贾斯廷，孪生兄弟因胎记瘤去世；还有安妮·玛丽，十二岁的她依然怕黑。我还失去了拉希德（十一岁，跨性别）和埃米莉（九岁，霸凌成瘾）；还有一个异常抑郁的十岁小女孩，讽刺的是，她叫乔伊[1]。我失去了他们的泪水和困扰，失去了他们的愤怒和释怀。我总共失去了十九个孩子。如果算上我自己的女儿，那就是二十个。

当然，我知道奥莉薇亚现在在哪里，也一直在互联网上关注其他人的动向。不算频繁——任何心理医生都不该私自调查患者，哪怕是曾经的患者——顶多一个月一两次，我会按捺不住渴望，上网去查查。我可以用一些互联网上的小伎俩：用马甲账号登录Facebook；注册一个LinkedIn僵尸账号。不过，要找小朋友的话，真的只能靠谷歌了。

阿瓦在拼写比赛中夺冠，雅各布加入中学学生会的选举，我看完这些消息，又去Instagram网站看格雷丝妈妈的相册，再去推特看看本的新帖子（他真的应该升级隐私保护设定）。我一边抹去脸颊上的泪痕，一边灌下三杯红酒，不知不觉回到卧室，又忍不住看起手机相册里的相片。这时候，我实在忍不住再次找埃德说说话。

"猜猜我是谁。"我一向这样打招呼。

"女汉子，你醉得不轻啊。"他一针见血。

"这一天太漫长了。"我瞥了一眼空酒杯，愧疚感刺痛我的心，"莉薇[2]怎么样了？"

"明天的装备已经准备妥当了。"

"哦。她要扮演什么？"

"幽灵。"埃德回答。

"你太走运了。"

"什么意思？"

我笑出声来："去年她要扮演救火车。"

"好家伙，足足忙了好些天。"

"是我忙了好些天。"

我听到他咯咯地笑起来。

公园另一边，三层楼上，透过窗户可以看到屋内黑漆漆的，只有角

---

1. 英文单词joy是快乐的意思。
2. 奥莉薇亚的昵称。

落里亮着电脑屏幕的冷光。屏幕光暗下去，作为屏保的一轮朝阳突兀地出现。我看得到书桌、台灯，接着又看到了伊桑，他正在脱毛衣。确凿无疑：我们的卧室窗对着窗。

他转过身，看着地板，开始脱衬衫。我移开视线。

星期日

10 月 31 日

10

暗淡的晨光穿透卧室窗户照进来。我翻了个身，屁股被笔记本电脑硌到了。昨晚玩象棋[1]玩到很晚。我马失前蹄，战车尽毁。

拖着疲惫的身体，我去冲了个澡，用毛巾擦干头发，在腋下涂抹滚珠香体剂。就像萨莉说的：进入备战状态。万圣节快乐。

不用说，今天晚上我是不会开门的。戴维七点会出门——他好像说过要进城。城里肯定挺热闹的。

他已经给过我建议了：我们可以在门口放一大碗糖果。但我的回答是："不出一分钟就会有熊孩子把它拿走，连糖带碗！"

他好像有点恼羞成怒。"我又不是儿童心理专家。""你不需要成为儿童心理专家。只要你曾经是个小孩，你就能懂。"

所以，我打算把灯都关掉，假装家里没人。

我上电影网站看了看。安德鲁在线；他贴了一个宝琳·凯尔评《迷魂记》的影评链接，评价中有"愚蠢"和"浅薄"这样的字眼；在链接下方，他提出问题：**有哪些抓着别人的手才能看完的最佳黑色电影？**（《第三人》。光是最后一个镜头就够格了。）

---

1. 文中"象棋"均指国际象棋。

我看完凯尔的影评，回复了安德鲁。五分钟后他就下线了。

我都记不得上一次有人抓着我的手是什么时候了。

11

啪！

又是前门。这次响动传来时，我蜷缩在沙发里看《男人的争斗》——教科书式的盗窃戏，半个多小时里没有一句台词、一段配乐，只有电影里的现场声响，以及你自己耳朵里血液涌动的嗡嗡声。伊夫鼓励我多看法国电影，但我估计他指的不是近乎默片的电影。好可惜。

前门又传来一记闷响，啪！已经第二次了。

我掀开盖在腿上的毯子，扭身坐起来，找到遥控器，暂停电影。

外面的暮光快速闪动着。我走近门口，打开门。

啪！

我迈入门厅——在家里，唯独这个阻挡在我的世界和外部世界之间的冷静的灰色地带是我不喜欢、也不信任的。眼下，这里暮色依稀，很昏暗，两面深色的墙壁如同一双随时可以合拢、把我拍死的手掌。

前门玻璃上有装饰性的铅条窗格。我凑近一条横档，朝外看。

随着一记破裂声，门玻璃颤抖了一下。小导弹命中目标：一只鸡蛋砸来，蛋液溅在玻璃上。我听见自己沉重的喘息。透过玻璃上的蛋液，我隐约看到街上有三个小孩，他们都有明亮的脸蛋，大胆的坏笑，其中一个孩子的手心里还握着一只鸡蛋，准备瞄准。

我在原地摇晃起来，伸手撑在墙上。

这是我家。这是我的窗户。

我的喉头一紧，眼泪涌上来。我觉得很惊讶，继而感到羞耻。

啪！

然后是愤怒。

我不能把门拉开，把他们赶跑。我不能昂首挺胸地走到门外，与他们正面抗衡。我急速地敲了敲玻璃——

啪！

我用掌根拍打自家大门。

我用拳头猛烈地砸门。

我大叫一声，继而咆哮，声音在两面墙之间来回反弹，在阴暗的小门厅里制造回响。

我无能为力。

不，你还有办法。我可以听到菲尔丁医生这样说。

吸，二，三，四。

不，我还有办法。

还有办法。作为一名研究生，我辛辛苦苦工作了近十年。我在城中心校区完成了十五个月的特训。我行医已有七年。我很厉害，我答应过萨莉的。

我一边把头发拢到脑后，一边回到起居室，深吸了一口气，按下对讲机的按钮。

"离开我家门口。"我要把他们赶走。显然，他们在门外听得到我的抗议。

啪！

我的手指在按钮前颤抖不已。"离开我家门口！"

啪！

我跌跌撞撞地穿过起居室，走上楼梯，冲进书房，在窗前站定。我看到他们像一群强盗般聚在街头，想要包围我家，在渐渐下落的夕阳里，他们的影子长得看不到尽头。我拍了拍玻璃窗。

有个孩子指着我，笑起来，像棒球场上的投手那样挥动手臂。又一只鸡蛋飞来。

我加大了力气敲，力道那么大，整片玻璃都有可能被我砸出窗框。

那是我家的门。这是我的家。

我的视线模糊起来。

突然，我决定冲下楼去；又回到了阴沉沉的门厅，赤脚站在瓷砖地上，门把手握在手心里。愤怒抓住了我的喉咙；眼前的一切都在浮动。我大口吸气，再吸。

吸，二，三，四……

我一把拉开前门。光亮和空气迎面扑来。

在那一瞬间，万籁俱寂，像是在默片里，日落一样的慢动作。对面有一整排房子。我们之间有三个孩子。他们在街道中央。死寂，静止，停摆的钟。

我发誓我听到了一种断裂声，就像一棵树倒下时的声音。

然后——

它膨胀着朝我飞来，犹如投石器甩过来的一块巨石；它就以那种力道猛然击中我，五脏六腑都痛，我彻底败了。张开的嘴巴像一扇窗。风涌进来。我是一栋空房子，里面只有烂掉的椽梁、怒吼的狂风。屋顶伴随着呻吟倾塌下来——

是我在呻吟、晃动、崩塌，一只手摩挲着砖墙，另一只手伸向虚无。眩晕的瞳孔向上翻：先看到血红色的树叶，然后是一片漆黑；灯光照亮一个黑衣女人，所见的一切都像被漂白了，炽热的白色涌进我的视野，又厚重，又深沉。我想喊出声来，嘴唇却摩擦到粗糙的地面。嘴里有水泥的味道，有血的味道。我感觉到自己在路面上四肢摊开。大地上泛起涟漪，一圈一圈撞动我的身体。我的身体又在空气里荡出阵阵余波。

脑海深处，记忆回潮，我想起以前也有过一次这样的场景，也是在门口的这几级台阶上。我想起了那时周遭的说话声此起彼伏，古怪的词语蹦出来，清晰又刺耳：晕倒、邻居、谁、疯了。这次却什么声音都没有。

胳膊挂在了谁的脖子上。那人的头发比我的要粗硬，蹭在我的脸上。双脚软绵绵的，互相纠缠，从地上拖到地板上；现在我进屋了，回到了冷冰冰的门厅，回到了温暖的起居室。

12

"你回过神来啦！"

睁开眼睛时，我看到的景象很像宝丽莱一次成像的照片。我盯着天花板，一盏射灯也像一只亮晶晶的眼睛般在盯着我。

"我给你拿点东西来——等一下……"

我慢慢转过头去，耳朵里好像塞了棉花，听到的声音很模糊。我躺在起居室里的贵妃椅上——十九世纪，这种沙发是给晕厥的贵妇们休息用的。真好笑。

"等一下，马上就好……"

厨房水槽边站着一个女人，背对着我，编成辫子的黑头发垂在背后。

我抬起双手捂住脸，盖住鼻子和嘴巴，吸气，呼气。冷静。冷静。嘴唇好痛。

"我正往隔壁走呢，就看到那些熊孩子在扔鸡蛋，"她说道，"我对他们说，'小浑蛋，你们这是干吗呢？'随后，你就突然……倾斜着冲出门来，像……那什么一样倒在地上。"她婉转地绕开了某个词。我猜她本来是想说像死人。

她没有多做解释，而是转过身来，两只手各拿一只杯子，一杯倒满了水，另一杯里是浓浓的金黄色液体。但愿是白兰地，她应该是在酒柜里找到的。

"我也不知道白兰地是否管用，"她说道，"我都觉得自己在唐顿庄园里了。我就是您的南丁格尔！"

"你是公园另一边那家的女主人吧。"我咕哝了一句。字词连滚带爬地从我舌尖滑出去，活像醉汉滚出酒吧。我很厉害。真可悲。

"你说什么？"

我振作精神，又说了一遍："你是简·拉塞尔。"

她停下动作，困惑地盯着我看，然后笑出声来，牙齿在昏暗的灯光下闪着光。"你怎么知道？"

"你说你要赶去隔壁？"我尽量做到字正腔圆，在心里默念：吃葡萄不吐葡萄皮。粉红凤凰飞。"你儿子来过。"

我透过睫毛的缝隙端详着她。埃德会说她是个不折不扣的熟女——嘴唇和臀部都很丰满，胸部高耸，肌肤细腻，面带喜色，眼睛深蓝。她穿着靛蓝色的牛仔裤，黑色大圆领毛衣，胸前坠着银链饰物。要我猜，她应该三十过半，四十不到。她生孩子的时候，自己还是个大孩子吧。

我一下子就喜欢上她了，和喜欢她儿子一样。

她走到贵妃椅前，用膝盖轻轻碰了一下我的膝盖。

"坐起来。万一你有轻微脑震荡呢。"我听话地坐起身，勉强摆正身姿，这时候，她已把两杯喝的放在了咖啡桌上，在我对面坐下来，恰好是昨天她儿子坐的位置。她扭头看了看电视屏幕，皱起眉头。

"你在看什么，黑白电影？"她露出难以置信的表情。

我摸到了遥控器，按下电源键。屏幕上的影像消失了。

"这儿好暗。"简这才发现这一点。

"你能打开灯吗？"我问，"我觉得有点……"我话都说不利索。

"没问题。"她伸手去够沙发背后的开关，扭开了落地灯。房间里亮堂起来。

我把头往后仰，瞪着天花板上的斜角吊顶。吸，二，三，四。那儿需要修整一下了。我会去问问戴维。呼，二，三，四。

"好吧，"简开口了，胳膊肘撑在膝头，审视着我，"刚才是怎么回事？"

我闭上眼睛。"恐慌症发作。"

"哦，亲爱的——你叫什么名字？"

"安娜·福克斯。"

"安娜。他们只是一群小傻瓜罢了。"

"不，不是因为他们。我不能走出去。"我垂下眼帘，伸手去抓白兰地酒杯。

"但你刚才就是在门外啊。喝这种酒，你得悠着点。"她见我仰脖一饮而尽，才补上后面这句。

"我不该出去的，暴露在户外。"

"为什么不可以？你是吸血鬼吗？"

倒是有可能，我心想，瞧我这惨白的手臂吧，比死鱼肚多不了几分血色。"我只是恐旷吧？"

她嘟起嘴："你是在问我吗？"

"不是，我只是不确定你是否明白这个词的意思。"

"我当然明白。你应付不了空旷的空间。"

我再次闭上眼睛，点了点头。

"但我以为恐旷症的意思是……比方说，你不能去露营，参加那些森林、海边的户外活动。"

"我哪儿也不能去。"

简啧了一声："这种情况持续多久了？"

我把杯底最后几滴白兰地倒进嘴里。"十个月了。"

她没有继续问。我深吸一口气，结果咳了起来。

"你需要吸入器之类的东西吗？"

我摇摇头："用那玩意更糟，会让我的心率加快。"

她想了想："纸袋怎么样？"

我放下酒杯，又去拿水杯："不用。我的意思是，有时候管用，但现在没用。谢谢你把我搬进屋来。我简直无地自容。"

"哎呀，别——"

"我是说真的。非常、非常窘。我保证，不会养成这种坏习惯的。"

她又嘟了嘟嘴。我注意到了，她有两片生动的嘴唇。也许吸烟，不过她身上没烟味，闻起来反倒有种乳木果的香气。"也就是说，以前发生过这种状况？你走出去，然后……？"

我尴尬地笑笑："就在今年春天。快递员把我买的杂货搁在门前的台阶上，我以为我可以……迅速地把它们一把抓进来。"

"结果办不到。"

"办不到。但那时候街上有好多人。他们用了足足一分钟来判断我是疯子还是流浪汉。"

简环顾四周。"你显然不是流浪汉。这地方……哇哦！"她故意不把话说完，又从兜里掏出手机，看了看屏幕。"我得回那边了。"她一边说一边站起来。

我也很想站起来，但两条腿不听使唤。"你的儿子非常讨人喜欢，"我对她说，"他把它送来给我。谢谢你们。"

她看了看咖啡桌上的香薰蜡烛，顺手摸了摸锁骨间的银链。"他是个好孩子，一直都是。"

"也非常英俊。"

"一直都是！"她用拇指轻按挂坠，小盒子弹开了，她倾下身子，吊坠在半空中摇摆。我知道她希望我接住它。陌生人俯身凑近我，我的手抓住了她项链的吊坠，这场面有种说不出来的亲昵感。也许只是因为我不太习惯人与人的接触吧。

吊坠的镜盒里有一张很小的照片，生动而有光泽，照片上的小男孩大约四岁，黄头发乱蓬蓬的，两排小牙齿就像飓风过境后留下的尖桩白篱笆。一道小疤痕截断了一条眉毛。绝不会有错，这是伊桑。

"这是几岁的时候？"

"五岁。但他显小，你不觉得吗？"

"要我猜，我真的会说是四岁。"

"没错。"

"他什么时候长到这么高的？"我提问的时候，手已经松开了吊坠。

她小心地把镜盒扣拢。"从过去到现在的某个时候！"她笑起来，又突然问道，"我离开的话，你不要紧吧？不会喘不上气来吧？"

"我不会过度呼吸的。"

"你想再来点白兰地吗？"她问道，朝咖啡桌弯下腰——那儿搁着一本相簿，不是很眼熟；肯定是她带进来的。她把相簿夹在胳膊下面，又指了指空酒杯。

"我喝水就好了。"我撒了谎。

"好吧。"她停了一下，目光落在窗户上。"好吧，"她又说了一遍。"有个很帅的男人刚刚走上人行道。"她看了看我，"是你先生吗？"

"哦，不是。那是戴维。他是我的房客，住在楼下。"

"他是你的房客？"简夸张地叫起来，"真希望是我的啊！"

今晚，门铃没有响过，一次也没有。也许关灯的计策起效了，让讨糖果的孩子知难而退。也许，是因为干透的蛋黄。

我早早地上床了。

读研究生那会儿我有个病人，七岁的男孩，被科塔尔综合征折磨得不轻。那是一种心理症状，患者会有虚无的行尸妄想，坚信自己已经死了；也是一种很罕见的紊乱症状，儿童患者就更罕见了。专家建议的治疗方案是使用抗精神病药物，若症状很顽固，还可使用电击休克疗法。但我坚持用对谈的方法，帮他走出了心理阴影。那是我第一个大获成功的病例，我也因此得到了韦斯利的关注。

算起来，那个男孩现在也有十几岁了，差不多就是伊桑的年纪——不到我年龄的一半。今晚，我瞪着天花板的时候想起了他，觉得自己已经死了。死了，但并未消逝，只能眼看着生活的巨浪从四面八方袭来，却束手无策。

星期一

11 月 1 日

13

今早下楼后，我头重脚轻地走进厨房，途中发现地下室门缝里有张字条，上面只写了一个字：蛋。

我盯着它看了半天，一头雾水。戴维想要上来吃早餐吗？我把字条捡起，翻过来才发现还有半句话：已擦净。多谢你，戴维。

蛋是好东西，我念叨着鸡蛋的好处，一口气在平底锅里敲了三只蛋，自己吃，所以都是单面煎。几分钟后，我坐在书桌旁，吮吸最后一口蛋黄，然后敲打键盘，登录阿戈拉。

早上人最多——恐旷症患者常常会在醒来后感到特别紧张。你上网一看就知道，今天的对话框布满屏幕，谈话通道严重拥堵。我花了整整两小时安抚不同的网友，给他们鼓劲；指示不同的网友服用不同的药物（这些天我服用的是丙咪嗪[1]，不过，阿普唑仑始终没有退出历史舞台）；我研读了一篇对厌恶疗法（毫无异议）的好处持有异议的文章；又依迪普斯2016的要求，看了一段猫咪打鼓的搞笑视频。

我想退出登录，跳转到国际象棋论坛，一雪周六大败的奇耻大辱；就在这时，有个对话框跳了出来。

迪斯科米奇：医生，再次感谢你那天的帮助。

---

1. 丙咪嗪和阿普唑仑均为抗抑郁药物。

恐慌发作。我和迪斯科米奇一样，已经在键盘上忙了将近一小时，用他的话来说就是"快疯了"。

医生在此：随时愿意效劳。你好点了吗？
迪斯科米奇：好多了。
迪斯科米奇：我找你是因为我正在和一位新加入的女士谈心，她问我，这里有没有专业人士。我已经把你的常见问题解答发给她了。

我被引荐了。我看了看时间。

医生在此：我今天不一定有很多时间，但可以把我推荐给她。
迪斯科米奇：好的！
迪斯科米奇离开了聊天室。

过了一会儿，第二个对话框就跳了出来。**莉齐奶奶**。我点击她的头像，查看用户资料。年龄：七十。住址：蒙大拿州。注册时间：两天前。

我又瞥了一眼时钟。为了蒙大拿州的七十岁老妇人，国际象棋赛可以再等等。

对话框底部的滚动屏幕提示：莉齐奶奶正在输入。我等了一会儿，又等了一会儿；她要么是在敲打一段很长的话，要么就是因为年纪大了。我父母以前就喜欢用食指在键盘上戳来戳去，活像火烈鸟在浅滩上啄食；光是敲出"你好"一个词，他们就得耗掉半分钟。

莉齐奶奶：嘿，你好呀！

很友好。我还没来得及回复，她的消息又过来了：

莉齐奶奶：是迪斯科米奇把你的名字给我的。很想听听好建议！

莉齐奶奶：也很想吃几块巧克力，不过这是另一回事……

我好不容易才插进一句话。

医生在此：也问你好。你刚来这个论坛吗？

莉齐奶奶：是的！

医生在此：希望迪斯科米奇让你觉得这里像家一样温暖。

莉齐奶奶：他对我很好！

医生在此：有什么需要我帮助的吗？

莉齐奶奶：好吧，我觉得你解决不了巧克力的问题！

她是兴奋得语无伦次，还是太紧张了？我打算静观其变。

莉齐奶奶：事情是这样的……

莉齐奶奶：我实在不想这么说……

开场的鼓声响起了……

莉齐奶奶：我已经有一个月不能走出家门了。

莉齐奶奶：问题就在这里！

医生在此：真替你难过。我可以叫你莉齐吗？

莉齐奶奶：当然可以。

莉齐奶奶：我住在蒙大拿。第一，我已经当上了奶奶，第二，我还是个美术老师！

这些事都可以慢慢聊，但当务之急是：

医生在此：莉齐，一个月前发生了什么特别的事吗？

没有反应。

莉齐奶奶：我丈夫去世了。

医生在此：我明白了。您先生叫什么？

莉齐奶奶：理查德。

医生在此：莉齐，节哀顺变。我父亲也叫理查德。

莉齐奶奶：你父亲还在吗？

医生在此：他和我母亲都是四年前去世的。她因癌症病故，五个月后，他中风后辞世。但我一直相信，很多好人都叫理查德。

莉齐奶奶：尼克松就是！

很好。我们可以保持同步。

医生在此：你们结婚多久了？

莉齐奶奶：四十七年。

莉齐奶奶：我们是因工作结缘的。**又及**：一见钟情！

莉齐奶奶：他教化学。我教美术。互补而相互吸引！

医生在此：好有缘啊！你们有几个孩子？

莉齐奶奶：两个儿子，三个孙子。

莉齐奶奶：两个儿子都很可爱，孙子们非常漂亮！

医生在此：一家都是男孩！

莉齐奶奶：可不是嘛！

莉齐奶奶：我见过的事可多了！

莉齐奶奶：我闻过的味也多了去了！

我在留意她的语气，轻快，亢奋，刻意乐观；我也注意到她的措辞，虽然都是日常口语，但显得很自信，还有精准的标点符号，很少有病句或错词。她很有教养，性格外向，而且很周密——没有使用罗马数字，而是把数字拼写出来，还会完整地打出"又及"，而不用 btw[1] 这样的缩略语，当然，这也可能因为她年纪大了。不管怎样，她是一位能让我与之合作的成年人。

莉齐奶奶：顺便问一句，你是男孩吗？

莉齐奶奶：如有冒犯，请别介意，因为现如今有很多女孩是医生！甚至在蒙大拿州也有！

我笑了。我挺喜欢她的。

医生在此：我确实是女医生。

莉齐奶奶：太好了！我们需要更多的女医生！

医生在此：莉齐，告诉我，理查德去世后，发生了什么事？

她果然一吐为快：葬礼结束回家后，送走前来悼念的亲朋好友时，她突然很害怕走出大门；她还告诉我：之后的几天里，她觉得**外面的世界好像很想钻进来**，所以，她放下了百叶窗；她还告诉我，儿子们远在东南部，他们百思不得其解，忧心忡忡。

莉齐奶奶：我必须坦白地告诉你，不开玩笑，这事实在让人心烦。

该我上场了，撸起袖子吧。

医生在此：肯定会心烦意乱的。我认为真正的原因在于：理查德去世这件事从根本上改变了你的生活，但即便失去了他，外面的世界仍在照常继续。接受这一点，对你来说实在太难了。

---

1. By the way，顺便一提。

我等待反馈。没有反应。

医生在此：你前面提到，你还没有把理查德的东西收拾好，一样都没有动，我理解，但我想让你斟酌一下。

毫无反应。

接着：

莉齐奶奶：能遇到你，真让我欣慰。真的真的。
莉齐奶奶：这是我孙子们爱说的话。他们看《怪物史瑞克》时听到的。真的真的。
莉齐奶奶：我还能找你谈心吗，以后？
医生在此：真的真的可以！

实在忍不住用这句。

莉齐奶奶：我真的真的万分感激迪斯科米奇把你介绍给我。你太好了。
医生在此：这是我的荣幸。

我想她就该下线了，可她仍在输入。

莉齐奶奶：我突然想起来，还不知道你的名字呢！

我犹豫起来。在阿戈拉网站上，我从没跟任何人透露过自己的真实姓名，哪怕对萨莉都没讲过。我不希望有人拿着名字、专业去搜索，从而发现甚至曝光我的真实身份。但莉齐让我心有戚戚焉：这位上了年纪的寡妇刚刚失去了伴侣，孤零零的，在无边无际的蓝天下，不得不戴上勇敢者的面具。她可以随心所欲地讲笑话，但只能在家里，不能外出，这太可怕了。

医生在此：我叫安娜。

我打算退出时，最后一条信息跳出来了。

莉齐奶奶：安娜，谢谢你。
莉齐奶奶已退出聊天室。

我感到热血沸腾。我帮助了她。我和他人建立了联结。只有联结。这是我从哪儿听到的说法？
值得喝一杯。

14

下楼去厨房的时候，我一路扭动脖颈肩胛，听到筋骨咔咔作响。头顶上的什么东西突然吸引了我的目光：就在天花板不见光的角落里，三层楼梯的最高处，有一团黑斑——我猜是从通往屋顶的活板门渗出来的，紧挨着天窗。

我敲响了戴维的门。他过了一会儿才来开门，光着脚丫子，穿着皱巴巴的T恤和软趴趴的牛仔裤。一看就知道，我把他吵醒了。"对不起，"我说，"你还在睡觉吧？"

"没。"

明明就是。"你能帮我看一眼吗？我好像看到天花板上漏水了。"

我们走上了楼梯，经过书房，经过我的卧室，走到了奥莉薇亚的卧室和第二间空房之间的楼梯平台。

"好大的天窗。"戴维说。

我不确定那是不是赞许的口吻。"我们搬来时就有了。"我回了一句，反正总得说点什么吧。

"椭圆形的。"

"是的。"

"不太常见了。"

"椭圆形吗？"

对话已告终结。他开始审视那团黑渍。

"那是霉斑。"他说得很沉静，好像医生不动声色地把重大消息告知患者。

"可以把它刷掉吗？"

"治标不治本。"

"怎样才能治本？"

他叹了口气。"我得先上屋顶检查一下。"他伸手抓住活板门的铁链，用力拉下来。天花板上的门颤颤巍巍地开了；斜斜的阶梯伸展到我们面前，发出刺耳的吱嘎声；阳光一泻而下。我立刻躲到旁边去，远离阳光。大概，我终究会变成吸血鬼。

戴维把活梯拉到底，直到梯脚抵在地板上。我看着他一级一级攀上去，牛仔裤一下一下裹紧屁股；一眨眼，他就不见了。

"看到什么了？"我喊了一声。

没反应。

"戴维？"

我听到咣当一声响。一道水柱落在楼道里，在阳光下像镜子一样闪亮。我退后一步。戴维说话了："抱歉。碰倒了洒水壶。"

"没关系。你看到什么了吗？"

又等了一会儿，戴维才带着崇拜的口吻说道："屋顶上是森林啊。"

那是埃德的主意。四年前，我母亲去世后，他言之凿凿地说："你要找件大事情忙一下。"于是，我们决定把屋顶改造成空中花园——花圃、菜地，再来一排微型黄杨木。正中央还有镇宅之宝——拱门花架，用房产经纪人的花样法国术语来说是：pièce de résistance（意为主菜、代表作）——两米宽，四米长，春夏时节花叶繁盛，走在拱廊的绿荫里十分凉快。后来，我父亲中风了，埃德又在拱廊下搁了一条长椅，以示怀念，椅背上有拉丁语刻字：Ad astra per aspera（循此苦旅，以达天际）。我喜欢在春夏之夜坐在长椅上，沐浴在金绿色的光影里，读一本书，喝一杯酒。

最近，我几乎都忘了还有个空中花园。花花草草肯定都长疯了。

"完全失控了，"戴维很肯定地说道，"简直像丛林一样。"

我指望他快点下来。

"这是花架吗？"他问道，"盖着油毡布的？"

每年秋季，我们会把拱廊木架遮盖起来。我什么都没说，只是默默地回忆。

"你上来的话千万要小心。别一脚踩在天窗上。"

"我没打算爬上去。"我这样提醒他。

他用脚试探了一下天窗，玻璃咔嗒咔嗒地震颤起来。"真脆弱。枝枝蔓蔓都爬到玻璃上了，早晚会压垮整扇天窗。"又过了片刻，"真的太壮观了。要不要拍张照片给你看？"

"不用了。谢谢你。我们怎么对付返潮的事？"

活梯上出现了一只脚，两只脚，他爬下来了。"我们需要专业人士。"他踩到了地板上，把活梯推回原位。"要做好天花板的防潮密封工作。但我可以先用刮刀把霉斑铲干净。"他把活板门关好，"把那一块用砂纸磨一遍，上一层防污涂料，再刷一层乳胶漆。"

"这些工具你都有吗？"

"我可以去搞一点防污涂料和乳胶漆。如果可以给这里通通风，效果会更好。"

我惊呆了。"你这是什么意思？"

"打开窗户。不一定非得是这层楼的窗。"

"我不开窗的。哪层楼都不开。"

他耸耸肩。"但是很管用。"

我转身走向楼梯。他跟在我身后。我们默默无语地往下走。

"谢谢你帮我把外面收拾干净了。"走进厨房，我如此说道。这不过是为了找点话说。

"谁干的？"

"几个小孩。"

"你知道是谁家的孩子吗？"

"不知道。"我停了停，"为什么这么问？你要去为我讨个公道，把他们打一顿？"

他眨了眨眼。我继续提问。

"你在楼下住得还舒服吗？"他已经搬进来两个月了，因为菲尔丁医生建议我找一个合租者，那样会很有用：有人帮我跑跑腿，倒倒垃圾，协助我做一些日常维修之类的杂事，以此抵扣房租。我把出租广告贴在Airbnb上，戴维是第一个回复的人。我记得他的邮件很简练，甚至给人以无礼的错觉，但等我见到他本人，才发现他很爱说话。他刚刚搬离波士顿，资深杂务工，不吸烟，有七千美元的存款。我们当天下午就签订了租约。

"挺好的。"他抬起头，看了看几盏嵌在天花板里的射灯。"你把房间搞得这么暗，是有什么特殊原因吗？为了治疗或别的事？"

我知道自己脸红了。"很多像我这样……"该用什么词好？"的人在光线太亮的环境里会感觉过于暴露。"我指了指窗户。"反正，这栋房子也不缺自然照明。"

戴维思忖了片刻，点点头。

"你的房间里照明够亮吗？"我问。

"还行。"

轮到我点头了。"如果你在楼下又找到埃德的设计图纸，尽管跟我说。我要把它们搜集起来。"

我听到庞奇穿过活动猫门时发出的响动，又看着它一溜烟跑进厨房。

"真的非常感谢你为我做的一切。"我继续表达谢意，哪怕已经错过了最好的时机——他已经转身，朝地下室的门走去。"擦净了……脏东西，还有别的家务事。你是我的大救星。"这句奉承实在很蹩脚。

"小事一桩。"

"如果你不介意的话，给专业人士打电话，让他们来处理天花板上的……"

"没问题。"

庞奇跳上我们之间的厨台，放下它嘴里叼着的东西。我定睛一看。

一只死老鼠。

我往后一跳。看到戴维也有同样的反应，我还挺欣慰的。老鼠很小，毛皮油光锃亮，黑乎乎的小尾巴像条毛毛虫；小小的身体已被咬烂了。

庞奇自豪地看着我们俩。

"坏蛋。"我责骂它。它却沉着地点了点头。

"它还真有一套。"戴维说。

我仔细看了看死老鼠，问庞奇："是你干的吗？"问完才反应过来自己竟在审问一只猫。它跳下了厨台。

"你瞧，"戴维轻声说道。我抬眼一看：在厨台的另一边，戴维弯下腰，黑眼睛闪闪发光。

"我们要不要把它埋在什么地方？"我问，"我可不想让它在垃圾桶里臭掉。"

戴维清了清喉咙。"明天是周二。"收垃圾的日子，"我现在就把它带出去。你有报纸吗？"

"还有人看报纸吗？"我本不想这么尖刻的，所以赶紧圆场，"我有塑料袋。"

我从抽屉里抽出一只来。戴维伸手要接，但我可以搞定这件事：把塑料袋翻过来，盖住自己的手掌，轻轻地抓住那具小尸体。它的一丝抽搐惊到了我。

我把袋子的另半边拉起来，扎好口。戴维这才接过去，拉开厨台下面的垃圾桶，把死老鼠扔了进去。愿它安息。

就在他把大垃圾袋拖出垃圾桶的时候，楼下传来声响；水管振动，水声响起。有人在冲淋浴。

我看了看戴维。他没有躲闪；相反，他扎紧袋口，一抢，把袋子扛在了肩头。"我把它带出去。"说着，他大步流星地走向前门。

她是谁？我还不至于真的去问他。

<h1 style="text-align:center">15</h1>

"猜猜我是谁。"

"妈。"

暂且听之任之吧。"小南瓜，万圣节过得好吗？"

"好。"她在嚼什么东西。我希望埃德记得留意她的体重。

"你拿到了很多糖果？"

"非常多。比以往任何一年都多。"

"你最喜欢哪种？"那还用说，肯定是 M&M's 花生味巧克力。

"士力架。"

我承认，我错了。

"是很小的那种。"她做出解释，"迷你版的士力架。"

"那你晚饭吃的是中餐还是士力架？"

"两样都吃了。"

我得给埃德敲敲警钟。

可当我质问埃德时，他倒是大言不惭。"一年只有这一个晚上，她可以在吃晚饭的时候吃到糖。"

"我不能眼看着她有麻烦啊。"

一阵沉默。"牙齿？"

"体重。"

他叹了一口气。"我可以照顾好她。"

我也叹了一声。"我没说你不行。"

"听起来就是那个意思。"

我一手扶在额头上。"只不过，她八岁了，很多孩子会在这个年纪面临严重的肥胖问题。尤其是女孩。"

"我会小心的。"

"你要记住，她已经过了婴儿肥的阶段。"

"你希望她长成排骨精吗？"

"不，排骨精和肥妹都很糟糕。我希望她健康。"

"好的。我今晚会给她一个低卡路里的睡前吻。"他说。

我笑了。不过，我俩道别时还是有点尴尬。

星期二

11 月 2 日

16

二月中旬，我联系了一位精神科医生，那时候，我已经在家里待了将近六个星期，实在无能为力了。我在五年前听过这位医生在巴尔的摩的讲座（主题：非典型抗精神病药物和创伤后应激障碍）。那时候他不认识我，现在认识了。

不太熟悉心理治疗的人常会想当然地以为心理医生都是讲话柔声细语、对人嘘寒问暖的；你只管像涂在烤面包上的黄油那样往他的沙发上一摊，接着就能畅所欲言。其实未必如此，有歌为证[1]。示例一：朱利安·菲尔丁。

首先，根本没有沙发。我们每周二在埃德的书房里碰面，菲尔丁医生坐的是壁炉旁的俱乐部沙发椅，我坐窗边的扶手椅。他的语调是很温柔，但嗓音实在不敢恭维，如旧木门的铰链般吱吱嘎嘎，尽管如此，他仍符合优秀精神科医生的必要条件：判断精准，专注细节。"就是那种走出淋浴室才撒尿的人。"埃德不止一次这样形容他。

"那么，"菲尔丁医生锉刀般的声音响起了。一道午后的阳光照亮了他的脸庞，在他的眼镜上留下很多小太阳似的光斑。"你说你和埃德昨天因为奥莉薇亚产生一番口角。这些谈话对你有好处吗？"

我扭过头，瞥了一眼拉塞尔家的房子。我很想知道简·拉塞尔正在

---

1. 《未必如此》（*It ain't necessarily so*）是一首西方人耳熟能详的歌曲。

忙什么。我好想喝一杯。

我的手指沿着喉咙来回抚动。我回过头，看着菲尔丁医生。

他看着我，他的抬头纹很深。也许他累了——我是真的累了。这次诊疗取得了重要进展：我向他描述了恐慌发作的场面（他很在意），我和戴维的交往（他好像不太感兴趣），然后又讲到我和埃德、奥莉薇亚的交谈（又在意了）。

现在，我又移开了视线，没有躲闪眼神，也没有想什么，只是望着埃德书架上的那些书。私家侦探史。两部拿破仑传记。《湾区建筑研究》。我丈夫真是个不拘一格的阅读爱好者。我那遥不可及的丈夫。

"在我听来，这些交谈让你产生了一些复杂的情绪。"菲尔丁医生说道。这是典型的心理医生的行话：在我听来。我理解的是。我认为你的意思是。我们是阐释者。我们是翻译。

"我一直……"一张口我就意识到，有些话未经思考已到嘴边。我可以再讲一遍吗？我可以；我继续讲。"我一直在想——停不下来——那次旅行。是我提议的，我恨透了这一点。"

书房另一边没什么动静，哪怕——或许正是因为——他知道这一点，来龙去脉都知道，并且已听我讲过无数遍。又讲了一遍。

"我一直在想，但愿不是我提议的。不是我。我一直期望是埃德提议的，或者根本没有人提议。我们根本没去。"我把手指扭到一起，"很显然。"

他温柔地说："但你们确实去了。"

我心如刀割。

"你安排了一次家庭度假短途游。谁也不应该为这种事感到羞耻。"

"在新英格兰，在冬天。"

"很多人会在冬天去新英格兰。"

"太愚蠢了。"

"你是好心。"

"愚不可及。"我硬要这样讲。

菲尔丁医生没有再回答。中央供暖系统卡了一下，又喷出暖风来。

"如果没有那次旅行，我们一家人现在还是好好的，在一起。"

他耸耸肩。"也许吧。"

"肯定是。"

我感觉到，他凝视我的眼神重若千斤。

"昨天我帮到了一个人。"我说，"蒙大拿的一位妇人。老奶奶。她在家里待了一个月。"

他早已习惯这种突然的转弯——还称之为"突触式跳跃"，虽然我们都明白，我是故意转移话题。但我不管不顾地讲下去，把莉齐奶奶的事，还有我把真名告诉她的事都说了。

"你为什么那么做？"

"我觉得她试图建立联结。"福斯特在《霍华德庄园》[1]里不就劝诫我们要这么做吗？"只有联结"——啊！我想起来了：七月读书俱乐部的书目正是这本。"我想帮助她。我想让她觉得我是可以接近的。"

"那是很慷慨的举动。"他说。

"我觉得也是。"

他在沙发椅里调整了一下坐姿："听起来你好像可以为他人设身处地考虑了，而不再仅仅沉溺于你自己的事。"

"有这种可能。"

"那是一种进步。"

庞奇早就悄悄走进这间屋子了，此刻正围着我的脚踝转圈，眼睛看着我的膝盖。我屈起一条腿，垫在另一条大腿下面。

"康复理疗的情况怎么样？"菲尔丁医生问。

我摸了摸自己的腿和身躯，好像在综艺竞赛节目中展示一份大奖。你也可以赢得这个三十八岁的残破身体哦！"我看起来好多了。"不等他来纠正我，我赶紧补上一句，"我知道，理疗不是为了塑身。"

---

1. 《霍华德庄园》是英国作家爱德华·摩根·福斯特创作的一部长篇小说。

但他还是纠正了我。"不仅仅是为了塑身。"

"不仅仅是,我知道。"

"也就是说,进展不错?"

"我康复了。不痛了。"

他不动声色地看着我。

"真的。脊椎不疼了,肋骨也不会吱吱嘎嘎响了。我走路的时候也不跛了。"

"是的,我注意到了。"

"但我还需要一点练习。我很喜欢比娜。"

"她成了你的朋友。"

"从某种程度上说是这样,"我承认,"花钱买来的朋友。"

"最近她是每周三上门来,对吗?"

"通常都是。"

"很好。"他说,仿佛周三是特别适合有氧运动的日子。他从没见过比娜。我想象不出他们碰面会是什么场景;他和她,好像分属于不同的时空维度。

快到结束的时候了。我无须查看壁炉架上的座钟就知道,菲尔丁医生也一样——多年行医后,我们都能凭经验掐算出诊疗所需的五十分钟,甚至精确到秒。"我希望你继续服用原有剂量的 β 受体阻滞剂,"他说,"至于盐酸丙咪嗪,现在你服用的是一颗 50 毫克,加到两颗吧。"他皱了皱眉。"这是根据我们今天谈到的事情所做的调整,有助于你控制情绪。"

"最近感觉很迷糊。"我提醒他注意这一点。

"迷糊?"

"也许该说是……糊涂。两者皆有吧。"

"你是说视觉?"

"不,不是视觉。更像是……"我们讨论过这件事——他不记得了吗?还是说,我们压根没谈过?迷糊,糊涂。我真的要喝一杯了。"有时候,万千头绪同时出现。好像我的脑袋里有个四向交叉口，每个人都想在同一时间点穿过路口。"我苦笑了一声，有点不自在。

菲尔丁医生紧锁双眉，继而叹气。"好吧，这不是精密科学。你该明白的。"

"我知道。我懂的。"

"你在服用很多不同类型的药物。我们会一样一样调整，直到达到最佳效果。"

我点了点头。我知道那意味着什么。他认为我的症状加剧了。我胸口一紧。

"试着吃两颗，看看你感觉如何。如果有问题，我们再考虑使用能帮助你集中注意力的药物。"

"促智药？"治疗注意力缺失、多动症的药物。不管家长问我多少次：促智药对孩子有没有用，我都会斩钉截铁地回答：不要用。可是你瞧，现在我竟然在为自己争取这种药了。一切都会变。

"我们到时候再商量吧。"说着，他用钢笔在处方上龙飞凤舞地写了几行字，撕下来，递给我。纸片在他的手里微微颤动。特发性震颤？低血糖？我只希望别是早期帕金森病。也不方便问。我接过药方。

"谢谢你。"他站起身来，整理了一下领带。我说道，"我会好好吃药的。"

他点点头。"那就下周见了。"他转身朝门口走去，走了几步又转回身，"安娜？"

"嗯？"

他又点点头。"请务必按照药方配药、服药。"

菲尔丁医生刚走，我就登录在线药房配药。他们会在当天下午五点前送药上门。剩下的时间足够我喝一杯了，甚至来杯双份的。

不过，事情还没忙完。我先拖动鼠标来到电脑桌面上一个冷僻的角落，犹豫了一下，再双击点开一个 Excel 表单，文件名是"用药"。

在这份表单上，我详细记录了自己服用过的所有药物，以及每一次的剂量、服用方法……我的良药鸡尾酒中的所有原料。我发现自己从八月份就停止更新了。

一如往常，菲尔丁医生是正确的：我吞下了五花八门的药，要用两只手才数得过来。我还知道——越琢磨越害怕——我没有按时按量地吃药，并非每天都遵照他的医嘱。双份剂量，漏吃一顿，用酒服药……菲尔丁医生要是知道了，非发火不可。我得乖一点。真不想失去自控力。

按下快捷键，我退出了电子表单。终于到了喝一杯的时间。

17

一手握着平底杯，一手拿着尼康相机，我在书房的角落里坐定，窝在南窗和西窗之间，远眺邻居——埃德常说，我这是在盘点。那是丽塔·米勒，上完瑜伽课，汗津津地回来了，整个人都显得亮闪闪的，手机压在耳朵边上。我调整焦距，把她拉近：她在笑。我很想知道，电话另一边是她家的包工头，还是她丈夫，或是别的人。

再看隔壁那栋，沃瑟曼太太和她的亨利步下台阶，走到214号的门外，向人间播撒幸福和光明。

我把镜头转向西边：有两个行人在双户别墅外闲逛，其中一个人还冲着密闭的百叶窗指指点点。"这房子的结构不错。"我猜他准会这么说。

天哪。我已经开始杜撰别人的对话了。

我一向很小心，因为不想被人当场撞见我偷窥——确实没被发现过，我谨慎地把镜头转向公园那边，瞄准了拉塞尔家。厨房里很暗，空无一人，半垂的百叶窗如同半闭的眼睛；但在二层的小客厅，恰好就在窗框框出的视野里，我看到简和伊桑坐在彩色条纹的双人沙发里。她身着奶黄色毛衣，尖窄的领口下露出一截乳沟；带吊坠的项链在那儿轻轻摇摆，如同峭壁上的登山者。

我调整焦距，影像更清晰了。她语速很快，配合双手的快速动作，又露齿一笑。他的目光落在自己的膝头，但嘴角有一丝羞涩的微笑。

我还没把拉塞尔家的事讲给菲尔丁医生听。我知道他会说什么；我自己也能分析出来：我已把自己投射在这位母亲、这位父亲和独子构成的单核家庭中。仅仅一屋之隔，就在邻户，有一个我曾拥有的三口之家，他们过的俨然是我以前的生活——虽然已经失去了，不可挽回了，但那种生活就在我眼前，就在公园的另一边。那又怎样？我心想。也许还讲出了声，最近，我怀疑自己常常自言自语。

我抿了一口酒，抹了抹嘴唇，又举起了尼康，透过镜头去看。

她正回望着我。

我手中的相机一下子掉到大腿上。

没错：就算用裸眼去看，我也能清清楚楚地看到她水平凝视的目光，还有分开的双唇。

她扬起一只手，挥了挥。

我想躲。

要不要也大方地挥手示意？我有没有转移视线？我可以朝她眨眨眼吗，装出茫然的表情，好像刚才只是用相机在拍别的东西，别的靠近她的东西？真没注意到你？

不行。

我慌得一下子站起来，相机滚落到地板上。"让它去吧"，我说着——这次绝对说出口了——飞一般地奔出书房，躲进暗无天日的楼梯井里。

从没有人把我逮个正着。米勒夫妇没有，武田家的人没有，沃瑟曼太太没有，格雷姐妹那一大家子没有。罗德夫妇搬家前，莫兹夫妇离婚前，也都不曾有过。来往的出租车和行人也没有发现我。甚至邮递员都没发现——以前我每天都偷拍他在每家每户门前的照片。曾有几个月，我痴迷于翻阅那些照片，想借此唤起曾经的感受，直到最后，我终于跟不上窗外那个世界的节奏了。当然，我还会保留一些特殊的关注对象——米勒夫妇就让我很好奇。确切地说，他们是在拉塞尔家搬来之前，我的兴趣所在。

Opteka 长焦镜头比望远镜都好用。

然而，此时此刻，羞耻感从里到外烧过我的身体。我想到自己用镜头捕捉到的每个人、每件事：那些邻居、陌生人，那么多吻，千钧一发的事，咬在嘴里的手指头，掉在地上的零钱，趾高气扬的步子，跌倒的人。武田家的少年，闭着双眼，手指在大提琴弦上颤动。格雷家的人，高高举起葡萄酒杯，来一次浮夸的敬酒。罗德太太在起居室里，点亮插在蛋糕上的蜡烛。年轻的莫兹夫妇，在婚姻苟延残喘的最后时日里站在红色客厅的两头，隔着地板上一只砸碎的花瓶，冲着对方大吼大叫。

我还想到自己的硬盘，里面已塞满了偷拍的影像。我想到简·拉塞尔遥望我的表情，眼睛一眨不眨，视线笔直穿过公园。我不是隐身人。我不是死人。我活生生地，暴露于他人的目光之下，羞愧无比。

我想起《爱德华大夫》里的布鲁诺夫医生说过："亲爱的小姐，你不能一直用脑袋撞向现实，还口口声声说它不存在。"

三分钟过去了，我返回书房。拉塞尔家的双人沙发上空空如也。我瞥了一眼伊桑的卧室；他在房间里，弓着腰俯在电脑前面。

我很小心地捡起相机。没摔坏。

就在这时，门铃响了。

18

"你肯定无聊透了。"我一打开门厅的门，她就上来拥抱我。我大笑一声，紧张极了。"要我说，光看那些黑白老电影也会厌倦。"

她二话不说地往屋里走。我都没机会讲话。

"我带了些东西给你。"她面带微笑，从包里掏出一样东西，"还是冰冻的呢。"一瓶蒙着水雾的雷司令[1]。我垂涎欲滴。好久没喝白葡萄酒了。

"哎呀，你不用这么……"

她已经甩开大步朝厨房走去了。

不出十分钟，我俩就大口喝起酒来。简点了一根弗吉尼亚女士烟，抽完又点了一根，空中很快就泛起一团一团的烟雾，盘旋在我们头顶，贴着顶灯悠然荡漾。我的雷司令喝起来也有烟味，但我发现自己并不在乎；这反而让我回忆起大学时代，纽黑文市的小酒馆外面那些没有星光的夜晚，那些吞云吐雾的男生。

"你家囤了好多红酒啊。"她朝橱柜看了看。

"成批买的。"我试图解释。"我喜欢红酒。"

"多久补一次货？"

"一年几次吧。"其实，至少每个月一次。

她点点头。"你上次说过，这样……有多久来着？"再问道，"六个月？"

"差不多十一个月。"

"十一个月。"她把嘴唇噘成 O 形，"我不会吹口哨。但此处应有哨声，你就假装我吹出来了吧。"她把烟头在早餐碗里掐灭，然后十指指尖相对，倾身向前，好像打算祈祷。"那么，你整天都干什么？"

"我帮别人做顾问。"我用豪迈的姿态回答她。

"什么人？"

"网上的。"

"哦。"

---

1. 一种德国的白葡萄酒。

"我还在线学法语，还玩国际象棋。"我补充了一下。

"在网上？"

"在网上。"

她的指尖在酒杯口来回拂动："也就是说，互联网几乎就是你……对外的窗口。"

"嗯，我也有真实的窗呀。"我扬扬手，提醒她注意她身后就有一排长玻璃窗。

"你的监视窗。"她这么说，我的脸一下子红了。"开玩笑啦！"

"我很抱歉……"

她一摆手，吸了口烟。"嘘！听我说，"烟雾从她的唇边飘出来，"你有没有真的棋盘？"

"你会下国际象棋？"

"以前玩的。"她把烟头斜插在碗里。"让我看看你的棋盘。"

门铃响时，我们正在第一盘棋局中杀得你死我活。五点整——肯定是药房的快递。简为我效劳，去门口收货。"上门送药！"她粗声粗气地说着，从门厅回到起居室，"这些药好吗？"

"上等的兴奋剂。"我说着，开了第二瓶酒。这次是梅洛[1]。

"现在可以开始派对了。"

我们一边喝，一边下棋，一边闲聊。据我所知，我们俩都是独生子女的妈妈；但我以前不知道，我们俩都喜欢出海航行。简偏爱单枪匹马，我更喜欢四手联弹——至少以前是。

我把自己和埃德的蜜月故事告诉她：我们租了一艘十米长的 Alerion 游艇，在圣托里尼岛、提洛岛、纳克索斯岛和米克诺斯岛这些希腊岛屿间巡游。"只有我们俩，"记忆犹新，"在爱琴海上乘风破浪。"

"就像《航越地平线》里那样。"简说。

---

1. 原产地为法国的一种红葡萄酒。

我又喝了一大口酒："我觉得《航越地平线》里面的海是太平洋。"

"好吧，除了这个细节，整体感觉就像是《航越地平线》。"

"而且，他们是想从意外事故中恢复过来才出海的。"

"好吧，没错。"

"他们救了一个精神病患者，结果，那人却把他们杀了。"

"你让不让我把话说完？"

就在她紧锁眉头盯着棋盘看的时候，我把冰箱翻了个底朝天，找出一条瑞士三角巧克力，再用餐刀胡乱地切成小块。于是，我们坐在咖啡桌旁，吃起了巧克力。晚餐吃糖果，就像奥莉薇亚那样。

后来：

"会有很多朋友来看你吗？"她拿起象，斜跳一步。

我摇摇头，顺势咽下一口酒："并没有。就你和你儿子来过。"

"为什么？为什么没有？"

"不知道。我父母都过世了，我工作太卖力，没时间结交很多朋友。"

"同事中没有朋友吗？"

我想到了韦斯利："我们诊所只有两个医师。所以，现在他的工作量就翻倍了，更忙了。"

她看了我一眼："真让人伤心。"

"可不是嘛。"

"你不会连电话都没有吧？"

我指了指藏在厨台角落里的座机，又拍拍口袋："老古董 iPhone，但还可以用。万一我的心理医生打电话来呢。也可能是别人。房客。"

"那位帅哥房客。"

"是的，我有一位帅哥房客。"我喝了一口酒，吃了她的后。

"太绝情了吧。"她弹开落在桌上的一截烟灰，放声大笑。

第二盘下完了。她提议参观我家。我略有迟疑；最后一个从上到下把我家看遍的人是戴维，在他之前……我真的想不起来了。比娜从没上过楼；菲尔丁医生只去过埃德的书房。这样一想，未免觉得这是很亲密的事，好像我要拉着新情人的手走进闺房。

我终究还是同意了，陪着她一个房间一个房间地看，一层又一层地走上去。走到红房间，她说："我觉得自己被困在动脉里了。"到了埃德的书房。"这么多书！你都读过吗？"我摇摇头。"那么，读过哪一本呢？"我咯咯地笑着。

走到奥莉薇亚的房间。"是不是有点小？太小了。她得有一间大屋子，才能让她长大呀，就像伊桑的那间。"走到我的书房，她的评价刚好相反："啊！在这样的房间里，姑娘才能大有作为。"

"其实，我主要在这里下象棋，和关在屋里的孤独宅人聊天。假如你觉得这也算'作为'的话。"

"瞧。"她把酒杯搁在窗台上，双手插在裤子后袋里，倾身凑近窗户，"就是那栋。"她边说边凝视那栋房子，音调有点沉，几乎算得上沙哑。

她一直很欢乐，很开心，突然看到她面色凝重，让人心里咯噔一下，好像唱片跳针的感觉。我随声附和："就是那栋。"

"多漂亮，是不是？好地方。"

"是的。"

她盯着窗外看了足有一分钟。然后我们回到了厨房。

再后来：

"那玩意很有用吗？"简问道，在我思忖下一步该怎么办的时候，她就在起居室里走来走去。夕阳已西沉，在昏黄的光线里，穿着奶黄色毛衣的她宛如幽灵，在我家里飘来飘去。

她伸手指着雨伞。那儿伞像个醉汉般靠在墙壁上。

"比你想象的有用。"我深深地窝在椅子里，开始描述菲尔丁医生的后院治疗法：出后门，下石阶，腿脚发软地走下去。尼龙布大泡泡保佑我不被清晰透明的户外空气、涌动的风所湮没。

"有意思。"简说。

"我认为应该用'可笑'这个词。"

"但有用？"她问。

我耸耸肩："有那么一点。"

"好吧。"她说着，用人们平时拍宠物狗头的方式拍了拍伞把，"好好干哦。"

"嘿，你生日是几月几号？"

"你要给我买礼物吗？"

"好说。"

"老实说，还真快到了。"我回答。

"那我买定了。"

"十一月十一日。"

她愣愣地看着我。"我的生日也是那天。"

"别开玩笑。"

"没开玩笑。双十一。"

我举起酒杯。"敬十一月十一日。"

干杯。

"有纸和笔吗？"

我从抽屉里拿出纸笔，放在她面前。"就坐在那儿，别动。"简对我说，"挺美的。"我假装抛了个媚眼。

她手持铅笔在纸上飞快地画起来，笔触短促有力。我看着自己的脸庞被勾勒出来：凹陷的眼睛，圆润的颧骨，长长的下巴。"别忘了画我的大龅牙。"虽然我强烈要求，但她叫我别说话。

她画了三分钟，其间两次抓起酒杯凑到嘴边。"好啦！"她让我看。

我定睛一看，大吃一惊：竟然如此传神逼真。"绝妙的小把戏。"

"算吗？"

"你会画别的吗？"

"你是说，给别人画肖像？不管你信不信，我真的行。"

"不，我的意思是——动物或者静物。生命。"

"不知道。我基本上只对人感兴趣，和你一样。"兴之所至，她在那幅画的角落里签上名，"完美！简·拉塞尔原创作品。"

我把这幅速写收进了厨房抽屉——摆放上好的亚麻桌布和餐布的那只抽屉。不然它早晚会被我弄脏。

"瞧瞧这些。"它们散落在桌上，珠玉满堂的样子。

"那个是干吗的？"

"哪个？"

"粉色的。八角形的。不对，六角。"

"六角形的。"

"对。"

"心得安。β 受体阻滞剂。"

她睨了一眼。"那是治心脏病的。"

"也治恐慌症，它可以降低你的心率。"

"那个呢？白色，小椭圆形的。"

"阿立哌唑。非典型抗精神病药物。"

"听上去很厉害。"

"听上去是，实际上也是，在某些病例中效果卓著。但对我来说，只是一种附加，让我保持清醒，让我发胖。"

她点点头。"那个呢？"

"丙咪嗪。盐酸丙咪嗪。治抑郁的，还有遗尿。"

"你尿床吗？"

"今晚可能会。"我再啜一口。

"那个呢？"

"替马西泮。安眠药，要晚一点再吃。"

她点点头。"是不是喝了酒之后，你一样都不能吃了？"

我吞下一口。"不能。"

把药片吞下去的那个瞬间，我突然想起：早上已经吃过了。

简一仰头，嘴里喷出一团烟。"求求你，别喊将军。"她咯咯直笑，"我的自尊承受不起连输三局。你得记住，我好多年没玩过象棋了。"

"看出来了。"我直言不讳。她哼了一声，又大笑，露出一颗用银粉补过的牙齿。

我检查了一下这局吃掉的子：两个车，两个象，一排兵。简只吃了我的一个兵，还有孤零零的一匹马。她看到我在数，就撤回她的马，用力地放下。"伤马后退。"她说，"召唤兽医。"

"我最喜欢马了。"我对她说。

"你看，奇迹般的康复。"她把马摆正，用手指抚摸大理石马鬃。

我笑着喝完最后一口红酒。她又往我杯里倒了一点。我看着她。"我也喜欢你的耳环。"

她摸了摸一边的耳环，然后是另一边——每只耳朵上都有几颗小珍珠。"前男友送的。"

"阿里斯泰尔不介意你戴吗？"

她想了想，继而大笑。"我怀疑阿里斯泰尔都不知道。"她用拇指转动打火机的圆轮，火苗吻上一根烟。

"不知道你戴着，还是不知道它们是谁送的？"

简吸了一口，再把烟吹向一边。"都不知道。有时候，他不太平易近人。"她把香烟在碗边弹了弹，"别误会——他是个好男人，好父亲。但他太有控制欲了。"

"为什么？"

"福克斯医生，你是在给我做心理分析吗？"她问道，语调很轻松，但她的眼神很冷静。

"就算在分析，分析的也是你丈夫。"

她吸了口烟，皱起眉头。"他一直都那样，不轻信别人。至少，没有百分百信任我。"

"那又是为什么？"

"哦，我是个野孩子。"她说，"风流，放荡——阿里斯泰尔就喜欢用这些字眼——总是遇到错误的人，做出错误的决定。"

"直到你遇见了阿里斯泰尔？"

"遇到他之后也一样。我用了一段日子才把自己收拾干净。"但也不至于太久，我心想，从她的相貌来看，生孩子的时候顶多二十出头。

她又摇了摇头。"我和别人也有过一段。"

"和谁？"

她做了个鬼脸。"发生过而已，不值一提。我们都犯了错。"

我什么都没说。

"反正，结束了。但我的家庭生活仍然……"她的手指漫不经心地摇了摇，"很有挑战性。这个词很准确。"

"用词正确，用法语来说就是：Le mot juste。"

"你的法语课上得太值了。"她咬牙切齿地哭了，烟头朝上竖起来。

乘胜追击，我继续问，"是什么在挑战你的家庭生活？"

她长出一口气。一个完美的烟圈在半空弥散开来。

"再来一次。"我忍不住这么说。她果真又吐了一个烟圈。这时，我猛然意识到自己已经醉了。

"你知道，"她清了清嗓子，"不是具体的某件事，很复杂。阿里斯泰尔在挑战我，我的家人在挑战我。"

"但伊桑是个好孩子。我这么说是因为我见识过好孩子是什么样的。"我说。

她盯着我的眼睛。"很高兴你这么说。我也这样想。"她又在碗边弹了弹烟灰，"你肯定很想念你的家人。"

"是的。想得要死。但我每天都和他们聊天。"

她点点头。她的眼神有点迷离，她肯定也醉了。"但肯定和他们在

086

身边是不一样的，是不是？"

"嗯。当然不一样。"

她再一次点头："好了，安娜。你知道，我不会刨根问底，问是什么让你变成这样的。"

"体重超标？"我回道，"少白头？"我真的喝多了。

她抿了一口红酒："恐旷。"

"这个嘛……"如果我们要交换秘密以获得信任，那我就该说。"创伤，和别的患者一样。"我开始不安了，"我变得抑郁。严重抑郁。那可不是我想记住的事。"

但她摇摇头："不，我明白的——不关我事。我猜你也不会邀请别人来家里开派对。我只是在琢磨，我们该为你找出更多爱好，除了下象棋、看黑白电影之外。"

"还有做间谍。"

"做间谍。"

我想了想。"我以前会拍照。"

"看起来你现在仍在拍啊。"

这时我只能用傻笑应付过去。"说得对，但我的意思是户外摄影。我很喜欢。"

"像《人在纽约》那样的照片？"

"更像是自然摄影。"

"在纽约城里？"

"在新英格兰。我们以前去过几次。"

简转身对着窗户，手指西方："你看。"我一眼就看到了橙色的夕阳，建筑物在暮光中形成背光的剪影。一只鸟在附近盘旋。"那就是自然，不是吗？"

"理论上是，部分是，但我说的是——"

"这世界是个美好的地方。"她坚持己见，而且很严肃；目光深沉，语调平稳。她发现我在观察她，索性锁定我的目光。"别忘了这一点。"

她放松下来，斜靠在沙发里，把烟头在碗里掐灭。"也别错过。"

我从口袋里掏出手机，对准窗户，拍下快照。我看了看简。

"好样的！"她大喊一声。

19

我把她推到门厅时，六点刚过。她对我说："我还有很重要的事要做。"

"我也是。"

两个半小时。上一次和某人——任何人——闲聊两个半小时是什么时候的事？我在脑中追寻记忆，仿佛一条鱼线抛出，飞越时间，飞越四季。结论是无。没有想起谁。很久以前，自从我在严冬季节第一次接受菲尔丁医生的诊疗后就没有与人如此交谈了，即便在那时候我也不能长时间讲话，因为气管损伤尚未痊愈。

我感到活力四射，好像变年轻了。也许是因为红酒，但我觉得不是。亲爱的日记，今天我交到了朋友啊。

后来，入夜了，我打着瞌睡看《蝴蝶梦》的时候，门口的呼叫器又响了。

我掀开毛毯，脚步不稳地晃到门口，任由朱迪丝·安德森扮演的女管家在屏幕里冷嘲热讽："你为什么不走？为什么不离开曼德利庄园？"

我看了看对讲机的屏幕。外面站着一个高个子男人，宽肩，窄臀，头发全部向后拢，但也掩盖不了他的秃顶。我发了一会儿呆——通常在镜头里看到的他是有颜色的——才反应过来，那是阿里斯泰尔·拉塞尔。

"什么风把你吹来了？"我说。至少我认为自己讲出声了。毫无疑问，醉意未消。而且，我真不该把那些药片一股脑吞下去。

我按下了开门键。锁芯弹起，铰链轻响，我等待门关上的声音。

所以，等我拉开门厅的门时，他已经站在那儿了。在阴暗的门厅里，苍白的他好像自带柔光。他微笑着，皓齿坚固，连牙龈都很完美；眼神清澈，连鱼尾纹都很完美。

"阿里斯泰尔·拉塞尔。"他说，"我们家住在207号，公园对面。"

"请进。"我伸出一只手，"我是安娜·福克斯。"

但他摆摆手，没和我握手，依然站在原地。

"我真的不想当不速之客——非常抱歉打断你了。在看电影？"

我点点头。

他又露出闪亮、完美的笑容，宛如圣诞节商铺里的装饰品。"我只想问，今晚可有访客来你家？"

我皱起眉头。开口回答之前，我身后突然传出爆炸般的巨响——海难的场景，鸣炮警示。"有船搁浅了！"海岸警卫大喊大叫，"大家快来啊！"众声喧哗。

我回到沙发边，用遥控器暂停电影，转身时，看到阿里斯泰尔走进了起居室。在白色灯光照耀下，阴影聚集在他颧骨下面的凹陷处，真像个活死人。在他身后，门敞开着，在黑暗的门廊里仿佛一张打哈欠的大嘴。

"你可以帮我关上门吗？"他关上了。"谢谢。"我说着，舌头好像开始打滑了，我有点口齿不清。

"我来得不是时候吧？"

"不，没事。要喝点什么吗？"

"哦，谢了，我不需要。"

"我是说，水。"我需要澄清一下。

他彬彬有礼地摇摇头，然后重复一遍他的问题："今晚可有人前来拜访你？"

好吧，简提醒过我了。他有刀片般的薄嘴唇、警惕的眼神，看起来不太像控制狂；星星点点的胡楂，中年后退的发际线，让他更像一个成年雄狮般意气风发的男人。我开始幻想他和埃德相处起来会怎样：亲密无间，勾肩搭背，仿佛重返青春期，扔掉威士忌空酒瓶，你一句我一句不停地讲战争的故事。但知人知面不知心啊。

当然，这与他无关。但我也不想表现出刻意防卫的姿态。"我一晚上都自己待着。"我对他说，"这是电影马拉松之夜，我正看到一半呢。"

"什么片子？"

"《蝴蝶梦》。我最喜欢的电影之一。你——"

这时我才发现，他的目光越过我，深黑的眉毛拧了起来。我转身去看。棋盘。

我已经把用过的杯子整整齐齐地叠在水槽里，还把那只小碗刷干净了，但棋盘还在原位，残兵败将散落各处，生死未卜，简的国王大势已去，早就滚落到一边了。

我转身面对阿里斯泰尔。

"哦，你问那个啊。我的房客喜欢下棋。"我漫不经心地这样说道。

他眯起眼睛，看了看我。我不确定他在想什么。通常，要我揣摩别人的心事并不难，毕竟因为工作需要，我已经在别人脑瓜里钻营十六载了；不过，眼下的我也可能生疏了。再不然，就是因为醉酒，还有那些药。

"你玩吗？"

他迟疑了片刻才回答我："很久没玩了。"他又问："只有你和房客在这里吗？"

"不，我——是的。我和丈夫分开了。女儿和他在一起。"

"哦。"他朝棋盘投去最后一眼，又看了看电视机，终于朝门口走去。"谢谢你。有所打扰，非常抱歉。"

"别客气。"我看着他走进门厅了，又说，"还请替我谢谢你太太送我香熏蜡烛。"

他顿时停下脚步，转过身来，瞪着我。

"伊桑给我带来的。"

"什么时候的事？"他问。

"几天前吧。周日。"等等——今天是周几？"也可能是周六。"我有点恼怒；他为什么那么关心是哪天？"有问题吗？"

他张着嘴，愣了愣，终究没说什么。然后，他心不在焉地笑笑，一言不发地走了。

我歪倒在床上之前，特意透过窗户去窥视207号。他们都在家，拉塞尔一家人，聚在客厅里：简和伊桑坐在沙发上，阿里斯泰尔坐在他们对面的扶手椅里，专心地在讲什么。好男人，好丈夫。

别人家里的事，谁能知道？我读研究生时学到了这一点。"就算你和某个患者相识数年，也还是会被他吓到。"这就是我和韦斯利第一次握手后，他对我讲的话。我还记得，他的手指因为尼古丁而发黄。

"怎么会这样呢？"我问。

他在书桌后面坐好，伸手拢了拢头发。"你会听到某人的秘密、恐惧和渴求，但你要记住：这些都是与别人的秘密、恐惧和渴求同时存在的。所谓的别人，正是住在同一个屋檐下的家人。你听过那句有名的台词吧——幸福的家庭都是一样的？"

"《战争与和平》。"我说。

"《安娜·卡列尼娜》。哪本书并不重要，重要的是：这句话说得不符合事实。没有两个家庭是相似的，不管幸福与否。托尔斯泰纯粹是胡说八道。记住这一点。"

我记着呢，现在，我正小心地拨弄调焦圈，完成构图。一张家庭肖像。

然而我又放下了相机。

星期三

11 月 3 日

20

醒来时，韦斯利的形象仍徘徊在我脑海里。

韦斯利和来之不易的宿醉。我摇摇摆摆，好像踩着云彩走在迷雾中，下楼进了书房，又赶紧跑进卫生间吐了起来。天堂狂喜。

我早就发现了，在呕吐方面我有精准的自控力。埃德说过，我完全可以成为职业选手。按下冲水，呕吐物旋转着消失了；我漱了漱口，拍拍脸颊，好让自己有点血色，然后回到了书房。

公园那一边，拉塞尔家的窗内没有动静，所有的房间都很暗。我瞪着那栋楼，它也回瞪着我。我发现自己挺想他们的。

我望向南边，有辆年久失修的出租车慢吞吞地在街上开着；有个女人神清气爽地迈着大步跟在车后，一手握着咖啡杯，一手牵着贵宾犬的皮绳。我看了看手机上的时钟：十点二十八分。怎么醒得这么早？

对了！我忘了吃安眠药。没错，还没想起来吃安定，我就已经趴到床上昏昏欲睡了。平常的我是靠这种药昏睡过去的，睡得像块大石头，死沉死沉的。

昨晚的事在脑海中萦绕再现，一幕幕仿佛被闪光灯照亮，刺眼的频闪有如《火车怪客》里的旋转木马。真的发生了吗？是的：我们开了简带来的白葡萄酒，我们聊到了航行，我们一块接一块地吃巧克力，我拍了一张手机快照，我们讨论了各自的家庭，我把药片摊放在咖啡桌上，我们喝了更多的酒。是这些事，但未必是按照这个次序来的。

三瓶——还是四瓶？就算四瓶好了，其实我的酒量不止如此，以前有过更高的纪录。"是因为药。"我自言自语，好像恍然大悟的阿基米德大叫"我明白了！"确切地说是因为药量：昨天我服用了双倍的医嘱药量，我想起来了。一定是因为药。"我敢打赌，这些药能把你一棍子打晕了。"我一口气吞下药片，还用一大口红酒送服之后，简咯咯地笑着说。

　　我的头痛得快炸了，两只手抖个不停。我在书桌抽屉最里面翻出一罐旅行装艾德维尔布洛芬止痛片，往嗓子眼里扔进三颗。按照说明书上所写，这瓶药已在九个月前过期了。九个月，都够怀孕生子了，我突然想到这一点。足够一个生命诞生。

　　我吞下了第四颗布洛芬。以防万一。

　　后来……后来是怎么回事？想起来了：阿里斯泰尔来了，问起他妻子的事。

　　窗户外有动静。我抬头一看，原来是米勒医生出门去上班了。"下午三点一刻见，"我对他说，"别迟到。"

　　别迟到——那是韦斯利的金科玉律。"对有些人来说，这是他们一整个星期里最重要的五十分钟。"他会这样提醒我。"所以，看在上帝的分儿上，不管你在做什么，不管做完了没有，都千万别迟到。"

　　韦斯利·太厉害。距离上一次检查已有三个月。我抓起鼠标，进入谷歌界面。光标在搜索引擎中央跳动，如同心跳。

　　我按下回车键就看到了：他仍拥有荣誉副教授的职位，仍在《时代》周刊和专业杂志上发表文章。当然，他仍在行医，不过，我记得诊所已在夏季搬到了约克维尔区。所谓的"诊所"仅仅包括韦斯利本人和接线员菲比，以及她的 Square 牌读卡器。还有伊姆斯躺椅。他很喜欢他的伊姆斯。

　　不过，大概也只有伊姆斯能入他的眼。韦斯利没有结婚；诊疗时的讲说是他倾注全部爱意的情人，病人就是他的孩子们。"福克斯，你不用同情可怜的布里尔医生。"他曾这样警告我。我记忆犹新：那是在中央公园，天鹅的脖子像问号，晌午的阳光从高高的榆树叶间照下来，投下蕾丝般的影子。他刚问我，愿不愿意作为初级合伙人加入他的诊所。"我的生活太充实了，"他说，"所以才需要你，或像你这样的人才。我们联手，可以帮助更多孩子。"

他是对的，一如往常。

我按下谷歌的图片搜索页面，立刻出现一排排照片，都不是最近拍的，也没有哪张特别值得称赞。"我不太上相。"他倒不是抱怨，这样说的时候，一团雪茄的烟雾盘绕在他头顶。他的指甲上有污点，还豁了口。

"是不太上相。"我表示同意。

他突然一皱眉。"请回答是非题：你对你丈夫也这样生硬吗？"

"不完全是。"

他哼了一声。"有些事不可以这样说。要么是，要么否。要么是真的，要么就不是真的。"

"非常正确。"我回答。

21

"猜猜我是谁。"

我在椅子里调整了一下坐姿："那是我的台词。"

"女汉子，你听上去一塌糊涂啊。"

"我确实是一塌糊涂。"

"你病了？"

"曾经。"我回答。我不该把昨晚的事告诉他，我知道，但另一方面，我太虚弱了，而且我很想对埃德保持坦诚。这是他应得的。

他很不高兴。"你不能那样做啊，安娜。不能用酒送药。"

"我知道。"已经开始后悔自己一吐为快了。

"我是说真的。"

"我知道，我说过了。"

他的声音再响起时，语气柔和多了。"最近，你的访客真不少啊。太多刺激了。"他停顿了一下，"也许公园那边的人——"

"拉塞尔一家。"

"也许他们可以暂时不要来骚扰你。"

"只要我不昏倒在门外，我相信他们就会忘了我的。"

"你的事，和他们没关系。"我敢说，他心里还在想：他们的事也和你无关。

"菲尔丁医生怎么说？"他继续问。我怀疑每当埃德觉得茫然、不知所措时，都会这么问。

"他更感兴趣的是我和你的关系。"

"和我？"

"和你们。"

"哦。"

"埃德，我想你。"

我不是故意这样说的——甚至没有意识到自己是这样想的。未加过滤的潜意识。所以我特意解释了一句："对不起——那是本能在讲话。"

他沉默了片刻。

然后好不容易憋出了一句话："好吧，现在是埃德在讲话。"

我也想念这种冷笑话——他就喜欢这种傻乎乎的文字游戏。以前，他老撺掇我把名字"安娜（Anna）"嵌入"精神分析学家（psychoanalyst）"中，这样就可以自称为"精分安娜（psycho-anna-lyst）"。我总会假装恶心，断然否认："太可怕了！"他却不依不饶地说："你知道自己喜欢着呢！"没错，我确实喜欢。

他又沉默了。

过了一会儿："你想我什么？"

我可没料到他会这样问。"我想……"一旦开了口，我就指望着潜意识能接盘，自动组织语言，自主发声。

结果，内心的涌动一发不可收，如同滔滔洪水冲溃堤坝。"我想念你投球的样子。"傻乎乎的话最先溜出来。"我想念你无论如何都打不好布林结。我想念你刮胡子留下的刀疤。我想念你的眉毛。"

说着说着，我发现自己走上了楼梯，走过了平台，走进了卧室。"我想念你的鞋子。我想念你早上向我讨咖啡。我想念你那次涂了我的睫毛膏，结果大家都发现了。我想念你那次竟然让我缝衣服。我想念你对服务生总是很客气。"

躺在床上了，我们的床。"我想念你煎的蛋。"打散后下锅，仍有单面荷包蛋的感觉，一半凝结。"我想念你讲的睡前故事。"女主角拒绝王子的求婚，坚持先攻读他俩的博士学位。"我想念你对尼古拉斯·凯奇的印象。"详见惊悚电影《异教徒》的海报。"我想念你竟然一直以为'误导'该读作'错导'。"

"别在鸡蛋里挑骨头。你这是在错导我。"

我笑起来的时候才发现自己落泪了："我想念你傻得可爱的冷笑话。我想念你总是掰下一块巧克力，而不是索性咬一口那该死的巧克力棒。"

"别说粗话。"

"对不起。"

"还有，掰下来更好吃。"

"我想念你的心。"我说。

冷场。

"我非常想你。"

继续冷场。

"我非常爱你。"我又哭又笑，上气不接下气，"你们两个。"

这都不是套路，不是我能辨认出来的套路——毕竟，我的专业素养之一就是能认出套路。我就是想他了。我想他。我爱他。我爱他们。

一段深长的沉默。我默默地呼吸。

"可是，安娜，"他开口了，很温柔，"如果——"

楼下突然有响动。

很轻，像有什么东西滚动了一下。也许是房子内部的零件。

"等一下。"我对埃德说。

接着，又传来一声很清晰的咳嗽，干巴巴的，闷声闷气。

我的厨房里有人。

"我得下去看看。"我对埃德说。

"什么——"

话没说完，我已经悄悄地凑近门口，紧握手机；手指已经在屏幕上拨出了电话号码——911——拇指就停在拨号键上。我想起上一次报警的情形。事实上，打了不止一通，我努力地一拨再拨。这一次，肯定会接通的。

我蹑手蹑脚地走下楼梯，手搭在扶栏上，脚下的台阶完全隐没在阴影里。

转过平台，日光照亮了楼梯井。我悄无声息地走进厨房。手机在手里微微颤抖。

水槽边站着一个男人，宽阔的后背对着我。

他转身了。我按下了拨号键。

22

"嘿！"戴维说。

好想骂一句。我长吁一声，立刻中断了拨号，并把手机揣进口袋。

"对不起。"他说道，"半小时前我按过门铃了，我想，你大概还在睡觉。"

"应该是在冲凉。"我回答。

他没再说什么。大概是为我感到尴尬吧：我的头发一根都没淋湿呢。

"所以我就从地下室的门直接上来了。这应该可以吧？"

"当然可以。"我对他说，"你随时都可以上来。"我走到水槽边，接了一杯水。神经总算放松下来了。"需要我帮忙吗？"

"我在找美工刀。"

"美国刀？"

"美工刀。"

"开纸箱用的那种刀？"

"没错。"

"美国——美工——刀。"我念念有词。我这是犯了什么病？

"我在水槽下的柜子里找过了。"他用宽容的口吻继续讲，"电话旁边的抽屉里也找了。顺便提醒你，座机没插电。依我看，那是没法用的。"

我都想不起来最后一次用座机是什么时候了。"那是一定的。"

"找时间再修吧。"

我在心里说：没必要。

我转身朝楼梯口走去，并说道："楼上的储物间里有一把开箱刀。"话音未落，他已经跟上来了。

走上楼，一转弯，我打开了储物间。里面好像塞满了燃尽的火柴，黑洞洞的。我拉下灯泡旁边的细绳。这个储物间又深又窄，位于某个房间的阁楼，最里面摆放着一些折叠沙滩椅，几个油漆罐像五颜六色的小花盆一样散放在地板上……搞不好，犄角旮旯里还有亚麻墙纸，上面印着牧羊女、贵族和海胆似的奇异花卉。埃德的工具箱在搁板架子上，看起来有一百年没用过了。以前他就说过："我可不是能工巧匠。有我这样的身体和脑子，不需要亲自动手。"

我打开箱子，翻找起来。

"那个就是。"戴维一眼就发现了——裹着银色塑料刀鞘的一端，有一小截刀刃露在外面。我一把抓住它。"小心。"

"我不会伤到你的。"我谨慎地把刀递给他，露出的刀刃朝向自己。

"是我不想伤到你。"

我的心里忽然有种异样的快感，好像蹿起了一朵小火苗："你要这个干什么？"我又拉了一下灯绳，储物间立刻重回黑暗。戴维一动没动。

我突然意识到，我们正站在伸手不见五指的黑暗里，我穿着睡袍，戴维持刀，我们从没有这样靠近过对方。他可以吻到我。他可以杀掉我。

"隔壁的男人请我去干点活。开箱子，收拾东西。"

"隔壁哪家？"

"公园那边的一家。姓拉塞尔的。"他一步迈出去，朝楼梯走去。

"他怎么找到你的？"我跟上去，问他。

"我散发了一些小广告。他肯定是在咖啡店或别的地方看到了。"他转身看着我："你认识他？"

"不认识。"我回答，"他昨天来过。仅此而已。"

我们回到了厨房。"他那儿有些箱子还没拆封，还有些家具要放到地下室里去。我大概下午才会回来。"

"我认为他们不在家。"

他眯起眼睛瞥了我一眼："你怎么知道？"

因为我在偷窥。"看起来不像有人在家。"我透过厨房玻璃指向207号，可就在这时，拉塞尔家的起居室亮起了灯。阿里斯泰尔站在那儿，用下巴和肩膀夹着手机，头发乱蓬蓬的，一看就是刚起床。

"就是那个男人。"戴维说着，朝门厅走去，"我晚点回来。谢谢你借我刀。"

23

我本想回去接着找埃德聊天——"猜猜我是谁"，这次轮到我讲这句了——可戴维刚出门，门又被敲响了。我去开门，打算问他忘了什么。

门那边却是个大眼睛的柔媚女子：比娜。我看了看手机——刚好正午。美国，美工。天哪。

"戴维让我进来的。"她解释了一句，"每次看到他，他都比上一次更帅。这可如何是好？"

"你要主动出击，也许就能解决问题。"我说。

"也许你该闭嘴，做好训练的准备。快去换件像样的衣服。"

我去换了。等我在起居室的地板上铺开瑜伽垫，康复训练就开始了。我和比娜相识快十个月了——十个月前，我刚刚出院，脊背有瘀青，喉咙严重受损——就在这十个月里，我们喜欢上了对方。大概真的像菲尔丁医生说的那样，甚至该算是朋友了。

"今天外面很暖和。"她把哑铃压在我后背的腰窝上；我的手肘开始晃动。"你应该开一扇窗。"

"不可能。"我在呻吟中回答。

"你会错过窗外的明媚阳光。"

"我已经错过太多了。"

一小时后，我的 T 恤被汗水浸透了，贴在身上。她把我拖起来，问道："你想不想试试雨伞魔法？"

我摇摇头，头发都粘在脖子上。"今天算了。而且，那也不是魔法。"

"又暖和，又没风，这么好的天气，不试试多可惜。"

"不——我……算了。"

"你的酒还没醒？"

"那也算理由之一吧。"

她轻叹一声："这星期和菲尔丁医生谈过这事吗？"

"谈过了。"我撒了谎。

"谈得怎样呢？"

"很好。"

"你做到第几步了？"

"十三步[1]。"

比娜在审视我。"好吧。对你这年纪的女人来说，不算太糟。"

"越来越老了。"

"怎么了？快过生日了？"

"下周。十一号。十一月十一号。"

"得让你享受老年人特惠价了。"她弯下腰，把哑铃收进箱子里，"吃饭吧。"

以前我不怎么下厨——埃德负责做饭——最近这些日子，生鲜即送会把日常所需的食物送到我家门口：冷冻即食便当、微波炉半成品、冰激凌、红酒（箱装），还有为比娜准备的少量水果和精益蛋白质。她硬说那也是为我好。

我们吃午饭的时间是不计费的——看起来，比娜挺喜欢有我作陪。有一次我问她："难道我不该为你这段时间付钱吗？"

"你已经用午餐抵偿了。"她这样回答。

我把一大块黑乎乎的烤鸡拨到她盘子里："你说的午餐就是这玩意吗？"

今天的午餐是蜂蜜甜瓜、几小条熏干培根。"确定没有腌过吗？"比娜问。

"确定。"

"谢谢，夫人。"她用勺子挖了一口甜瓜，抹了抹粘在嘴唇上的蜂蜜。"我刚看了一篇文章，讲的是蜜蜂为了找花蜜，从蜂巢出去后可以一口气飞行十公里。"

"你在哪儿看到的？"

"《经济学人》。"

"哇哦，《经济学人》。"

---

1. 美国嗜酒者互诚协会推行十二步戒酒。主人公开玩笑说，自己已经走到了第十三步。

"是不是很让人惊叹？"

"是让人忧伤吧，我连家门都出不了。"

"人家的文章不是针对你的。"

"听上去不是而已。"

"蜜蜂还会跳舞呢，术语叫作——"

"摇摆舞。"

她把培根一分为二："你怎么会知道？"

"我在牛津的时候，皮特里弗斯博物馆办过一次蜜蜂特展。那是英国很有名的自然博物馆。"

"哇，牛津。"

"摇摆舞，我记得很牢，因为我们试图模仿来着，一群人跌跌撞撞的，很像我康复训练时的样子。"

"你们当时也喝醉了？"

"并不是很清醒。"

"看了那篇文章之后，我一直会梦到蜜蜂。"她说，"你觉得这有什么寓意吗？"

"我不是弗洛伊德派的。我不解梦。"

"假如让你来解呢？"

"如果让我解，我会说蜜蜂是在让你停下，别再冲动地问我梦有什么意思。"

她嚼着肉，说道："下次训练我要让你吃尽苦头。"

我们默默地吃东西。

"你今天吃药了吗？"

"吃了。"其实还没有，我想等她走了再吃。

又过了一会儿，水管里突然传出水声。比娜朝楼梯看了一眼："是抽水马桶吗？"

"是的。"

"家里还有别人吗？"

我摇摇头，把嘴里的东西咽下去："听上去应该是戴维带了朋友过来。"

"好一个贱人。"

"他又不是天使。"

"你知道是谁吗？"

"一向一无所知。你是在嫉妒吗？"

"当然不是。"

"难道你不想和戴维来一段摇摆舞？"

她向我扔来一小块培根碎片："我下周三有事，和上周一样。"

"你姐姐。"

"是的。她又来了。改到周四可以吗？"

"应该没问题。"

"太好了。"她一边咀嚼，一边转动水杯，"安娜，你看起来很憔悴。休息得好吗？"

我点点头，又摇摇头。"不好。我……我是说，休息得还行，但我最近脑子里很乱。你知道，这……这事不好对付。"我张开手臂，扫过整个房间。

"我知道，肯定很难受。我懂的。"

"训练也很难受。"

"你的表现真的很棒。我保证这是实话。"

"还有心理诊疗也让我难受。你知道，做惯了医生，就很难做病人。"

"可以想象。"

我调整呼吸，不想让情绪激动。

还有最后一条没说："而且，我很想念莉薇和埃德。"

比娜放下餐叉："肯定会想啦。"她回应我的笑容那么暖心，我的眼泪差点涌出来。

24

莉齐奶奶：安娜医生，你好！

随着鸟鸣般的提示音，这条消息跳到桌面上。我把杯子放到一边，从棋局里抽身而出。比娜走后，我已经连胜三局了。今天战绩显赫，可喜可贺。

医生在此：莉齐，你好！感觉如何？

莉齐奶奶：好多了，真心感谢你。

医生在此：听到这消息真让人开心。

莉齐奶奶：我把理查德的衣服都捐给教会了。

医生在此：他们一定非常感激你。

莉齐奶奶：是的，而且这也是理查德的心意。

莉齐奶奶：三年级的学生们为我制作了一张很大的康复贺卡！好大好大，贴满了亮片和棉花球。

医生在此：好贴心啊。

莉齐奶奶：老实说做得很丑，我顶多给 C+，但贵在心意。

我笑了，顺手打出 LOL[1]，但又删掉了。

医生在此：我的工作对象也是孩子。

莉齐奶奶：真的吗？

---

1. LOL：laugh out loud 的缩写，是网络聊天的惯用符号，表示大笑。

医生在此：儿童心理学。

　　莉齐奶奶：我有时觉得那才是我的专业……

　　我又笑了。

　　莉齐奶奶：哇哦！我差点忘了！

　　莉齐奶奶：今天早晨，我可以出门走几步了！有个以前的学生顺路来看望我，陪我走出了家门。

　　莉齐奶奶：就一分钟左右，但太值得了。

　　医生在此：进步好大。走出第一步，以后就会越来越容易了。

　　事实未必如此，但为了莉齐，我真心期盼她的状态越来越好。

　　医生在此：学生们都这么爱护你，真是太棒了。

　　莉齐奶奶：这个学生叫萨姆，完全没有艺术细胞，但他从小就是个好孩子，现在也是个好男人。

　　莉齐奶奶：不过我忘带家门钥匙了。

　　医生在此：完全可以理解！

　　莉齐奶奶：一时半会儿又进不了屋。

　　医生在此：但愿那不会让你太恐慌。

　　莉齐奶奶：是有点吓人，但我在花盆下面藏了备用钥匙。紫罗兰都盛开了，好美丽。

　　医生在此：我们在纽约城里，没这个福分啊！

　　莉齐奶奶：哈哈哈！

　　我微微一笑。她还没精通网聊。

　　莉齐奶奶：我得下线了，去做午饭。有朋友过来。

医生在此：去吧。很高兴知道你有伴儿。

莉齐奶奶：谢谢你！

莉齐奶奶：：）

　　她退出了。我觉得自己容光焕发。"我死之前，还可以办件好事。"——《无名的裴德》第六部第一节。

　　五点，一切顺利。我下完了棋（4比0！），喝完了酒，下楼走向电视机，拉开影碟柜，我心想：今晚来个希区柯克双片连播吧，不如就看《夺魂索》（一直被低估）和《火车怪客》（交叉谋杀）。两部电影的主角都是男同性恋——我猜就是因为这一点，我才想把它们配对的。我仍在受分析力的惯性驱使。"交叉谋杀。"最近我自言自语的频率越来越高了，要记着和菲尔丁医生谈谈这事。

　　或许看《西北偏北》也不错。

　　或者《贵妇失踪记》——

　　一阵尖叫声，凄厉又生猛，撕心裂肺地喊出来。

　　我转身朝向厨房的窗户。

　　家里万籁俱寂。我的心跳像鼓点。

　　哪儿来的尖叫？

　　窗外，金灿灿的暮光阵阵波动，晚风摇动枝叶。是街上的声音，还是——

　　就在这时，又传来一声：发自肺腑、震颤、惊恐的尖叫声。来自207号。客厅的窗户是敞开的，窗帘在微风中不安地晃动。今天外面很暖和。比娜说过，你应该开一扇窗。

　　我呆若木鸡地瞪着那栋楼，眼神在厨房和客厅间摇摆，又突然朝楼上伊桑的房间看，再回到厨房。

　　是他在打她吗？控制欲太强。

　　我没有拉塞尔家的电话号码，但下意识地把iPhone从口袋里掏了出来，又笨手笨脚地让它滑落在地——"该死！"——捡起来就拨了查号台。

"请问地址？"接线员的声音很阴沉，我报出了地址。过了一会儿，自动语音报出了十个数字，还表示可以用西班牙语复述一遍。我挂断，立刻把那十个数字敲进手机。

嘟，铃声在我耳朵里响起。

嘟，第二声响起。

嘟，响了第三声。

第四声响到一半——

"哈罗？"

是伊桑接的电话。他声音发抖，压低嗓门。我飞快地望了一眼他家，但没看到他。

"是我，安娜。公园这边的。"

一声抽噎。"嘿。"

"你那儿出什么事了？我听到尖叫声。"

"哦。没有——没事。"他咳了一下，"没事。"

"我听到有人尖叫。是你妈妈吗？"

"没出什么事。"他重复一遍，"只是他在发脾气。"

"你需要帮忙吗？"

他顿了顿："不用。"

我听到急促的嘟嘟两声。他挂断了电话。

他们家的小楼面无表情地对着我。

戴维——戴维今天过去干活。也许已经回来了？我奔到地下室门口狠狠敲门，大喊他的名字。一时间，我有点害怕会有个陌生人来开门，睡眼惺忪地跟我说：戴维马上就回家，如果你不介意，我可以回去睡觉吗，多谢。

什么动静都没有。

他听见了吗？他看到了吗？我拨通他的电话。

不疾不徐的四声铃响,然后传来机械的通报:"您所拨打的用户……"一个女人的声音——总是女人来讲这些话。大概是因为我们道歉听上去更诚恳。

我按下取消键,下意识地摩擦手机,仿佛它是神灯,再摸几下就会冒出个神仙,施法,许诺,满足我的心愿。

简在尖叫。两次。她儿子否认家里出事了。我不能贸然报警;假如他不肯对我说,显然更不会向警察坦白。

我的指甲都快抠进掌心了。

不行。我得再和他谈谈——最好是和她。我回到最近通话记录的页面,按下拉塞尔家的号码。铃响了一下就被接起来了。

"你好。"是阿里斯泰尔,令人愉快的男高音。

我屏住呼吸。

我抬头一望:他就在厨房里,拿着电话。另一只手握着一把铁锤。他没有发现我。

"我是安娜·福克斯,住在213的。我们昨晚见过——"

"是的,我记得。你好。"

"你好。"我开始后悔这么彬彬有礼了,"我刚才听到一声尖叫,所以想来问——"

他转了个身,背对着我,把锤子放在台面上——是铁锤吓到她了吗?——然后按了按后脖颈,好像在给自己压惊。"对不起——你听到了什么?"

我没想到他反过来问我。"尖叫?"说完,我觉得不行:应该用确凿无疑的语气。"尖叫。一分钟以前。"

"尖——叫?"他的语气好像在说外语。意大利语的"潇洒(Sprezzatura)"?德语里的"幸灾乐祸(Schadenfreude)"?

"是的。"

"你在哪儿听到的?"

"从你家传来的。"转过身来,我想看到你的表情。

"这可……这儿没人叫喊啊，我可以向你保证。"我听到他轻笑一声，看到他靠在了墙上。

"可我确实听到了。"你儿子也承认了，我心里想，但我不会跟他讲——那样可能会激怒他，无异于火上浇油。

"你肯定听错了。或者是别的地方发出的声音。"

"不，我非常确定，就是你家传出来的。"

"家里只有我和我儿子。我没有叫喊，我很肯定，他也没有。"

"但我明明听——"

"福克斯太太，我很抱歉，但我还有事——另一通电话打进来了。这里一切都好。没有人尖叫，我保证！"

"你——"

"祝你度过愉快的一天。享受好天气吧。"

我眼睁睁看着他放下电话，又听到急促的嘟嘟两声。他从台面上拿起铁锤，从另一边的门走了出去。

我难以置信地瞪着手机，好像指望它能给我一番解释。

过了一会儿，我回头再看拉塞尔家时，看到她出现在门口的台阶上。她一动不动地站了一会儿，好像猫鼬在巡视周围有没有天敌，然后才走下台阶。她左顾右盼，晃着脑袋，最后决定朝西走，朝林荫道走，夕阳照在头发上，她好像戴了一顶金色的王冠。

25

他背靠门廊，浸了汗水的衬衫颜色变深了，汗湿的头发扁塌塌的。一边的耳朵里塞了一只耳机。

"你说什么？"

"你在拉塞尔家有没有听到尖叫声？"我又问了一遍。我刚刚听到他回来，距离简出现在那边门阶上还不到半小时。这期间，我一直用尼康相机对着拉塞尔家，从一个窗口瞄到另一个窗口，宛如一只猎狗在狐狸洞口闻来闻去。

"没有，我大概半小时前就离开了，"戴维回答，"去咖啡店买了一份三明治。"他掀起衬衫下摆，抹了抹脸上的汗。他的腹部有几块起伏的肌肉。"你听到有人叫？"

"两声，叫得很响，听得很清楚。大概六点钟？"

他看了看手表。"那时候我应该还在他们家，但我也听不到什么。"说着，他指了指耳机；另一只耳塞随着细线垂荡在腿侧，"一直在听斯普林斯汀[1]。"

这是有史以来他第一次表露出个人喜好，但时机不对。我不依不饶地又问道："拉塞尔先生没提到你在他们家。他说家里只有他和他儿子。"

"那我应该已经走了。"

"我给你打了电话。"这话听起来可怜巴巴的。

他皱了皱眉，从口袋里掏出手机，看了看，眉头反倒皱得更深了，好像很不满意手机没让我找到他："哦。你要我帮忙？"

"所以，你没听到任何人喊叫。"

"我没听到任何人喊叫。"

我转过身。"你有什么需要吗？"他又问了一遍，但我已经朝窗口走去了，始终抱着相机。

我眼看着他出门。门开了，他现身，关上门。他利落地走下台阶，朝左拐，走上人行道，朝我家走来。

没过多久，门铃就响了，我已经在对讲机旁等待。我按下开门键，听到他走进门厅，听到前门咔嗒一声关上，这才拉开门厅的门，看到他

---

1. 布鲁斯·斯普林斯汀（Bruce Springsteen），美国著名摇滚歌手、词曲作者。

站在阴影里，眼睛红通通的，布满血丝。

"对不起。"伊桑说着，在门口徘徊不前。

"别这么说。快进来。"

他像只风筝，轻飘飘地飞进来，眼看要落在沙发上，转而又进了厨房。"你想吃点什么吗？"我问他。

"不用了。我待不了多久。"他摇着头，眼泪像断线的珠子般滑下脸颊。这孩子只来过我家两次，两次都哭了。

当然，我早就习惯了孩子们悲伤时的举止：抽泣，哀号，打洋娃娃，撕扯图书。但只有对奥莉薇亚，我才可以用拥抱表示安慰。现在，我对伊桑张开手臂，如同羽翼展开，他有点尴尬地走进这个怀抱，却重重地靠在我身上。

在那个瞬间，和之后的片刻里，我好像又在拥抱自己的女儿了——在她第一天上学回家后抱住她，度假时在巴巴多斯的泳池里抱住她，在寂静的鹅毛大雪中抱住她。她的心跳，我的心跳，交融在一起，形成持续不断的节奏，同时在我们两人的血脉里鼓动。

他在我肩头小声说了些什么。"你说什么？"

"我说，真的非常抱歉。"他重复了一遍，迫使自己抬起头来，把袖口垫在鼻子下面，"非常抱歉。"

"没关系。别再道歉了。没事。"我拨开垂在自己眼前的一缕头发，又帮他把眼前的头发拨开，"发生了什么事？"

"我爸……"他停下来，透过玻璃窗望了一眼他家。夜色中，那栋小楼像一只在发光的骷髅头。"我爸一直大喊大叫，我待不下去了。"

"你妈妈呢？"

他抽噎一下，又抹了抹鼻子。"我不知道。"喘了几口粗气，他抬眼盯着我看，"对不起。我不知道她在哪里。不过，她应该没事。"

"是吗？"

他打了个喷嚏，垂下眼帘。庞奇不知何时来到他脚边，蹭来蹭去。伊桑又打了一个喷嚏。

"抱歉。"又一个喷嚏，"猫。"他朝四周看看，好像很惊讶地发现自己竟然站在我家厨房里。"我得回去了。我爸会发火的。"

"我认为他早就发火了。"我从餐桌旁拉出一把椅子，示意他坐下。

他有点犹豫，又抬眼看了看窗外。"我还是走吧。本来就不该过来的。我只是……"

"你只是需要离开那栋房子。"我帮他把话讲完，"我懂。但问题是，你现在回去安全吗？"

出乎我意料的是，他大笑一声，笑声短促又尖刻。"他只会动嘴皮子，没别的本事。我才不怕他呢。"

"但你妈妈怕。"

他不说话了。

在我看来，伊桑身上没有受虐儿童常有的那些痕迹：脸部、小臂都没有伤痕，举止坦率，态度友好（但不要忘记：他哭过两次了），个人卫生方面也令人满意。但这只是乍看之下的初步印象。毕竟，此刻的他在我家厨房里，用紧张、惊恐的眼神远远打量着公园另一边的他的家。

我把椅子推回原位。"我要你记住我的手机号码。"我对他说。

他点了头——我觉得他有点勉强，但好歹是答应了。"可以给我写下来吗？"他说。

"你没有手机？"

他摇了头。"他——我爸不让我带手机。"他吸了吸鼻子，"我也没有电子邮箱。"

并不意外。我从厨房抽屉里随手抽出一张没用的购物小票，写下一串号码。四位数，我突然反应过来，写的是以前诊所的分机号码，那是我为病人们保留的紧急求助专用号码。"1800-安娜特急。"埃德喜欢这样开我的玩笑。

"抱歉，写错了。"我在四位数上画了一条线，在下面写上手机号码。一抬头，我发现他已经站在厨房门口了，依然紧盯着公园另一边的小楼。

"你不是非回去不可。"我说。

他转过身，迟疑，摇摇头："我还是回家吧。"

我点点头，把那张小纸片递给他。他把它塞进了口袋。

"你可以随时给我打电话。"我说，"请把这个号码也给你妈妈。"

"好的。"他朝门口走去，肩背挺得笔直。我心想，这是做好了打硬仗的准备吧。

"伊桑？"

他的手握住了门把，转身看我。

"我说真的。任何时候都可以给我打电话。"

他点点头，然后打开门，走了出去。

我回到窗边，目送他穿过公园，走上台阶，把钥匙插进门锁。他停了停，深吸一口气，然后进了门，不见了。

26

两小时后，最后一口酒进了肚，我把空酒瓶搁在咖啡桌上。我强迫自己慢慢站起来，然后向另一边倾斜，犹如时钟上的分针。

不行。拖也要把你自己拖到卧室。拖到浴室。

淋浴间的水帘下，过去几天里发生的事在我脑海中不断闪回，缝隙被补上，空洞被填满：伊桑，在沙发上哭泣；菲尔丁医生的高度眼镜；比娜，单腿弯曲压住我的脊椎；还有简来拜访的那一夜，烟波荡漾。埃德的声音在我耳边。持刀的戴维。阿里斯泰尔——好男人，好丈夫。那两声尖叫。

我挤出一点洗发水，用手接着，漫不经心地涂抹到头发上。水在我脚边汇流。

药——天哪，还有药。"安娜，这些都是药性很强的精神科药物，"菲尔丁医生从一开始就提醒过我，那时我吃止痛药都会犯迷糊，"吃这些药的时候，要对自己负责。"

我用手掌撑住浴室墙壁，在花洒下垂下头，脸孔仿佛被埋在湿发围成的黑色洞穴里。我的身体正在发生某种变化，从里到外，又危险又新鲜。这棵毒树已然生根。它在长，枝叶四散，藤蔓缠绕我的五脏六腑。

"药。"我说了出来，哗啦哗啦的水声掩映着又轻又细的话语声，宛如在水底讲话。

手指在玻璃上画出象形符号般的图案。我抹了抹眼里的水，定睛去看。整面玻璃门上，一遍又一遍，一行又一行，我竟然写下了简·拉塞尔的名字。

星期四

11 月 4 日

27

　　他仰面躺着，任由我的手指在他深黑色的胸毛上游走，从肚脐到胸口。"我喜欢你的身体。"我对他说。

　　他叹息，然后微笑着说："不要。"我的手游走到了他的颈窝，暂停下来，他却开始列举自己的缺点：皮肤干燥，导致背部粗糙；左右肩胛骨之间有颗痣，像个爱斯基摩人孤零零地被困在一大块摇摇欲坠的冰面上；大拇指有点歪，手腕上有凸起；两个鼻孔间有一道小小的白色疤痕。

　　我去抚摸那道疤，还把小手指伸进他的鼻孔；他哼了一声。"怎么搞的？"我问。

　　他用拇指绕住我的头发："我表弟。"

　　"我都不知道你有表弟。"

　　"有两个呢。这道疤是罗宾干的，他把剃须刀抵在我鼻子上，声称要切断鼻中隔，那样一来，我就只有一个鼻孔了。我摇头说不要不要，刀片就把我割破了。"

　　"天哪。"

　　他长出一口气："可不是嘛。要是我点头说好，说不定一切安稳。"

　　我笑了："那时你多大？"

　　"哦，也就是上周二吧。"

　　这下我狂笑不止了，他也是。

我渐渐醒来，梦就像水槽里的水一样流光了。其实不是梦，是回忆。我好想把回忆拢在掌心里，但它还是流失殆尽。

我用手捂着前额，想让宿醉的感觉快点消失。掀开床单，走向梳妆台的时候，我把睡衣扔到地上，然后看了看墙上的钟：十点十分，分针时针一边一根，好似上过蜡的翘胡子。我足足睡了十二小时。

昨日如鲜花，今日已凋零，泛黄，枯萎。别人的家务事。争吵是让人不太愉快，但也没什么奇怪的——我听别人这样说。说真的，实在是听够了；这不关我的事。也许埃德说得对，我这么想着，一步一步下楼去我的书房。

他显然是对的。太多刺激了。是的，确实太多了。我睡得太多，喝得太多，想得也太多；都太多，太多了。过头了。米勒夫妇去年八月搬来时，我也像现在这样多管闲事吗？他们从未拜访过我，一次也没有，但我还是研究了他们的日常生活，观察他们的一举一动，像野生的鲨鱼一样瞄准了他们。所以，拉塞尔夫妇并没有特别让人感兴趣。他们只是和我住得特别近。

我当然很关心简，也格外为伊桑担忧。他爸爸只是发脾气而已——脾气肯定大得吓人。但我无法贸然行动，比如联络儿童保护机构，因为表面上看来尚无异常。在这个阶段，贸然行事必定弊大于利。这我明白。

我的手机响了。

这事真稀罕，以至于我一时间没反应过来。我朝窗外看了看，还以为那是鸟叫声。手机不在睡袍口袋里；我听到的声音好像在头顶上方。等我回到卧室，在床单的褶皱里找到手机时，铃声已经消失了。

屏幕上显示未接来电：**朱利安·菲尔丁**。我按下回拨键。

"哈罗？"

"你好，菲尔丁医生。刚才我没接到。"

"你好啊，安娜。"

"嘿，你好。"你好我好大家好。我的脑袋阵阵作痛。

"我打电话是——等一下……"他的声音变得模糊，过一会儿又清

118

楚了，异常清晰、生硬，"刚才在电梯里。我打电话是为了提醒你照医嘱把药配齐，按时按量吃药。"

什么医嘱——啊！没错。简帮我从门口拿的，药房直送。"我确实配齐了。"

"很好。我希望你不要认为这是监督，或是我不信任你而来检查。"

我真的这样想："完全不会。"

"你应该会很快感觉到药物的效果。"

铺在楼梯上的藤编地垫扎着我的脚底板："快得要命。"

"好吧，我称之为效果而不是结果。"

他还真是个走出浴室撒尿的家伙。"我会及时向你汇报的。"我一边口口声声向他保证，一边下楼去书房。

"上次诊疗后，我有点担心。"

我停下脚步。"我——"完了，我不知道该说什么。

"我希望调整药物剂量可以起到作用。"

我依然没说什么。

"安娜？"

"我在听。我也希望如此。"

他的信号又不好了。

"喂，喂？"

过了一会儿，信号恢复满格。"这些药，"他说道，"不可以和酒精一起服用。"

28

厨房里，我用一口红酒送下一把药。我明白菲尔丁医生在担心什么，真的；我也明白酒精有镇静作用，因而不适合抑郁的人喝。我都懂。我还写过这个主题的论文呢——《青少年抑郁症和嗜酒行为的关联》，登载于《儿童心理学》杂志第37期第4页，联合署名作者：韦斯利·布里尔。如果你想听，我可以把我们的结论背给你听。正如萧伯纳所说：我经常引用自己的话，那可以让谈话多姿多彩。同样，如萧伯纳所说：酒精的麻痹，让生活可堪忍耐而继续。老萧真是个好人。

所以，朱利安，放我一马吧：这些药终究不是抗生素。更何况，这些药我已经混着吃了将近一年，现在不也好好的嘛。

我的笔记本电脑在厨房的餐桌上，刚好就在玻璃窗投下的方形阳光里。我掀起屏幕，登录阿戈拉，为两位新注册用户做了简单介绍，又在聊天室里有关药物使用的辩论中插了一脚。（"这些药都不可以和酒一起服用。"我道貌岸然地当众说教。）其间，我只抬头瞥了一眼拉塞尔家——就一次。我看到伊桑在书桌边，手指动来动去——要么是在打游戏，要么是在写东西；反正不是在上网——阿里斯泰尔坐在客厅里，平板电脑斜靠在膝头。二十一世纪的家庭。没看到简，但也没关系。不关我的事。太多刺激了。

"再见，拉塞尔。"我喃喃自语，又把注意力转移到电视屏幕上。《煤气灯下》，英格丽·褒曼主演的少女宝拉由善良甜美一步一步地走向疯狂。

29

吃过午饭，我又回到电脑前，刚好看到莉齐奶奶登录阿戈拉，她的头像是个笑脸，此刻亮起来了，似乎加入这个论坛对她来说是一种荣幸和快乐。我决定今天主动和她聊天。

医生在此：你好，莉齐！

莉齐奶奶：你好啊，安娜医生！

医生在此：蒙大拿天气如何？

莉齐奶奶：外面在下雨。但对闷在家里的我来说就无所谓啦！

莉齐奶奶：纽约城的天气如何？

莉齐奶奶：我这么说是不是像个乡巴佬？该说 NYC 吧？

医生在此：都行！这里阳光灿烂。你好吗？

莉齐奶奶：坦白说，到目前为止，今天比昨天难熬。

我抿了一口酒，让酒在嘴里转了转。

医生在此：会有这种状况的。不可能每天都有进步。

莉齐奶奶：这个我知道！邻居把杂货给我送过来了。

医生在此：你身边有那（么）多人愿（意）帮你，多好啊！

少打了两个字。两三杯红酒下肚。我想，错误率尚在正常范围内。"太他妈正常了。"我抿着酒，自言自语。

莉齐奶奶：但是，有大新闻……两个儿子都会在星期天来看我。真的好想和他们出去走走啊。真的真的！

医生在此：如果这次办不到，也不要勉强自己。

停顿。

莉齐奶奶：我知道有个说法挺伤人的，但我很难不觉得自己是个"怪胎"。

确实很伤人，也刺痛了我的心。我喝光了杯中酒，把睡袍的袖子卷起来，十只手指头都冲到键盘上。

医生在此：你不是怪胎。你是特殊遭遇的受害者。你正在经历的病症如地狱般难熬。我已经困在家里长达十个月了，我和别人一样，知道这有多么艰难。千万不要把自己想成变态、窝囊废。请你相信：你有足够的勇气，敢于寻求帮助，是个有智慧的强者。你的儿子们应该为你自豪，你也应该为自己感到（自）豪。

结束。没有诗意。甚至有些词都没打完整——我的手指在键盘上滑上滑下——但句句都属实。千真万确。

莉齐奶奶：太好了。
莉齐奶奶：谢谢你。
莉齐奶奶：难怪你是个心理医生。你就是知道该说什么、怎么说。

我感觉到自己的嘴角有了笑容。

莉齐奶奶：你结婚了吗？

笑容冻结。

回答这个问题前，我又给自己倒了杯酒。倒得太快，都快溢出来了。我低下头，凑到杯口喝了一点。一滴红酒从下唇滴下来，流到下巴，滴落在睡袍上。我用手指抹了抹，酒渗入线中。埃德没有目睹这一幕，太好了。谁也没看到，太好了。

医生在此：结婚了，但我们现在不在一起。
莉齐奶奶：为什么不住在一起？

对啊，为什么不？为什么你不和家人住在一起，安娜？我把酒杯送到嘴边，又把它放下来。眼前浮现出一幕又一幕，如同日本折扇般一页页展开：茫茫无际的雪原，巧克力盒般的小酒店，不知哪个年代的老式制冰机。

出乎意料的是，我开始对她讲述……

30

我们是十天前决定分开的。那是很久很久以前，也是这一切的起点。如果摸着良心坦白地讲，是埃德单方面决定的，我原则上同意了。我承认自己并不认为我们真的会分开，就连他把房产经纪人找来的时候，我都没当真。差一点信以为真。

为什么？据我判断，这并不是莉齐关心的重点。如果是韦斯利，一定会坚持用正确而完整的语法：莉齐关心的重点不在于此。韦斯利顽固地纠结于细节，连介词都要再三斟酌。我相信他依然如此。但是，不——在这件事情上，重要的不是原因。我可以讲明的是时间和地点。

去年十二月，在纽约州，我们分头行动，把奥莉薇亚安顿好，坐进奥迪，驶上 9A 高速路，通过亨利·哈德逊大桥，出了曼哈顿。两小时后，我们在纽约州北部行驶时走过埃德所说的乡间小路，"有很多小餐馆和煎饼铺。"他信誓旦旦地对奥莉薇亚说。

"妈妈不喜欢煎饼。"她回答。

"她可以去逛工艺品商店。"

"妈妈不喜欢手工艺品。"我插嘴道。

结果，那里的小路冷清得让人咋舌，煎饼铺和杂货店大部分没开张。我们只能在纽约最东边找到一家孤零零的 IHOP[1]，奥莉薇亚用华夫饼铲起枫糖浆（菜单上标注着：用本地原料精制而成），而我和埃德只能在

---

1. 全名 International House of Pancakes，是一家美国连锁餐厅，专门做早餐食品。

桌边大眼瞪小眼。外面飘起了小雪花，像六角形的迷你敢死队队员般大无畏地撞上玻璃窗。奥莉薇亚用叉子去戳它们，发出尖叫。

我也拿起叉子，加入她的游戏。"到了蓝河，想怎么玩雪就怎么玩。"我对她说道。蓝河，位于佛蒙特中部的滑雪度假胜地就是我们此行的目的地。奥莉薇亚的朋友去过。更正：不是朋友，只是同学。

我们回到车里，继续上路。这一路很安静。我们没有对奥莉薇亚讲任何话；我之前就坚持说，我们没有理由毁掉她的假期，埃德也点点头。我们为了她而长途跋涉。

所以，我们在沉默中经过辽阔的原野、蒙着薄冰的小溪，穿过无人问津的村庄，在靠近佛蒙特州边境时冲进了一场微弱的暴风雪。某一刻，奥莉薇亚突然唱起了《越过河流穿过林间》[1]，我也跟着唱，但声调并不和谐。

"爹地，要不要一起唱？"奥莉薇亚央求他。她总是这样：宁可央求，也不肯用命令的口吻。很多孩子做不到这一点。我时常觉得，不管是大人还是孩子，这样做都不寻常。

埃德清了清嗓子，唱了起来。

等我们进入了巍峨高耸的格林山脉，他才彻底放松下来。奥莉薇亚有点喘不过来气了，"我从没见过这样的风光。"她带着喘息声赞叹起来。而我在纳闷，她是从哪儿学到这种词语的？

"你喜欢山吗？"我问。

"它们像起皱的毯子。"

"还真挺像。"

"像巨人的床。"

"巨人的床？"埃德重复了一遍。

"对呀——像一个巨人盖着毯子睡觉。所以波浪起伏。"

---

1. *Over the River and Through the Wood*，一首英文儿歌。

"明天你就可以在这些山谷里滑雪了。"我们驶过一个急弯时，埃德向她承诺，"我们可以坐滑雪缆车上去，再滑下来，一口气从山坡上滑到底。"

"上去，上去，上去。"她欢喜地连声喊着。

"你明白了吧。"

"下来，下来，下来。"

"你又明白了。"

"那座山像匹马，有两只耳朵。"她指着远方两座纺锤形的山峰说道。奥莉薇亚这个年纪，看到什么都会想到小马。

埃德笑了："如果你有一匹小马，莉薇，你打算给它起什么名字？"

"我们可没打算养马。"我插了一句。

"我会叫它狐狸精。"

"狐狸精是狐狸呀，"埃德说，"狐狸姑娘。"

"我的马会跑得和狐狸一样快。"

我们都想了想。

"妈妈，你会给小马起什么名字？"

"为什么你不叫我'妈咪'了？"

"好吧。"

"好吧？"

"好吧，妈咪。"

"我会给马起名字叫'当然'，当然。"我看了看埃德。他没有反应。

"为什么？"奥莉薇亚问。

"那是电视里播放的一首歌的名字。"

"什么节目？"

"很老的节目，讲的是一匹会说话的马。"

"会说话的马？"她皱了皱鼻子，"好傻。"

"我同意。"

"爹地，你会给小马起什么名字？"

埃德看了看后视镜："我也喜欢狐狸精。"

"哇哦！"奥莉薇亚欢呼起来。我转过身去。

我们身边和下方的空间越来越开阔了，俯瞰下的大峡谷宛如一只巨大的空碗；谷底有常绿的草丛，半空中飘着带状的薄雾。车子贴着路边飞驰，我们仿佛飘在空中。世界如深井，我们可以一眼望穿。

"从这里下去有多深？"她问。

"很深。"我看向埃德，"可以快慢一点吗？"

"快慢？"

"开慢点。舌头打结了。那就再说一遍——可以开慢一点吗？"

他慢慢地降下速度。

"还可以再慢一点吗？"

"这样就行了。"他说。

"好吓人。"车轮靠近路边时，奥莉薇亚的声音都发抖了，她用双手捂着眼睛，埃德继续放慢车速。

"别往下看，小南瓜。"我说着，在座位上把身子朝后转，"看着妈咪。"

她照做了，眼睛睁开了。我抓着她的手，把五只小小的手指攥在我的手心里。"一切都好，"我对她说，"只要看着妈咪就好。"

我们预订了双松峰下的山间旅馆，距离滑雪度假村约有半小时车程。旅馆官网页面有浮动广告，自诩为"佛蒙特中部最佳传统旅馆"，配图上的瓷砖贴面壁炉烧得正旺，窗外的积雪高低起伏。

我们把车停在小停车场。旅馆门前的屋檐下垂挂着尖利的冰柱。里面是典型的新英格兰乡村装饰风格：大坡度尖顶天花板，讲究的花哨家具，壁炉里欢快跃动的火焰——那些壁炉倒是都很上相。接待我们的是个金发碧眼、丰满的年轻姑娘，胸前名牌上写着"玛丽"，当我们在她的指点下填写住客登记表时，她还把桌上的鸢尾花束整理了一下。我心想：不知道她会不会用乡土气息浓郁的"老乡"来称呼我们。

"老乡们好，你们是来滑雪的吧？"

"是的。"我回答，"蓝河。"

"能及时赶到真是太棒了。"玛丽对奥莉薇亚笑笑，"风暴就要来了。"

"东北风？"听得出来，埃德很想装出当地人的口音。

就算听出来了，她也没表现出来，照样用灿烂的职业笑容对他说："东北风大多数是海岸风暴，先生。"

他缩了缩脖子："哦。"

"这次的风暴就是暴风雪而已，但会很厉害。你们今晚睡觉前要确保锁好窗户。"

我很想反问她，难道会有人在圣诞前一周的夜里不关窗户就睡觉吗？但玛丽已把房门钥匙搁到我手心里，祝我们有个愉快的夜晚。

我们拖着行李沿着走廊——官网承诺的"诸多便利设施"并不包含行李搬运服务——进了套间。壁炉两边饰有野鸡图案，两个床上都堆着厚厚的被褥。奥莉薇亚径直进了洗手间，没有关门；她很害怕陌生的卫浴间。

"挺不错的。"我嘟囔了一句。

"莉薇，"埃德提高嗓门，"洗手间怎么样？"

"冷。"

"你想睡哪张床？"埃德问我。度假的时候，他和我总是分床睡，反正奥莉薇亚早晚会挤上我们的床，这样睡反倒宽松点。有时候她会先和埃德睡，再到我这儿睡一会儿，再回到埃德那儿去，犹如雅达利游戏机里在两条横杠间弹来弹去的小球；埃德因此戏称她为"小乒乓"。

"你睡窗边吧。"我坐在另一张床上，拉开行李箱的拉链，"最好确保窗户锁好。"

埃德把他的行李袋甩到床垫上。我们默默无语地开始收拾东西。窗外，大雪纷飞，暮色在阴沉的天色里显得灰白。

过了一会儿，他卷起一只袖子，抓了抓手臂："那个……"我抬头看他。

马桶冲水声响起，奥莉薇亚突然一蹦一跳地回来了："我们什么时候可以上去滑下来？"

晚餐是预先打包的 PB&J[1]、分装果汁，当然，我还在毛衣里藏了一瓶苏维翁白葡萄酒。酒已经变成常温的了，但埃德喜欢喝"特别纯特别冷"的白葡萄酒，他总是这样要求餐厅侍者的。我拨通前台的电话，要了一桶冰块。"制冰机就在你们房间外的走廊里。"玛丽回答说，"用完后务必用力盖紧。"

我从电视机柜下的小吧台里拿了冰桶，去了走廊，没走几步就看到塞在壁龛里的那台嗡嗡作响、老掉牙的卢玛牌制冰机。"你这动静听起来像床垫。"我冲它抱怨了一句。拉开盖子时，我使足了劲；盖子一开，冻人的冷气迎面扑来，活像超强劲薄荷口香糖广告中的演员喷出的白色口气。

没有冰铲。我用手胡乱地抓起来，不顾掌心和手指的刺痛，把冰块扔进冰桶。冰块都粘在我手上了。老卢玛还真厉害。

埃德就是在那儿找到我的，我弯着腰，半个身子埋在制冰机里。

我没发现他出来，冷不丁看到他就在我身边，靠在墙上。但我先是假装没看到他；只管盯着制冰机里面的冰块，好像有什么特别吸引我的东西，然后继续抓冰块，满心希望他能走开，也希望他能给我个拥抱。

"有意思吗？"

我转身对着他，不想费神故作惊讶。

"听我说。"他开口了，但我已在心里揣测他要说什么了。也许是，我们再考虑一下吧；或者更好的，是我反应过度了。

谁知，他话没说完就咳嗽起来——那段日子他的感冒一直没好，派对夜就开始咳了。我耐心地等。

终于，他说下去："我不想这样做。"

我抓了一把冰块。"做什么？"我的心也凉了。"做什么？"我又问了一遍。

---

1. Peanut butter and jelly sandwich，流行于北美的一种三明治。

"这样。"他短促地回答我——听得出嗓子有些嘶哑——然后扬起手臂一挥，"全家欢乐度假，过了圣诞节，我们就……"

我的心沉到了谷底，手指冻得失去知觉："那你想怎么做？现在就告诉她？"

他一言不发。

我把手从制冰机里抽出来，按下翻盖。没有"非常用力"，它果然卡在中间不动了。我把冰桶靠在胯骨上，用力去拽盖子。埃德抓住扳手，猛地一压。

冰桶从我身边滑下去，咣当一声滚落在地毯上，冰块颠出来，散落一地。

"妈的。"

"算了吧。"他说，"反正我也不想喝酒。"

"我想。"我跪在地板上，把冰块拢进桶里。埃德只是低头看着我。

"别捡了，你要这些冰块有什么用？"他问。

"难道眼看着它们在这儿融化吗？"

"对啊。"

我站起来，把冰桶搁在制冰机上："你真的想现在就挑明？"

他叹了口气："我不明白我们为什么——"

"因为我们已经到这儿了。我们已经……"我指了指套间的房门。

他点点头："我考虑过这一点了。"

"你最近考虑的事可真多啊。"

"我以为，"他继续说，"你……"

他不作声了，我听到身后有开门的动静，一扭头，看到一个中年妇女从走廊那头朝我们这边走来。她腼腆地微笑着，眼神躲开我俩；挑没有冰块的地方下脚，然后走进了大堂。

"我以为你想立刻开始治疗。你一定会对病人这样说。"

"别——请别告诉我我会说什么，不会说什么。"

他又不作声了。

"我也不会那样对孩子说的。"

"但你会对孩子们的父母这样说。"

"不用你教我怎样说话。"

又是一阵沉默。

"眼下，她一无所知，没什么需要治疗的。"

他又叹了口气，抹了抹冰桶上的一个污点。"事实上，安娜，"他再次开口，我看得到他凸起的眉骨下面沉重得几乎无法自持的眼神，"我只是撑不下去了。"

我垂下眼帘，盯着已经在地板上融化、变软的冰块。

我俩都一声不吭。我俩都一动不动。我不知道该说什么。

后来，我发现自己轻声说："她生气的话，你不要怪我。"

一阵停顿后他的声音响起："我就是要怪你。"语气比刚才柔和了点，他慢慢地呼气，吸气，"我一直以为你是个好女孩。"

我强打精神让自己坚持住。

"可现在我几乎不敢看你。"

我痛苦地闭上眼睛，深吸一口残余在空气中的冰凉气息。浮现在我脑海中的并非我们结婚当日的情景，也不是奥莉薇亚出生的那晚，而是我们在新泽西摘草莓的那个清晨——奥莉薇亚脚踩长筒防水靴，又是叫，又是笑，浑身涂满了防晒油；天幕低垂，我们沐浴在九月的阳光下；鲜红色的草莓星星点点，如同浩瀚的海洋围绕着我们。埃德的掌心里装满了草莓，眼睛明亮如星；我紧紧牵着女儿那只黏糊糊的小手。记忆中草莓地里的泥水升到大腿那么高，好像要淹没我的心，冲进我的血管，从我的眼底升腾而出。

我抬起头，直视埃德的双眼，那双棕黑色的眼睛。"再普通不过的眼睛。"我俩第二次约会时，他这么说过，但在我看来，那是很美丽的眼睛。依然很美。

他与我对视。制冰机在我们中间轰鸣起来。

接着，我们回屋，对奥莉薇亚坦白。

31

医生在此：接着，我们回屋，对奥莉薇亚坦白。

我停下来了。她还想知道什么？我还能告诉她多少？我早就有了心痛的感觉，整个胸腔都痛得颤抖。

过了一分钟，依然没有回复。我开始纳闷，对莉齐来说，这样解释是不是太让人心痛了？我在讲述自己怎么和丈夫分手，但她已经永远失去了爱侣。我在想——

莉齐奶奶离开了聊天室。

我瞪着屏幕。

这下可好，我只能独自回忆故事的下半段了。

32

"你一个人待在这儿不孤单吗？"

从睡梦中恍惚醒来时，我听到有人在问我，男人的声音，语气平淡。我睁开眼睛。

"我大概生来就很孤单。"现在是女人在讲话。醇厚的女低音。

眼前光影晃动。《逃狱雪冤》仍在播放中——鲍嘉和白考尔正隔着咖啡桌眉目传情。

"所以你才去旁听谋杀案庭审？"

我自己的咖啡桌上残留着今日的晚餐：两瓶见了底的红酒，四瓶药。

"不。我去，是因为你的案子和我父亲的案子如出一辙。"

我用力地按下身边的遥控器，又按了一次。

"我知道他没有杀害我的继母……"电视机黑屏了，起居室也随之一起陷入黑暗。

我到底喝了多少？想起来了：整整两瓶。这还没算午餐时喝的。那……就是喝了很多。我可以坦承这一点。

还有药：今天早上我按量吃药了吗？没吃错药吧？最近一直迷迷糊糊的，我自己知道。难怪菲尔丁医生认定我的病情恶化了。"你表现太差了。"我忍不住斥责自己。

我打开药瓶看了看。有一瓶差不多空了，只剩两颗药并排躺在瓶底，白色小药丸，一边一颗。

天哪，我醉得不轻。

我抬起头，朝窗外看。黑漆漆的，夜已深。我东摸西摸想找手机，但没摸到。落地钟在角落里影影绰绰的，但嘀嗒嘀嗒走得起劲，似乎很想引起我的注意。九点五十分。"九点五十。"我说道，不好听，应该说差十分十点。"差十分十点。"好多了。我朝落地钟点头致谢："多谢。"它庄重地凝视我。

我身子倾斜地朝厨房走去。倾斜——昏倒在门口那天，简·拉塞尔不就这样形容我吗？那些小浑蛋用鸡蛋砸我家大门的那天？Lurch（倾斜）。《阿达一族》里骨瘦如柴的高个子男管家就叫这个名字。奥莉薇亚特别喜欢这部电影的主题曲。

我抓紧水龙头，把脑袋凑到下面去，朝天花板扳开开关。白花花的水柱。我张嘴接住，满满一大口。

一手捂着脸，我拖着步子回到起居室，顺便朝拉塞尔家望了一眼：伊桑的电脑屏幕犹如鬼火一团，这孩子又趴在书桌上了；厨房里没人。客厅里倒是灯火通明。简，穿着雪白的衬衣，坐在那个条纹双人沙发里。

我挥了挥手。她没看到我。我又挥了挥手。

她还是没看到我。

左脚一步，右脚一步，然后是左脚。然后再是右脚——不能忘了右脚。我瘫倒在沙发上，脑袋绵软无力地耷拉在肩头，闭起眼睛。

莉齐怎么了？我说错了什么话？我感到自己皱起眉头。

种着草莓的沼泽在我眼前延伸，闪着微光，摇摇晃晃。奥莉薇亚牵着我的手。

冰桶滚落在地板上。

我要把剩下的半部电影看完。

我睁开眼睛，从身下摸出遥控器。电视机扬声器里传出风琴声，白考尔随之而来，在他的肩膀后时隐时现。"你不会有事的。"她庄重地说道，"屏住呼吸祈祷吧。"这是易容手术那一幕——鲍嘉被麻醉了，恐怖的幻象如同邪恶的旋转木马，在他眼前萦绕不断。"已经注入你的血液了。"风琴低沉嗡鸣。"让我进去。"摩尔海德[1]在镜头里喋喋不休，"开门让我进去啊。"火光一现。"要火吗？"出租车司机主动问。

火。我一扭头，望向拉塞尔家。简还在她家的起居室里，但现在站起来了，大喊大叫，尽管我什么都听不到。

我在沙发上扭转身体。配乐越发尖利惊悚，许多琴弦同时奏响。我看不到她在对谁喊叫——墙壁挡住了我的视线，看不到客厅的另一半。

"屏住呼吸祈祷吧。"

她真的是在声嘶力竭地咆哮，脸都涨红了。我眼睛一扫，发现尼康相机摆在厨台上。

"已经注入你的血液了。"

我从沙发里站起来，走过厨房，一手抓住相机，走到窗前。

"让我进去。让我进去。让我进去。"

我靠在玻璃窗上，端起相机，凑近取景框。一片黑色，接着，简出

现在视野里了，轮廓有点模糊；微调焦距，她变得清晰了，边缘分明——我甚至看得清她项链吊坠一闪一闪的反光。她眯起了双眼，张大了嘴巴。她用一根手指用力地在半空戳戳点点——"要火吗？"——又戳了一次。一绺头发垂下来，有节奏地打在她的脸颊上。

我把镜头拉得更近，但就在那一瞬间，她猛然冲向左边，冲出了镜头。

"屏住呼吸。"我转向电视机。又见白考尔，低哑的声音如同唇语："祈祷吧。"我跟着她把这句话念完。我再次转向玻璃窗，眼睛凑向尼康。

简又出现在取景框里了——但走得很慢，模样很古怪，一瘸一拐的。有一片深色的印迹在她的白衬衣上半部扩散开来；我眼看着那印迹晕染到了她的腹部。她用双手在胸前徒劳地挣扎、摸索。那里竖着一个银色的、细长的东西，像刀柄。

就是刀柄。

血迹扩散到她的喉部，把脖子染成了血红色。她的嘴巴松弛下来，眉头紧锁，好像此时此刻的她很困惑。她用一只手握住刀柄，四肢却已绵软无力。另一只手伸出来，手指指向玻璃窗。

她笔直地指着我。

我手一松，意识到照相机从两腿间坠落，但相机上的皮带还紧紧勒在指间。

简的双臂弯曲着，靠在玻璃窗上。双眼瞪大，透露出哀求之意。她嚅动的唇舌正在念叨着我听不到、也辨认不出的话。接着，时间好像变慢了，几乎停滞，她将一只手按在玻璃窗上，向一侧跪下来，掌心在玻璃上抹出一道触目惊心的血印。

我僵立在那儿。

动弹不得。

房间里的一切似乎都凝滞了。整个世界停止下来。

好不容易，随着时间倾斜着向前挣扎，我也能挪动自己了。

我原地转身，甩掉缠在手上的相机带，往房间里冲，屁股在半途撞到了餐桌。我跟跟跄跄地往前跑，伸手把厨台上的电话从机座上拿起，按下通话键。

没反应。没电。

我隐约想起戴维跟我讲过这事。顺便提醒你，座机没插电——

戴维。

我扔下电话，冲到地下室门口，大喊他的名字，喊了又喊，不停地喊。我抓住门把手，拼命拉动。

没人应答。

我奔向楼梯，往上，往上——撞在墙壁上，撞了一次、两次——绕过二楼平台，爬上最后几级台阶，连滚带爬进了书房。

看过了书桌。没找到手机。可我敢对天发誓，就是放在这里的啊！

Skype。

我去按鼠标，手却抖个不停，索性握住，把整个鼠标在桌面上拖动，双击蓝色图标，再双击，听到拨号音，在数字键盘上敲下911。

屏幕上出现红色的三角光标警示：**不可用于紧急呼叫，请使用电话或手机。**

"去你妈的 Skype。"我破口大骂。

接着我冲出书房，三步并作两步上了楼梯，飞速转过平台，撞开卧室的门。

这边的床头柜上有：红酒杯，相框。另一边的床头柜上有：两本书，眼镜。

我的床——手机又在床上吗？我双手抓起被单，狠狠地甩动。

手机像颗卫星导弹般被弹射到半空。

没等它落下，我就伸手截获，但很不巧，指尖将它撞到了扶手椅下，我又伸出手臂去掏，紧紧抓住了它，这才收回手臂，按下开机密码。手机振动。密码有误。再次输入的时候，我的手指都不听使唤了。

终于出现了开机画面。我按下打电话的图标，键盘页面跳出，我拨了911 三个数字。

"911，请问有什么紧急情况？"

"我的邻居，"我开了口，终于在这九十秒钟内停下一切肢体动作，"她被刺伤了。哦，天哪，快来救她。"

"夫人，请慢一点说。"他讲话很慢，拖着佐治亚州慢吞吞的长尾音，好像在给我做示范。这太不搭调了。"你的地址是哪里？"

我从脑海里、嗓子眼里挤出那些话，说得结结巴巴。透过窗户，我能看到拉塞尔家令人愉悦的小客厅，以及，玻璃上那道用鲜血抹出的弧形，酷似土著人在打仗前涂抹在身上的彩绘。

他将我报出的地址重复了一遍。

"是的。没错。"

"你说你的邻居被刺伤了？"

"是的！需要帮助。她在流血。"

"什么？"

"我说，需要帮助。"为什么感觉他在帮倒忙呢？我大口喘气，咳了起来，又吸了一大口气。

"夫人，援助马上就到。我需要你冷静下来。可以告诉我你的姓名吗？"

"安娜·福克斯。"

"很好，安娜。你的邻居的姓名？"

"简·拉塞尔。哦，天哪。"

"你现在和她在一起吗？"

"不。她在另一边——她家在公园的另一边，我住这边。"

"安娜，是……"

他讲了一大堆话，好像在往我耳朵里灌蜜糖——紧急呼救机构怎么会聘用讲话这么慢的人？——这时，我感到猫毛扫过脚踝，低头一看，庞奇正在蹭我。

"你说什么？"

"是你刺伤了你的邻居吗？"

没开灯的房间里，我看得到自己在玻璃窗上的映象——我张大了嘴。

"不是！"

"很好。"

"我是透过玻璃窗，看到她被刺的。"

"很好。你知道是谁刺伤了她吗？"

我眯起眼睛，朝拉塞尔家的客厅看去——现在我在二楼，比一楼的客厅高了一点，但只能看到地板上那块印花地毯。我尽力踮起脚，伸长脖子。

还是看不到。

但就在这时，它突然冒出来了：搭在窗台上的一只手。

手指向上，令人毛骨悚然，如同战壕里冒出一个士兵的脑袋。我望见几根手指在痉挛中拍打玻璃，在血迹中拉扯出细丝。

她还活着。

"女士？你知道是谁——"

但我已经扔掉电话，冲出门口，任猫在后面喵喵直叫。

33

角落里，那把伞缩手缩脚，靠墙而立，好像知道大祸临头，已经怕得要死。我握住弯曲的把手。木头在汗湿的掌心里又凉又滑。

救护车还没来，但我就在这里，离她不过几十步之遥。就在这几堵墙外，隔着两扇门，她曾经帮过我，毫不迟疑地伸出援手——可现在，她的胸口插着尖刀。取得精神治疗医师执照的时候，我念过誓言：誓不造成伤害，以救死扶伤为己任，视他人利益高于自身利益。

简就在公园另一边，她的手在血泊中挣扎。

我推开门厅的门。

走过这扇门，等于走进深重的黑暗。我拉开插销，撑开伞面，感受到伞面绷紧时略微推开了一丝黑暗；伞撑开了，伞骨尖划在门厅两侧的墙壁上，像一只只银色的小爪子。

一。二。

我握住了门把手。

三。

我转动它。

四。

我站在门口，将冰凉的黄铜把手攥在掌心里。

我动弹不得。

我可以清晰地感受到：外面的世界好像很想钻进来——莉齐不也这么说过吗？外部世界，顶在门口，鼓起肌肉，重击着木门；我仿佛听得到它的呼吸，它的鼻息，它咬牙切齿的摩擦声。它会从我身上践踏而过，撕裂我，吞噬我。

我把头抵在门上，呼气。一，二，三，四。

街道犹如峡谷，又深又宽。太暴露了，毫无遮蔽。我永远也过不了这一关。

只有几步之遥。走过公园就到了。

走过公园。

我退出门厅，把雨伞拖在身后，又回到了厨房。还是从这儿走吧：洗碗机旁的边门直接通向小公园。这扇门是锁起来的，将近一年没开过，还被我用一只可回收垃圾桶挡住了，几个酒瓶像一排烂牙一样从盖子底下支出来。

我把垃圾桶推到旁边去——里面的玻璃酒瓶发出叮叮当当的磕碰声——扳动门锁。

万一门被风吹上怎么办？万一我走出去却回不来，怎么办？我瞥了一眼门壁，挂钩上挂着钥匙，我特意将它取下，放进睡袍口袋里。

我把撑开的伞挡在身前——我的秘密武器；我的剑，我的盾——把全身力气压在门把手上，转动。

推开。

空气迎面扑来，清新，凉爽。我闭起眼睛。

静谧。黑暗。

一。二。

三。

四。

我走到了门外。

34

根本没踩到第一级台阶。我踏空后，一只脚直接落在第二级台阶上，身体失去平衡，在暗夜里摇摇摆摆，伞在我身前晃来晃去。另一只脚摸索着往下踩，一连滑过几级台阶，小腿肚不断刮擦到台阶的尖角，就这样滑倒在草地上。

我拼命闭紧眼睛。脑袋擦过大伞弧形的顶面。它像一顶帐篷将我笼罩。

我蜷缩在伞下，伸出手臂沿着台阶摸索，上面，上面，再上面，手指一点一点蹭着往上摸，直到我能完全摸到最高的那级台阶。我睁开一条缝，向外瞄了一眼。边门大敞着，厨房里亮着金色的灯光。我尽力伸出手指，好像可以抓牢那灯光，将它拽向自己。

她在那一边，垂死挣扎。

我又把头靠在伞面里。四个黑格，四条白线。

撑在粗糙的砖石台阶上，我奋力支起身体，站起来，起来，起来。

我听见头顶上方有几根树枝发出嘎吱嘎吱的响声，又勉强地吸入几丝寒冷的空气。我都忘记了，夜里的空气是这么凉。

就这样——一，二，三，四——我走起来了。脚步不稳，像个醉汉。

我想起：我确实喝醉了。

一，二，三，四。

住院实习的第三年，我有一个小病人在癫痫手术后出现一系列难以解释的行为。摘除颞叶前，这个十岁的女孩非常快乐，但严重的癫痫很容易发作；摘除后，她开始疏远家人，完全忽视亲弟弟，就连父母的抚摸、触碰都会让她退缩。

一开始，她的老师怀疑她遭到虐待，但后来有人注意到：她对外人、以前不认识的人却变得非常热情——她会亲热地抱住医生，会拉起路人的手，还会像老朋友一样和女销售员热情地聊天。与此同时，她爱过的人们——曾经深爱的家人们——却被打入冷宫。

我们始终未能诊断出原因，但好歹得出了结论：选择性情感抽离。我不知道她此刻在哪里，但很想知道她现在的家庭生活怎么样。

就在我艰难地走进公园，去救一个只见过两次面的女人时，我想起了那个小女孩，她是那样热情地对待陌生人，那样亲切地对待素昧平生的路人。

然而，就在我想起她的时候，伞撞上了什么东西，我停了下来。

长椅。

就是那把椅子，公园里唯一的、木板条拼起来的老旧长椅，扶手上有花纹，椅背上有块小匾，写着所纪念的亡者的名字。以前，我会躲在家宅的最高处，俯瞰埃德和奥莉薇亚坐在这里；他在平板电脑上随意浏览，她用拇指翻动书页，然后他们会交换。"你喜欢你的儿童读物吗？"我后来这样问过他。

"除你武器。"他这样回答。那是《哈利·波特》中的咒语。

伞尖卡在长椅的木板缝里了。我轻轻地把它拨弄出来——然后突然想到，或者说，突然记起来：拉塞尔家没有直通公园的边门。除了沿街走正门进入，别无他法。

出门前，我没把路线捋清楚。

一，二，三，四。

我站在四分之一英亩大的公园的正中央，只用尼龙布和棉布当盔甲，妄想着跋涉到另一边的宅子里去拯救刚刚被刺了一刀的女人。

我听到夜风在呼号。我感觉到风在肺里盘旋，不怀好意地舔着嘴唇。

膝盖发软的时候，我依然在心里说：我可以做到，打起精神来；往前，往前，往前。一，二，三，四。

我颤颤巍巍地朝前跨出一步——很小很小的一步，但终究是迈出去了。我凝视自己的脚，小草从拖鞋的四面八方冒出来。以救死扶伤为己任。

深夜已用利爪攥住了我的心，越捏越紧。我会爆炸的。我就要爆炸了。

视他人利益高于自身利益。

简，我来了。我迫使另一只脚往前移动，整个身体在下沉，不断下沉。一，二，三，四。

警笛在远处哀鸣，仿佛守灵的哀悼者在哭泣。伞像一只碗，突然灌满了血红色的光亮。我尚未稳住自己，就转身面向那片嘈杂。

风声怒吼。顶灯刺目。

一，二，三……

星期五

11 月 5 日

35

　　"我们真该把门锁上。"那个女人走进大堂后,埃德嘟哝了一句。

　　我转身面对他:"你在期待什么?"

　　"我没——"

　　"你以为会发生什么?我不是早跟你说过会有什么下场吗?"

　　没等他回答,我扭头就走。埃德跟上我,地毯上的脚步声倒很轻柔。

　　我们一走进大堂,玛丽就从迎宾台后面站了起来:"你们还好吗?"她皱着眉头问道。

　　"不好。"但与此同时,埃德的回答是:"很好。"

　　奥莉薇亚窝在壁炉边的扶手椅里,泣涕涟涟的小脸蛋在炉火映照下仿佛蒙上了一层薄膜。埃德和我一左一右,在她身边蹲下。火光在我的背后跳动。

　　"莉薇。"是埃德先开口的。

　　"不要。"她应了一声,脑袋摇得像拨浪鼓。

　　他又试了一次,用更温柔的口吻说道:"莉薇。"

　　"去你妈的。"她尖叫起来。

　　我俩不约而同往后退了一步,我都快蹭进炉膛里了。玛丽也退到了桌子后面,尽力逃避,好像我们一家三口并不在场。

　　"你从哪儿学到这种脏话的?"我问道。

　　"安娜!"埃德打断了我。

"绝对不是我教的。"

"这不是重点。"

他说得对。"小南瓜，"我试图摩挲她的头发，她摇着头，躲开了我的手，又把湿漉漉的脸埋进一只靠垫里，"亲爱的。"

埃德也去抚摸她。她一巴掌把那只手打开了。

他看向我，眼神尽显无助。

有个小孩在你办公室里哭，你怎么办？这是开学第一天，第一堂儿童心理课开课十分钟时老师提出的问题。正确答案：你得让他哭个够。当然，你要倾听，想办法去理解他，你还要去安慰，鼓励那孩子多做深呼吸——但无论如何，你得让他哭出来。

"深呼吸，我的小南瓜。"我喃喃自语，掌心抚摸着她的小脑袋。

她吸气的时候呛了一下，哭得都快噎住了。

时间默默流逝。大堂里很冷，背后壁炉里的火花似乎都在颤抖。接着，她对着靠垫讲了些话。

"什么？"埃德问。

奥莉薇亚抬起头，泪痕满面，望着窗户说道："我想回家。"

我凝视她的脸，她嘴唇颤抖，流着鼻涕；再看看埃德，眉头紧锁，黑眼圈大大的。

是因为我，他们才变成这样？

窗外雪花纷飞。看着飘雪的我，也同时看到我们三人映在玻璃上的影子：丈夫、女儿和我，在壁炉边挤在一起。

短暂的冷场。

我站起身，走向迎宾台。玛丽抬起头，尴尬地抿嘴假笑。我如法炮制，装出一个笑脸。

"暴风雪……"

"夫人，我在听。"

"距离这里多近？开车出去安全吗？"

她拧起眉头，指尖在键盘上不安地敲了几下。"再过几小时才会有强降雪，"她犹豫了一下，"但是——"

"那我们可不可以——"我打断了她，"对不起。"

"我是想说，冬季的风暴很难预测。"她的视线越过我的肩头，"你们是打算离开吗？"

我转身看一眼扶手椅里的奥莉薇亚，还有陪伴在她身边的埃德："我们打算走了。"

"这样的话，"玛丽说，"我觉得最好现在就动身。"

我点点头："麻烦你，结账。"

她答了一两句话，但我只听到狂风发出尖利的呼号，还有炉火噼啪作响。

36

填充得太满的枕套，躺下去噼啪作响。

近旁的脚步声。

继而是安静——但那种安静很奇怪，像是另一种质地的安静。

双眼慢慢睁开。

我侧躺着，眼前是暖气片。

暖气片上面是一扇窗。

窗外是砖墙，之字形防火梯，空调外机方方正正的一角。

另一栋楼。

我躺在单人床上，被子盖得很严实。我扭身，坐起来。

我又倒头躺下，环顾这个房间。房间很小，家具很普通——实话说，根本没几件家具：墙边靠一把塑料椅，床边有一张胡桃木桌，桌上有个淡粉色纸巾盒。一盏台灯。细长的小花瓶，里面没有花。乏味的油毡地毯。正对我的方向是一扇门，关着，门板黯淡无光。天花板仅是一层灰泥，亮着几根荧光灯——

我抓了一把床单。

完了，开始了。

对面的墙壁开始滑动，往后退；墙上的那扇门越缩越小。我看向左右两边的墙，眼看着它们双双退去。天花板震颤起来，嘎吱作响，像沙丁鱼罐头的铁皮一样翻卷起来，又像屋顶被龙卷风卷走了那样。空气也随之而去，从我的肺脏急速抽离。地板轰隆隆地震颤。床轰隆隆地震颤。

我躺在这里，在这张起伏不定的床垫上，在这个被掀掉房顶的屋子里，没有空气可以让我呼吸。我要溺死在床上了，死在这张床上。

"救命。"我大喊，其实只是一声低微的耳语，从喉咙口勉强爬到唇齿之间就已耗尽力气。"救——命啊。"我又试了一次；这次动用牙齿，咬死那个词，哪怕唾沫横飞，好像嚼烂了一根通着电的电线而火星四溅，才能让声音像保险丝熔断后的电流般爆出来。

我尖叫出来。

我听到了沉闷的话语声，看到了一团人影混乱交叠，从那个遥不可及的门口涌进来，冲我而来，迈着不可思议的流星大步，跨越这看不到尽头的房间。

我又喊了一声。人影散开，围拢在我床边。

"救命。"我苦苦哀求，用尽身体里最后一丝气息。

接着，有根针刺入我的手臂。非常利落——我几乎没感到刺痛。

上面有波动，无声，顺畅。我在漂浮，悬在光芒万丈的深渊里，深不见底，冰冰凉凉。话语像鱼群一样在我身旁穿梭不已。

"醒过来了。"有人低语。

"……稳定。"这是另一个人。

我仿佛刚刚浮出水面，灌在耳朵里的水刚刚倾流而出，突然听到有人清晰地说："刚好赶上。"

我扭过头。原来，我正软绵绵地靠在枕头上。

"我刚要走。"

现在我看到他了，或者说，看到了他的大部分——把他从头到脚看一遍花了我一点时间，因为我吃了不少药，药效正劲（这一点我还是很了解的），也因为他的块头实在太大，像座小山：皮肤黑得发蓝，有着巨石般的肩膀，山脉般的胸脯，又粗又黑的头发像一丛矮树。他的西装绷得紧紧的，透露出一种螳臂当车的绝望感。

"你好。"他的声音很低沉，倒也很温柔，"我是利特尔警探。"

我眨眨眼。他的胳膊旁边——确切地说是在他的手肘上方——有个身穿黄色护士服的女人在晃来晃去。

"你听得懂我们在说什么吗？"她问。

我又眨眨眼，然后点点头。我感到周围有空气流动，有黏性的缓慢流动，好像我还在水里。

"这里是莫宁赛德医院。"护士道出原委，"这位警察先生一直在等你苏醒，都等了一上午了。"那口气好像在斥责你听到门铃响却始终不去开门。

"你叫什么名字？说得出来吗？"利特尔警探问道。

我张开嘴，发出哑哑的声音。嗓子太干了。好像我刚刚咳出了一团尘土。

护士调整了床位，把边桌转过来。我慢慢转头，跟上她的方向，看着她把一杯水放在我手里。我喝了一口。不温不冷的清水。"我们给你使用了镇静类药物。"她对我说道，似乎现在有几分歉意了，"刚才你有点躁动。"

警探的问题还没有得到回答，我转移视线，又看向利特尔大山。

"安娜。"仅仅两个字，却是一瘸一拐地从嘴里挣扎出来的，我的舌头仿佛变成了减速带。他们到底给我用了什么猛药？

"安娜，你姓什么？"他又问。

我又喝了一口水。"福克斯。"在我听来这像是拖长的音调。

"嗯——哼。"他从前胸口袋里抽出一个小本子，瞥了一眼，"你住在哪里，能告诉我吗？"

我报出自家地址。

利特尔点点头："福克斯太太，你知道昨晚你是在哪里被人救起来的吗？"

"医生。"我说。

身边的护士吓了一跳："医生马上就会来的。"

"不。"我摇摇头，"我是个医生。"

利特尔瞪着我看。

"请叫我福克斯医生。"

他的脸上现出一道灿烂的笑容，露出白得晃眼的牙齿。"福克斯医生，"他改了口，用手指弹了弹记事本，"你知道昨晚你是在哪里被救的吗？"

我抿了口水，仔细端详他。护士在旁边东忙西忙。"谁？"这才对嘛：我也会提问。无论如何，我可以不按他们的路数走。

"急救车。"他回答，并抢在我再次提问前说道，"他们在汉诺威公园里救起你，当时你已失去知觉了。"

"毫无意识。"护士重复了一遍，以免我没听明白。

"十点半刚过，你拨通了紧急救助电话。他们找到你的时候，你穿着睡袍，口袋里有这个。"他伸出大得惊人的手，我看到自家边门钥匙在他掌心里亮晶晶的。"还有这个，在你身边。"横放在他膝头的正是我的伞，收拢了，系上了扣子。

一个词从我的肚子里蹿出来，飞速通过肺叶，经由心脏，冲进喉咙，冲破唇齿的阻隔，脱口而出。

简。

"你说什么？"利特尔的眉头皱起来了。

"简。"我又说一遍。

护士瞪着利特尔："她说的是'简'。"真是越来越热心了，她还能当翻译呢。

"我的邻居。我看到她被刺了。"简直要用上一整个冰河世纪，这些话才能慢慢融汇到嘴边，让我一吐为快。

"是的。我听过911的电话录音。"利特尔对我说。

911。没错：南方口音的接线员。后来我千辛万苦走出边门，走进暗夜，树枝在头顶吱嘎作响，伞面里斑斓的光线旋转起来，如同邪恶的魔药打翻在碗里。视野里的一切都在水中游荡。我的呼吸急促了。

"你要保持冷静。"护士这样叮嘱我。

我再次吸气，呛到了。

"放松。"护士有点焦急。我仍牢牢地盯住利特尔。

"她还好。"他说。

我盯着他，呼哧呼哧地大口喘气，只能发出轻微的声音。我仰起头，离开枕头，脖子僵硬着，保持浅浅的呼吸。肺里的空气越来越少，我喘出了哨声——他凭什么说我好不好？他只是我刚刚认识的警察。警察——我以前和警察打过交道？不过是开车时偶然被交警开过罚单吧。

日光灯在我眼里频闪，轻微的频闪在眼底留下黑白条纹。他也始终盯着我看，哪怕我的目光如同登山者般费劲地在他庞然的脸上一步一个脚印、又突然滑倒的时候，他也没有移开过眼光。他的瞳孔那么大，大得离谱。他的嘴唇那么厚实。

我盯着利特尔的时候，手指一直在床单上抓挠，我发现自己的身体是放松的，胸腔一点点扩张开来，视野也越来越清楚了。不管他们给我吃了什么药，终归是管用的。我确实没事。

"她没了。"利特尔又说了一遍。护士拍了拍我的手背。这姑娘挺好的。

我放松脖颈，把脑袋放回枕头上，闭起眼睛。我感到筋疲力尽，似乎泡在药瓶里百毒不侵了。

"我的邻居被人刺了一刀。"我轻声说道，"她叫简·拉塞尔。"

我听见利特尔倾身靠近我的时候，他的椅子吱嘎作响："你看到是谁刺了她吗？"

"没有。"我用力顶起眼皮，像是在推开两扇锈迹斑斑的车库大门。利特尔弓着身子，伏在小记事本上，眉头蹙起，挤出些许小皱纹。他一边皱眉，一边点头。寓意矛盾又复杂。

"但你看到她在流血？"

"是的。"我真希望口齿别再含糊不清了，真希望他别再这样审问我。

"你之前喝酒了吗？"

喝了很多。"一点。"我不得不承认，"但……"我深呼吸，现在有新感觉了：恐慌如电流般刺激全身。"你得去救她。她——她可能会死。"

"我去叫医生。"护士说着，走向门口。

等她离开了，利特尔又点了点头："你知道谁会想伤害这位邻居吗？"

我咽了一口口水："她丈夫。"

他频繁点头，眉头也皱得更紧了，一甩手腕，合上了记事本。"情况是这样的，安娜·福克斯。"他的语调突然轻快起来，一副公事公办的样子，"今天上午我去过拉塞尔家了。"

"她还好吗？"

"我想请你和我一起回去做个陈述。"

我的医生是个年轻的拉丁裔美女，美得惊为天人，简直让我再一次呼吸困难，但这并非她给我注射氯羟去甲安定[1]的原因。

"要我们帮你给什么人打电话吗？"

埃德的名字就在嘴边，但三思之后，被我咽了下去。没用。我说出了声："没用。"

"什么？"

"没有。"我对她说，"我没有——我很好。"我得字斟句酌，把每句话都当作折纸手工那样谨慎组合。"不过——"

"没有亲属？"她看了看我的婚戒。

---

1. 又名劳拉西泮，一种抗焦虑的镇静药物。

"没有。"说着，我默默地用右手盖住左手，"我丈夫——我不——我们不在一起。现在不在一起了。"

"朋友呢？"我摇摇头。她能给谁打电话？戴维肯定不行，显然也不会是韦斯利；也许，比娜可以，但我的情况还好。只是简不太好。

"要不然，给你的医生打电话？"

"朱利安·菲尔丁。"我像自动答录机般报出这个名字，都来不及阻止自己，"不行。不用打给他。"

我看到她和护士交换了一个眼神，护士又和利特尔交换了另一个眼神，利特尔再把这个眼神传递给医生。典型的僵局。我真想大笑一番，但并没有笑出来。简。

"你应该知道，你不省人事地倒在公园里。"医生继续说，"急救人员无法辨认你的身份，所以才把你送到莫宁赛德医院。你一醒来就出现了惊恐发作的症状。"

"很严重的发作。"护士插了一句。

医生点点头。"很严重。"她又查看了一下病历簿，"今天清晨又发作了一次。你是一名医师，我没理解错吧？"

"不是医科。"我回答。

"那是什么类别的医生？"

"心理医生。我从事儿童心理分析治疗。"

"你有没有——"

"有个女人被刺了。"我忍不住拔高音量。护士后退一步，好像我已然挥起了拳头，"为什么没人关心这件事？"

医生犀利地扫了一眼利特尔，把她的问题讲完："你有没有恐慌症病史？"

利特尔和蔼可亲地坐在椅子上，护士像只蜂鸟般颤抖着，我对医生描述——向他们所有人坦白了——自己的恐旷症，自己的抑郁症，还有，是的，恐慌症；我还向他们汇报了自己的服药规律，十个月足不出户，还有菲尔丁医生和他的厌恶治疗法。我依然口齿不清，所以费了一番功夫才讲完；每一分钟都要咽下更多的水，浸润那些冒着泡泡想涌出来的词句，总有水溢出我的嘴角。

终于讲完了，我又深深陷入枕头和靠垫里。医生看着病历簿，思忖片刻，缓慢地点了几下头："好吧。"终于她利落地点头示意，抬起视线："我要和警探谈一谈。警探先生，能否——"她指了指门外。

利特尔站起来，椅子又嘎吱嘎吱地响。他朝我笑笑，跟着医生走出了病房。

他的离场留下了一个庞然的空洞。现在，病房里只有我和护士了。"再喝点水吧。"她好心提议。

过了几分钟，他们回来了。也许不止几分钟，房间里没有钟。

"警探愿意送你回家。"医生说道。我看了看利特尔，他以笑容回应我。"我会给你开一些安定剂，晚点再吃。但我们先得确保你在回家路上不会恐慌症发作。所以最快捷的办法是……"

我当然知道最快捷的办法是什么。护士已经竖起了针筒。

37

"我们以为那是恶作剧。"他在说，"好吧，是他们这样想。我应该用'我们'这个说法——我们都该说'我们'——因为我们是合作单位。你懂的，我们是个'团队'，为了共同利益合作，就是这个意思。"他加快了语速，"但我当时不在场。所以，我不觉得那是恶作剧。我不知道详情。你明白我的意思吗？"

我不明白。

我们坐在他那辆没有警车标志的汽车里，在林荫大道下坡而行；午后的阳光在沿街人家的窗玻璃上跳闪，像是小石子被扔进池塘，一跳一跳往前飞跃。我的头靠在车窗上，面孔在玻璃上形成镜像，软绵绵的睡袍拉到了脖子下面。与利特尔的身形相比，驾驶座简直太小了，他的胳膊肘不停地蹭到我。

我觉得一切在减速，我的身体，我的头脑。

"当然，他们一去就看到你缩成一团倒在草地上。这是他们的原话，一个字不差。他们发现你家的门敞开了，所以以为事故是在你家发生的，但在屋内搜索了一遍后，确定屋里没人。考虑到他们在急救电话上听到的内容，他们必须进屋搜寻，你懂的。"

我点头。我想不起来自己在电话里说了什么。

"你有孩子吗？"我再次点头。"有几个？"我伸出食指。"独生子女，嗯？我有四个呢。当然，第四个孩子将在明年一月出世，预订成功，但尚未交货。"他自顾自地笑起来，我没笑。我连嘴唇都动不了。"四十四岁，即将有第四个孩子。我想四是我的幸运数字。"

一、二、三、四，我想起来了。吸气，呼气。感受安定剂在你的血管里翱翔吧，真像一群飞鸟。

利特尔按了一下喇叭，前面那辆车才一溜烟地开走。"午餐高峰时段。"他说。

我抬眼望向车窗外。几乎十个月了，我第一次身在街头，第一次坐在车里，这么说吧：第一次坐在街头的车里。我已经十个月不曾见过自家窗外以外的城市街景；好像到了另一个世界，好像我正在探索外太空，或是穿行在未来的文明世界里。楼宇高得不可思议，如同巨大的手指，指向碧蓝如洗的天空。标志、招牌、店面鳞次栉比，用各种颜色无声地叫嚣：刚出炉的比萨九毛九！星巴克，全食超市[1]（这家店什么时候开的？），老消防站改建成的一栋公寓楼（一百九十九万美元起！）。黑漆漆的巷子，被日光照得明晃晃的玻璃窗。后面响起了急促的警笛声，利特尔把车开到路边，让救护车全速通过。

---

1. Whole Foods，美国著名天然食品和有机食品零售商。

我们到了十字路口，在停车牌前减速。我用审视的眼光去看红绿灯——红灯像只邪恶的魔眼一闪一闪，又看见一众行人走过斑马线：两个穿牛仔裤的妈妈推着婴儿车，一个驼背老人挂着拐杖，少男少女们背着艳粉色的双肩包，一个女人穿着绿松石色长袍。一只绿气球挣脱了束缚，从椒盐卷饼路边摊上飘起来，摇摇晃晃地往天上飞。各种各样的声响不由分说地涌入车内：让人头晕的尖叫，车辆的轰鸣低吼，自行车车铃的连续颤音。色彩在肆虐，声音在暴动。我觉得自己好像身在珊瑚礁中。

"走吧。"利特尔嘟哝着，车子往前开了。

我变成这样了吗？像孔雀鱼一样呆滞的女人，望着日常午餐时段的高峰路段？从异世界来的游客，被一家新开的食品店震惊得目瞪口呆？似有干冰四溢的脑海深处，有什么在悸动，有一些愤怒、却被镇压了的东西。我的脸颊泛起日出般的红晕。这就是我现在的样子。这就是我。

要不是之前注射了药物，我必定会歇斯底里地尖叫，直到每一块玻璃都被震碎为止。

38

"好啦，"利特尔说，"我们要拐弯了。"

右转就是我们那条街。我的街。

将近一年没见过我家门前的街道了。街角的咖啡店还在那儿，咖啡估计也和以前一样苦。咖啡店旁边的老消防站也没变，通体鲜红，盛放的菊花簇拥在花架里。对面的古董店此刻黑漆漆的，没有人气，店门口贴着"商铺出租"的广告。圣邓诺学校，永远是那副萧条景象。

转过街角，整条街展露在眼前，我们向西而行，行驶在掉光绿叶的拱形树冠下。泪水涌上来，围着我的眼眶打转。我家所在的街道，走过了四季。好陌生，我在心里想。

"什么好陌生？"利特尔问。

我准是把心里话说出口了。

汽车快开到这条街的尽头了，我屏住呼吸。看得到我们家了——我家：黑色的前门，门环边贴着213的黄铜数字；两边各有一块铅条玻璃窗，窗边的两盏灯亮着，发出橙黄色的光芒；再往上是总共四层的玻璃窗，每一扇窗都死气沉沉的。石砖墙没有我印象中那样闪亮，窗户下沿有一道道瀑布般的水渍，好像它们一直在以泪洗面；再往上，我看到屋顶上腐烂的拱廊花架。每一扇玻璃窗都该清洗了——哪怕在街上，我都能清楚地看到污垢。"整个街区最漂亮的家。"埃德以前这样说过，我也总是赞同。

我们都老了，房子和我。我们都在腐朽。

车子径直开过去，又开过公园。

"在后面。"我对利特尔说着，手指向后方，"我家过了。"

"我想带你去另一家，陪你和那户邻居谈谈。"他一边解释，一边把车停在路边，关掉引擎。

"我做不到。"我摇摇头。他难道不明白吗？"我得回家。"我摸索着安全带，却发现双手不听使唤。

利特尔看着我，手掌仍在方向盘上摩挲着："那我们该怎么安排这件事呢？"与其说他在问我，不如说是在问他自己。

我才不管呢。我不在乎。我要回家。你可以把他们带来我家谈。让他们全家人挤进我家。办一场该死的友邻派对。但现在必须送我回家。求你了。

他仍在注视我，我这才反应过来，自己又把心里话一吐为快了。我缩起身子。

有人拍了一下车窗，很轻快。我抬头一看，是个尖鼻子、橄榄色皮肤的女人，高领毛衣配长大衣。"等一下。"利特尔说着，把我这边的车窗放低，但我畏缩起来，发出哀鸣，他立刻把窗玻璃升起来，再从驾驶座里推门下车，站到了街上，轻轻地把车门关好。

他和那女人谈了一会儿，声音在车顶之上模模糊糊的，但我听到了几个词——刺伤，困惑，医生——我仿佛沉在海底，闭着眼睛，蜷缩在副驾驶座里；车里的空气变得凝滞、平静。鱼群游来游去——心理医生，房子，家，一个人——我漂走了。一只手漫不经心地抚摸着另一边的睡袍袖子，手指滑进袖筒里，捏了一把在腰际鼓起的游泳圈。

我正困在警车里，把玩自己的脂肪，刷新了人生低谷的底线。

过了一分钟——还是一小时？——话语声渐渐消失。我睁开一只眼睛，看到那个女人正俯身凝视着我，眼睛瞪得浑圆。我的眼皮又耷拉下来。

利特尔打开车门时，门吱嘎乱响。冷空气吹卷进来，舔遍了我的腿，在车厢里肆意游走，如入无人之境。

"诺雷利警探是我的搭档。"我听到他对我这么说，语调有点生硬，仿佛深色土壤里出现了一块燧石，"我已经把你的情况讲给她听了。她这就把那家人带到你家去。这样行吗？"

我压下下巴，再抬起来。

"好。"他坐进驾驶座时，整辆车都在呻吟。我好想知道他到底有多重。我还想知道，自己有多重。

"你想不想睁开眼睛？"他是在鼓励我，"你还撑得住吗？"

我再次压下下巴。

车门咣当一声关上了，他发动汽车，换到倒车挡，往后倒——倒，倒，再倒——轧过路面的一条裂缝时，汽车暂时没了声音，之后就停下了。我又听到利特尔转动了点火开关。

"到了。"他宣布正式抵达时，我刚好睁开眼睛，朝窗外看。

确实到了。小楼矗立在我眼前，前门像一张黑色的大嘴巴，门前的台阶像吐出来的舌头；窗户上方的屋檐酷似两道平眉。奥莉薇亚总会用拟人手法描述赤砂石小楼，说得有鼻子有眼的；现在，我站在这个角度看就明白了。

"好房子。"利特尔说道，"好大。四层？有地下室吗？"

我歪了歪脑袋。

"那就是五层楼。"他停顿了一下。有片树叶向我家窗户撞去，又轻巧地掠过。"你一个人住在这里？"

"房客。"我说。

"他住在哪儿？地下室还是顶楼？"

"地下室。"

"你的房客在家吗？"

我抬起肩膀，假装耸了一下："有时候在。"

沉默。利特尔的手指有节奏地在仪表盘上拍打。我转过身去，想面对他。他知道我在看他，咧嘴笑了。

"他们就是在那里把你救起来的。"他朝小公园扬了扬下巴。

"我知道。"我轻轻应了一声。

"挺不错的小公园。"

"算是吧。"

"不错的街区。"

"是的，都挺好的。"

他又笑起来。"那好吧。"他的目光越过我，向小楼里看去，"这是开前门的，还是急救人员昨晚走的边门？"他用食指钩起我家的钥匙，钥匙就悬荡在他的指关节处。

"都可以。"我告诉他。

"那就好。"钥匙圈在他手指上旋转起来，"需要我抱你进去吗？"

39

他没有用公主抱的姿势，但确实让我搭在他肩膀上，搀扶我下了车，进了院门，支撑我迈上台阶，我的胳膊搭在他足球场那么宽的后背上，双脚半悬空着拖在身后，几乎踩不到路面，弯曲的伞柄挂在手腕上，好像我们刚刚闲逛回来，愚蠢的醉鬼式的闲逛。

阳光几乎塌落在我的眼皮上。走到前门口，利特尔把钥匙插进锁眼，一推，门敞开了，砰的一声撞到墙，连玻璃都被震得发抖。

我在想，邻居们有没有在观望？沃瑟曼太太是不是眼看着一位超大号的黑人男子把我拖进家门？我敢打赌，她正在报警。

门厅里根本挤不下我们俩——我被挤到一边，肩膀紧压在墙上，动弹不得。利特尔把门关上后，黑暗骤然降临。我闭上眼，头往他臂弯里靠。钥匙插入了第二道门锁，旋转起来。

终于，我感受到起居室里的温暖。

我闻到了：我家特有的陈腐气味。

我听到了：猫的长啸。

猫。庞奇已彻底被我抛到了九霄云外。

我睁开眼。一切如常，和我倒在门外前一模一样：洗碗机张着大嘴在打哈欠；沙发上的毯子拧成一条麻花；电视机亮着，停在《逃狱雪冤》的 DVD 主菜单页面；咖啡桌上有两个空酒瓶在日光下闪耀，还有四个药瓶，其中一瓶平躺着，活像一个醉倒的人。

家。我的心都快在胸腔里爆炸了。我终于可以松一口气，哭出来了。

伞从手腕上滑下去，掉在地板上。

利特尔扶着我走向餐桌，但我把手往左一挥，好像摩托车手在打手势，我们改变方向，朝沙发走去，庞奇已经抢先一步跳到了靠垫后面的缝隙里。

"好了。"利特尔喘着粗气，把我放在靠垫中间。猫在观察我们的一举一动。利特尔后退一步时，庞奇就朝我这里蹭一步，在毯子里摸索出一条路，然后扭头朝我的新保镖呐喊示威。

"也向你问好。"利特尔冲它打招呼。

我身子一歪，倒在沙发上，感觉心跳没那么快了，血管里的血液流畅起来。歇了一口气，我用两只手牢牢抓住睡袍，重新确定自己的存在感。家。安全。安全了。在家了。

恐慌感慢慢渗出我的身体。

"他们为什么要到我家里来？"我问利特尔。

"什么为什么？"

"你说过，急救人员进了我家。"

他皱了皱眉头。"他们发现你倒在公园里，又看到厨房门开着。他们需要进来看看是什么状况。"

还没等我回应，他就转向边桌，指着莉薇的相框问道："你女儿？"

我点点头。

"她住这儿吗？"

我摇摇头，轻声回答："和她爸爸在一起。"

现在轮到他点头了。

他转过身，停下动作，指了指散乱在咖啡桌上的药："派对吗？"

吸气，呼气。"是猫干的。"我说完，心里想，这是哪部戏里的台词？我的天哪！怎么搞成这样？安静，是猫干的。莎士比亚？我皱起眉头。绝对不是莎士比亚。太矫揉造作了。

显然，我也太做作了，因为利特尔都懒得嘲笑。"都是你喝的？"他看了看红酒瓶，"这梅洛不错。"

我在沙发里挪了挪身体。我觉得自己像个淘气的小孩。"是的。"承认吧，"不过……"喝两瓶酒并没有那么夸张？还是说，确实比这乱糟糟的场面更糟糕？

利特尔从口袋里掏出年轻貌美的医生刚刚开给我的那罐安定胶囊，把它立在咖啡桌上。我嘟哝了一声谢谢。

就在这时，有个画面从脑海深处浮现出来，仿佛在深层的逆流中翻滚跌宕，终于浮到了海面上。

一具尸体。

简。

我张开口。

就在这时，我第一次注意到利特尔佩在腰间的手枪。我想起有一次在市中心，奥莉薇亚呆呆地盯着骑马巡逻的警察看；她目不转睛地看了足有十秒钟后，我才意识到她并不是在看马，而是在看他的枪。当时，我笑了，还取笑她；现在可好，枪就在一臂之遥的地方，我却笑不出来了。

利特尔注意到我的眼神。他拉了拉衣角，盖住枪套，好像我在往他衬衫里偷窥一样。

"我的邻居怎么样了？"我问道。

他从口袋里掏出电话，凑到眼前看屏幕。我怀疑他是个近视眼。接着，他在手机上滑了一下，就垂下了手。

"这整栋房子，就你一个人住？"他走向厨房，"还有你的房客。"不用我费口舌，他自己加了一句，还伸出大拇指，指了指通向地下室的门："从这儿下楼？"

"是的。我的邻居怎么样了？"

他又看了看手机——然后停下脚步，弯下腰。站起来的时候，他慢慢伸展那近乎百米的身躯，右手拿起了猫的水盆，左手里是那只座机电话。他左看看，右看看，好像在掂量哪一个比较重。"小家伙大概挺渴的。"说着，他走到水槽边。

我看着电视机屏幕上反射出他的身影，听到水从龙头里哗哗地流出来。有个酒瓶的底部剩了一点红酒。我在想，如果我拿起酒瓶灌一口，他应该看不到吧？

咣当一声，水盆搁在了地板上，现在，利特尔又把座机放回了机座，瞥了一眼液晶显示屏。"没电啦。"他说。

"我知道。"

"我就顺口说一下。"他走向地下室门，"我可以敲门吗？"他问我，我点头。

他弯起指关节，在木门上叩了几下——三声短，两声长——等了一会儿："你的房客叫什么？"

"戴维。"

利特尔又敲了敲门。没人应。

他转身对我说道："好吧，福克斯医生，你的电话在哪儿呢？"

我眨了眨眼睛："我的电话？"

"手机。"他朝我秀了秀自己手中的东西，"你有吗？"

我点点头。

"他们没在你身边找到手机。大多数人离家一整夜回来后，都会直接冲向手机。"

"我不知道。"对啊，在哪儿呢？"我不太用手机。"

他没说什么。

真是受够了。我把脚挪到地毯上，强迫自己站起来。四周立刻天旋地转，起居室就像被抛出去的飞盘，但过了几秒钟就稳定下来了，我把目光集中在利特尔身上。

庞奇喵了一声，好像在欢迎我回来。

"你还好吗？"利特尔说着朝我走来，"没事吧？"

"还好。"睡袍的衣襟散开了；我拢起两边，拉紧，把腰带系好。"我的邻居家到底出了什么事？"但他突然停下了，看着手机。

我想再问一遍："到底——"

"好。好。他们过来了。"说着，他突然快步走进厨房，掀起一阵空气的巨浪。他环顾厨房，问道："你是透过那扇窗看到邻居家的吗？"他的手指着窗。

"是的。"

他迈开长腿，没用几步就走到水槽边，撑在厨台上往外看。我上下打量他的背影，他完全挡住了那扇窗。我又看了看咖啡桌，开始收拾残局。

他转过身来。"别收拾那些了。"他说道，"也别关电视。这是什么片子？"

"惊悚老电影。"

"你喜欢惊悚片？"

我有点不安。氯羟去甲安定的药效肯定快过了。"是啊。为什么不用收拾？"

"因为我们想看到你目击邻居受到攻击时的状态。"

"难道不是她的状态更要紧吗？"

利特尔没有回答我，但他说："也许可以让猫到别的地方去。它好像有点不满意。我可不想让它抓伤谁。"他又走回水槽边，接了一杯水。"喝了这杯水。你需要补充水分。你刚刚发作了。"他从厨房走到起居室，把杯子塞到我手里。这几乎让人感受到了温柔。我甚至有点期待他爱抚我的脸颊了。

我把杯子送到嘴边。

门铃响了。

40

"我把拉塞尔先生带来了。"诺雷利警探大声宣告，其实根本没必要。

她的声音又尖又细，少女气十足，和高领毛衣、车手皮夹克实在不搭。她只扫视了一眼这间屋子，就刻意地将犀利的目光停留在我身上。她甚至没有自我介绍一下。她是个坏警察，毫无疑问，我失望地意识到：利特尔的贫嘴搞笑很可能是他在假惺惺地扮作好警察，不过是掩人耳目的双簧戏。

阿里斯泰尔跟在她后面，卡其裤配毛衣，利落又醒目，但凸起的喉结未免太紧绷了。也许一直都这样。他看着我，微笑着说："嘿。"语气中带着一丝惊讶。

这可有点出乎意料。

我摇晃了一下。我很不安。我的身体反应依然很迟钝，好像发动机被糖块堵住了，而我的邻居刚用一脸奸笑宣布我处于劣势。

"你还好吗？"利特尔关上了阿里斯泰尔身后的厅门，朝我走来。

我的脑袋胡乱摇晃起来。好。不好。

他钩起一根手指，垫在我的胳膊肘下面："我们还是让你——"

"夫人，你没事吧？"诺雷利皱着眉头。

利特尔抬起另一只手："她很好——她没事。她刚刚服用过镇静剂。"我的脸颊火辣辣的。

他指引我走向厨房里凹进去的小餐厅，扶着我在餐桌边坐定——就是在这张桌子边，简用了一整盒火柴来点烟，我们三心二意地下了几盘象棋，谈论我们的孩子，她还让我拍了日落照片。就是在这张桌子边，她对我讲起阿里斯泰尔和她自己的过去。

诺雷利走到厨房的窗前，手握手机。"福克斯夫人。"她开口道。

利特尔立刻打断她："福克斯医生。"

调整偏差后，她重新发问："福克斯医生，我听利特尔警探提到，你昨晚看到了什么。"

我飞快地瞥了一眼阿里斯泰尔，他一动不动地站在厅门边。

"我看到我的邻居被人用刀刺了。"

"你说的邻居是谁？"诺雷利问道。

"简·拉塞尔。"

"你是透过这排窗户看到的吗？"

"是的。"

"哪一扇？"

我指了指她身后："那扇。"

诺雷利朝我指的方向看去。她有一双黑漆漆的眼睛，看不出表情的那种黑。我眼睁睁看着那双眼睛望向拉塞尔家，从左至右扫视一遍，好像在看一个长句子。

"你看到谁刺伤了你的邻居吗？"她接着问道，依然望着外面。

"没有，但我看到她流血了，还看到她胸前有什么东西。"

"胸前有什么？"

我在椅子里扭动一下："银色的东西。"这很重要吗？

"银色的东西？"

我点点头。

诺雷利也点点头，然后转过身，直视我，又朝我身后看，看起居室："昨晚你和谁在一起？"

"没有人和我在一起。"

"所以，桌上那些东西都是你的？"

我又调整了一下坐姿："是的。"

"好的。福克斯医生。"说是这么说，但她正看着利特尔，"我要——"

"他太太——"我忍不住开口了，还抬起了手臂，因为阿里斯泰尔正朝我们走过来。

"等一下。"诺雷利朝前迈步，把她的手机搁在我面前的桌上，"我要把你昨晚十点三十三分报警的电话录音播放给你听。"

"他太太——"

"我认为录音可以解释很多疑问。"她伸出细长的手指，在屏幕上轻轻滑动，忽然蹿出一阵吓人的声音，通过免提喇叭播放出来："911，请问——"

诺雷利按动拇指，把音量一格格调下来。

"紧急情况？"

"我的邻居。"一声尖叫。"她被刺伤了。哦，天哪，快来救她。"这是我，我知道——是我讲的话——但真不像我的声音；这个我听上去口齿不清，含含糊糊。

"夫人，请慢一点说。"慢性子接线员。甚至现在听起来都让人抓狂。"你的地址是哪里？"

我朝阿里斯泰尔看，朝利特尔看。他们都盯着诺雷利的手机。

诺雷利看着我。

"你说你的邻居被刺伤了？"

"是的！需要帮助。她在流血。"我的脸不由自主地抽搐了一下。真是莫名其妙。

"什么？"

"我说，需要帮助。"一声重咳，唾沫四溅的感觉，听起来像爆炸声。

我都快哭了。

"夫人，援助马上就到。我需要你冷静下来。可以告诉我你的姓名吗？"

"安娜·福克斯。"

"很好，安娜。你的邻居的姓名？"

"简·拉塞尔。哦，天哪。"一声嘶哑的惨叫。

"你现在和她在一起吗？"

"不。她在另一边——她家在公园的另一边，我住这边。"

我感觉到阿里斯泰尔正抬眼盯着我看。我迎上去，四目相对。

"安娜，是你刺伤了你的邻居吗？"

一阵停顿。"你说什么？"

"是你刺伤了你的邻居吗？"

"不是！"

现在，利特尔也在看我了。他们三个全都以俯视的角度盯着我看。我朝前靠靠，看着诺雷利的手机。屏幕自动变暗了，但录音还在继续播放。

"很好。"

"我是透过玻璃窗，看到她被刺的。"

"很好。你知道是谁刺伤了她吗？"

这次停顿得更久了。

"女士？你知道是谁——"

摩擦声，砰砰声，一通乱响。手机被扔掉，扔在楼上书房的地毯上了——现在肯定还在那儿躺着，像具被遗弃的尸体。

"女士？"

没有声音了。

我仰脖看向利特尔。他已经不再注视我了。

诺雷利在桌前俯身，依然用一根手指滑动手机屏幕。"接线员在线等待了六分钟，"她说道，"直到急救人员确认他们抵达现场。"

现场。他们在现场有何发现？简怎么样了？

"我不太明白。"突然间，我觉得好累，从头到脚被掏空的累。我缓慢地环视厨房，看了看洗碗机里横七竖八的餐具，又看了看垃圾桶里那些喝光的酒瓶："到底出了——"

"根本没出事，福克斯医生。"利特尔用柔和的声音说道，"谁也没出事。"

我看着他："你这话是什么意思？"

他拉了拉大腿处的裤子，在我身边蹲下，说道："我认为，在你喝完迷人的梅洛红酒，吞下那些药片，看了那部电影之后，可能有些兴奋，看到了一些并不存在的事物。"

我死死地瞪着他。

他朝我眨了眨眼睛。

"你认为这都是我幻想出来的？"声音紧绷绷的，我好像被人捏住了喉咙。

利特尔摇起他那颗硕大的脑袋："不，夫人，我认为你只是受了过度刺激，脑子有点不堪重负。"

我惊讶得张大了嘴。

"你服用的药物有副作用吗？"他不依不饶地问我。

"有，"我说，"但是——"

"幻觉，大概会有吧？"

"我不知道。"其实我知道会有幻觉，我当然知道。

"医院里那个女医生说了，你服用的药物有副作用，会导致幻觉。"

"我没有产生幻觉。我真的看到了我看到的事。"我挣扎着站起来。猫噌地一下从椅子下面蹿出来，飞奔进起居室。

利特尔举起双手，两只沧桑的手掌又宽又平："好了，你刚刚听过电话录音了。你讲电话的时候就很难受。"

诺雷利走上前来。"医院检查时发现，你血液中的酒精含量值高达0.22。"她说道，"几乎是合法值的三倍。"

"那又怎样？"

诺雷利身后的阿里斯泰尔时而向左、时而向右地看我们交谈。

"我没有幻觉。"我拔高了音调。词句连滚带爬地脱口而出，迫不及待让他们听到，"那些事情不是我想象出来的。我没疯啊。"

"我知道你的家人不住在这里，是吧，夫人？"诺雷利说道。

"你是在问我吗？"

"是在问你。"

阿里斯泰尔："我儿子说你离婚了。"

"是相隔两地。"我想都没想就纠正了他。

"根据拉塞尔先生对我们说的，"诺雷利说道，"这个街区的邻居都没见过你。你好像不太出门。"

我没有作答。什么都没说，也没做。

"所以还有一种可能是，"她继续说道，"你想得到别人的关注。"

我往后退了一步，撞在了厨台上。睡袍的带子也松开了。

"没有朋友，家人住在别处，你喝了太多酒，就决定搞点小事情。"

"你认为我在凭空捏造？"我怒吼着往前冲去。

"我正是这样想的。"她可真是一不做二不休。

利特尔清了清嗓子。"我认为，"他的语气还是很轻柔，"你可能在这儿很压抑，有点被逼疯的感觉——但我们没有说你是故意这样做的……"

"是你们在假想。"我用颤动的手指指着他们，像举着魔杖般晃来晃去，"是你们在凭空捏造。我明明从那扇窗子看到她倒在血泊里了。"

诺雷利闭上眼睛，重重地叹了口气。"夫人，拉塞尔先生说，他太太出城了。他还说，你根本没有见过她。"

一片死寂。整个房间似乎都惊呆了。

"她来过这儿，"我开口了，慢慢地讲，讲得清清楚楚，"两次。"

"这——"

"第一次，她帮助我从街上回到家里。后来她又来过。而且——"现在我瞪着阿里斯泰尔，"他过来找过她。"

他点点头。"我是来找我儿子的，不是找我太太。"他咽了一下口水。"而且，当时你说没人来过。"

"我撒谎了。她就坐在那张咖啡桌边。我们下了象棋。"

他朝诺雷利看去，一脸无助的表情。

"是你让她尖叫的。"我说。

现在，诺雷利也看向阿里斯泰尔了。

"她说她听到有人尖叫。"他解释道。

"我真的听到有人大叫一声。三天前。"这个数字准确吗？不一定。"而且伊桑也跟我说了，是她叫的。"不完全属实，但也差不多。

"我们别把伊桑扯进来。"利特尔说道。

我瞪着他们，他们站成半圆，将我围在中间，正如那三个朝我家门口扔鸡蛋的孩子，那三个小浑蛋。

我一定要跟他们斗到底。

"那她现在在哪里？"我问道，猛地在胸前交叉双臂，"简在哪儿？如果她没事，就把她带来呀。"

他们互相看了看。

"来吧。"我把摊开在两边的睡袍拢起来，狠狠系紧腰带，再把双臂交叉叠好，"去把她找来呀。"

诺雷利对阿里斯泰尔说："能否请你……"她压低了声音，他点了点头，转身进了起居室，从口袋里摸出了手机。

"还有，"我对利特尔说道，"我希望你们所有人离开我家。你认为我有幻觉。"他向后缩了一下。"你呢，认定我在胡说八道。"诺雷利没有任何反应。"他呢，他说我从没见过我已经见过两次的女人。"阿里斯泰尔对着手机轻声细语。"我还要知道那个时候谁在这里的哪里——"怒吼的我把自己绕晕了，于是停下来，缓了口气："我想知道还有谁进过我家。"

阿里斯泰尔回来了。"只需几分钟。"他说着把手机放回口袋。

我死死地盯着他："我敢说，肯定不止几分钟。"

没人回应我。我的眼神在屋里游移不定：阿里斯泰尔，不断地看手表；诺雷利，冷静地看着猫。只有利特尔在看我。

二十秒钟过去了。

又过了二十秒钟。

我叹口气，放下我的胳膊。

这太可笑了。那个女人已经——门铃响了。

我猛然扭头去看诺雷利，然后是利特尔。

"我去开门。"阿里斯泰尔说着朝门口走去。

我观望着，一动不动，看着他按下蜂鸣键，扭动门把手，打开厅门，站到一边。

紧接着，伊桑轻手轻脚地进了屋，低垂着眼皮。

"你见过我儿子了。"阿里斯泰尔说道，"这位是我太太。"说完，他在她身后关上了门。

我看看他，再看看她。

我从没见过这个女人。

41

她个子很高，但骨骼纤弱，顺滑的黑发勾勒出轮廓鲜明的脸庞。尖细的弯眉下有一双灰绿色的眼眸。她镇定地看着我，径直穿过厨房，伸出手。

"我想我们还没见面。"她说道。

她的声线很低，但很浑厚，很像白考尔的嗓音。这句话沉甸甸地落在我耳中。

我一动没动。动弹不得。

她的手悬在那儿，笔直地指向我的胸口。迟疑片刻，我摆摆手，没去握。

"这是谁？"

"这就是你的邻居。"听利特尔的口气，好像在替我难过。

"简·拉塞尔。"诺雷利的回答简单明了。

我看看她，又看看他，再盯着这个女人看。

"不，你不是。"我对她说道。

她终于放下了那只手。

我转脸又对两位警探说："不，她不是。你们到底在说什么？她不是简。"

"我向你保证，"阿里斯泰尔开口了，"她就是——"

"你无须做出任何保证，拉塞尔先生。"诺雷利打断了他。

"那如果我来保证呢，会不会更好一点？"这个女人说。

我迎面对着她，向前迈了一步。"你是谁？"我的声音想必很粗暴，语调起伏很僵硬；看到她和阿里斯泰尔不约而同地后退，好像双双被铐住了脚踝，一副要抱团的模样，我倒挺高兴的。

"福克斯医生，"利特尔发话了，"我们都要冷静。"他按住了我的手臂。

那只大手吓了我一跳。我转着圈绕开他，再躲开诺雷利，结果发现自己站到了厨房正中央，两个警探在窗前若隐若现，阿里斯泰尔和那个女人已退到了起居室。

我转身面对他们，凛然宣称："我见过简·拉塞尔两次。"说得很慢，简明扼要："你不是简·拉塞尔。"

这一次她没有退后。"我可以给你看我的驾照。"她的手伸向衣袋。

我摇摇头，动作缓慢而直接："我不想看你的驾照。"

"夫人。"诺雷利发话了，我扭头看到她走上前来，夹在我们之间，"够了。"

阿里斯泰尔瞪大眼睛，始终注视着我。那个女人的手依然揣在衣袋里。伊桑在他们身后，已经退到了贵妃椅那儿，庞奇扭来扭去，蹭着它的脚。

"伊桑，"我一叫他，他就抬起眼帘，正视我的目光，好像他一直在等待有人呼唤他。"伊桑。"我从阿里斯泰尔和那个女人之间走过去，"发生了什么？"

他注视我，然后移开了视线。

"她不是你妈妈。"我抚摸他的肩膀，"告诉他们。"

他垂下头，突然强迫自己往左边看，收紧了下巴，干咽口水，用一根手指的指甲尖抠另一根手指的指肚。"你从没见过我妈。"他轻轻地讲出这句。

我移开搁在他肩头的手。

转身，转得很慢，却头晕目眩。

这时，他们突然都开始讲话了，一阵嘈杂：阿里斯泰尔冲厅门扬了扬下巴，问"我们可不可以——"；与此同时，诺雷利说："我们在这里的调查工作可以结束了。"利特尔则对我好言相劝："先休息一下"。

我朝他们眨眼睛。

"我们可不可以——"阿里斯泰尔重说了一遍。

"谢谢你配合，拉塞尔先生。"诺雷利说道，"拉塞尔太太。"

他和那个女人警觉地看看我，好像我是刚被打了麻醉剂的野兽，然后才慢慢走向门口。

"走吧。"阿里斯泰尔厉声喝道，伊桑才站起来，双眼看着地板，跨过了猫。

他们鱼贯而出，诺雷利紧随其后。"福克斯医生，虚假报警是犯罪行为，"她对我说，"你明白吗？"

我瞪了她一眼。我想，我还晃了晃脑袋。

"好吧。"她拉了拉衣领，"我只想强调这一点。"

她随手关上了厅门。我听到外面的大门被打开了。

只剩下我和利特尔了。我呆呆地看着他那双男士皮鞋，黑色，尖头，突然想起（怎么会？为什么？）我今天错过了伊夫的法语课。

只剩下我和利特尔了。两个人。

前门关上时发出吱吱嘎嘎的轻响。

"我留你一个人在家，行吗？"他问。

我点头，茫然得很。

"有谁可以陪你说说话吗？"

我又点一下头。

"听着。"他从前胸口袋里摸出一张名片，塞到我掌心里。我看了看——软趴趴的一张皱纸。**纽约市警察局　康拉德·利特尔警探**。两个电话号码。一个电邮地址。

"不管你需要什么帮助，都可以给我打电话。嘿！"我抬起头。"你可以给我打电话，好吗？"

我点点头。

"说定了？"

"说定了。"这三个字一路推搡、挤开别的词语，冲出了我的唇舌。

"很好。白天晚上都可以。"他把手机从一只手扔到另一只手上，"有那几个孩子，我是睡不了觉的。"又扔回刚才的手里。他注意到我在看就停下了。

我们对视了一眼。

"福克斯医生，保重。"利特尔走向门口，打开门，轻轻地关好。

前门再一次打开，再一次关上。

42

突然间，万籁俱寂。整个世界戛然而止。

这一整天来，我终于独自一人了。

我环顾四周。红酒瓶，在倾斜的阳光里晶莹闪光。椅子，斜靠在厨台边。猫，在沙发上信步游走。

阳光中有些尘埃飘浮着。

我轻飘飘地走到厅门边，锁上门。

转身，再次面对这间屋子。

刚才真的发生过那样的事吗？

刚刚究竟发生了什么？

我晃晃悠悠走进厨房，找到一瓶红酒，将开瓶器旋进木塞，撬动，拔出木塞，把酒咕噜噜地倒进酒杯，端到嘴边。

我想到了简。

我干了这杯，又抄起酒瓶，狠狠地竖起瓶身，嘴对嘴，咕噜噜，灌了一大口。

我想到了那个女人。

现在我摇摇晃晃地进了起居室，加快了速度；咔嗒咔嗒，两颗药片倒进掌心。一眨眼，它们就滑进了我的喉咙。

我想到了阿里斯泰尔。这位是我太太。

我站在那儿，大口灌酒，直到呛到自己。

我把酒瓶放下时，又想到了伊桑，想到他如何避开我的目光，如何强迫自己扭过头；回答我之前，他如何干咽了一下，又如何用指尖抓挠自己，还有他压低声音、吞吞吐吐的样子。

他撒谎的样子。

因为他确实没讲实话。游移的视线，向左看，延迟的回答，坐立不安——全部都是撒谎的征兆。他还没开口，我就知道了。

不过，还有那紧绷的下巴：那是另一种情绪的表现。

恐惧的表现。

43

手机在书房的地毯上，就在我扔下它的那个位置。我一边轻敲屏幕，一边把药瓶放回浴室里的医药箱。我非常清楚：虽然菲尔丁医生是拥有医师头衔、有权给我开处方药的那个人，但他现在帮不到我。

"你能过来一趟吗？"她一接电话，我就直截了当地问。

对方愣了一下："什么？"听上去她完全不解其意。

"你能过来一趟吗？"我走到床前，屈膝爬上去。

"现在？我没——"

"求你了，比娜。"

她又愣了一会儿。"我可以在……九点，九点半的时候到你家。我晚饭有约了。"她特意补充了缘由。

我不在意。"好的。"我躺下来，枕头立刻鼓胀到耳边。窗外树枝摇曳，洒下灰烬般的枯叶；落叶隔着窗玻璃闪烁，然后飞走。

"还好吗？"

"什么？"安定药效发作，堵塞了大脑。我分明感觉到，脑回路短路了。

"我说，一切都好吗？"

"不。好。等你来了我再细说。"我的眼皮好沉，好沉，一直往下压。

"好吧。晚上见。"

我已无力支撑，一下子就睡过去了。

那是黑沉沉、无梦的睡眠，恍惚间，楼下的门铃响起，我被惊醒时，只觉得筋疲力尽。

44

比娜张口结舌，只是瞪着我看。

最后她总算合上了嘴，合得很慢，但闭得很紧，酷似捕蝇草。她什么也没说。

我们在埃德的书房里，我在高背扶手椅里蜷起双腿，比娜窝在俱乐部沙发椅里，也就是菲尔丁的宝座。她把纤长的双腿在椅子下折叠起来，庞奇像烟雾缭绕一般围着她的脚踝打转。

壁炉里的火持续低燃。

现在，她转移了视线，去看火苗的波动。

"你那天到底喝了多少？"她问这话的时候下意识地往后缩了缩，好像怕我打她。

"绝不足以导致幻觉。"

她点点头。"好吧。那药呢……"

我抓起盖在膝头的毯子，拧了一把："我见过简。两次。在不同的日子。"

"没错。"

"我还看到她和家人待在家里。不止一次。"

"没错。"

"我看到简在流血，胸口插着一把刀。"

"确定是刀？"

"这么说吧，肯定不是该死的胸针。"

"我只是——好吧，没错。"

"我是在照相机镜头里看到的。高清镜头。"

"但你没有拍下来。"

"没，我一张照片也没拍。当时我只想去救她，而不是……去记录。"

"好吧。"她漫不经心地捋顺一缕头发，"现在他们口口声声说，没人被刺。"

"而且，他们千方百计要证明简是另外一个人。或者说，还有另外一个简。"

她用长长的手指不停绕转那缕头发。

"你肯定……"她说了一半，我紧张起来，因为我知道她要讲什么，"你极其肯定这件事绝不可能是误——"

我探身向前："我知道自己看到了什么。"

比娜放下拧头发的手："我不知道……该说什么。"

"除非他们相信他们所认为的简——并不是简，"我说得很慢，如履薄冰，既像是在对她讲，又像是自言自语，"否则，他们不会相信简发生意外了。"

这句话有点绕，但她点了点头。

"只不过——警察难道不会检查这个女人的证件吗？譬如身份证？"

"不不不。他们只听信她丈夫的话——他们只听了她'丈夫'的说辞。他们难道不检查吗？为什么非要检查？"猫在地毯上一路小跑，跑到我的座椅下面，"根本没人见过她。他们搬来还不到一星期。她可以是任何人，可能是他们家的什么亲戚，也可能是他的情妇，甚至可能是个邮购新娘。"我伸手去够酒杯，继而才想起，我并没有带酒杯上来。"但我看到简和她的老公、孩子在一起。我看到她戴的项链吊坠里有伊桑的照片。我亲眼看到——她让他送香薰蜡烛过来，看在老天爷的分儿上！"

比娜又点点头。

"她丈夫并没有表现出——"

"好像刚刚捅了别人一刀的样子？没有。"

"你肯定是他……"

"他什么？"

她不安地扭扭身子："是他干的？"

"还能是谁？他们的儿子是个小天使。就算他——要捅谁一刀，那挨刀子的也该是他父亲。"我又去够酒杯，又一次空抓一把，"而且，我之前看到他在玩电脑，所以，除非他全速冲刺下楼去伤他母亲，否则我认为他完全没有嫌疑。"

"你跟别人说过这事吗？"

"还没。"

"心理医生？"

"我会的。"还有埃德。我晚点再跟他说。

现在，我们沉默了——只听得到壁炉里的火舌翻卷。

我看着她，看着她的皮肤在火光中闪现金灿灿的古铜色，心里不禁七上八下：她会不会取笑我，会不会怀疑我？这件事无论如何都讲不通，不是吗？我家对面的邻居杀妻后，找了个女人来假扮她。而他们的儿子害怕得要死，不敢说出真相。

"你觉得简现在在哪里？"比娜轻轻地问道。

回答她的只有沉默。

"我从不知道她这么出名。"比娜靠在我肩膀上，一头秀发隔在我和台灯之间。

"五十年代美女海报上最常见的女明星之一。"我喃喃自语，"后来又成了鼓吹生育的中坚分子。"

"啊？"

"抵制非法堕胎。"

"哦。"

我们在书桌边，滚动鼠标，看了整整二十二页简·拉塞尔的照片——珠玉满身，摇摆生姿（《绅士爱美人》）；干草堆旁，衣着随意（《不法之徒》）；吉卜赛风格，裙摆翻飞（《热血》）。我们看了 Pinterest 上的图片。我们在 Instagram 难以计数的图库里检索。我们检索了波士顿的报纸和新闻网站。我们访问了摄影师帕特里克·麦克马伦的网站图库。没有任何发现。

"简直难以置信。"比娜说，"在互联网上，有些人岂不是根本不存在？"

寻找阿里斯泰尔的踪迹就容易多了。瞧，一搜就出来了，他像香肠般灌进一身紧绷西服套装，出现在一本商务咨询杂志两年前的一篇文章中，标题是：**拉塞尔转战阿特金森**。他的 LinkedIn 主页也用这张照片当头像。达特茅斯毕业生通讯录中有他的照片：在资金募集会上高举酒杯。

然而，找不到简。

更奇怪的是：也找不到伊桑。Facebook、Foursquare 或其他网站上都没有他——就连谷歌搜索都找不到了，只能看到一个和他同名同姓的摄影师的相关链接。

"现如今大部分孩子不都挂在 Facebook 上吗？"比娜问。

"他爸爸不让他上网。他连手机都没有。"我把垂下来的一只袖管卷到上臂，"他也不上学，接受家庭教学。他应该不认识这里的大部分居民。有可能谁都不认识。"

"可是，肯定会有人认识他妈妈啊，"她说，"波士顿的什么人，或是……随便什么人。"她走到窗前："难道没有照片吗？警察今天不是去他们家了吗？"

我思忖了片刻："就我们所知，他们可能会有另外那个女人的照片。阿里斯泰尔可能给他们看了些什么，随便说了些什么。他们并不打算搜查他家。这一点，他们明确地表过态。"

她点点头，转过身，望着拉塞尔家："百叶窗都放下来了。"

"什么？"我凑到她身边，亲自去看：厨房，小客厅，伊桑的卧室——每一扇窗都遮得严严实实。

那栋房子闭上了眼睛，闭得紧紧的。

"瞧见没？"我对比娜说，"他们不想让我再看了。"

"这倒不能怪他们。"

"他们学乖了，变得小心了。这难道还不够说明问题吗？"

"是的，是有点可疑。"她歪了歪脑袋，"他们经常这样关死百叶窗吗？"

"从没关过，从早到晚都没关过。一直都像个金鱼缸。"

她露出犹疑的神态："你觉得……你想过没，你可能——有危险？"

这我倒没想过。"为什么？"我放慢语速。

"因为，如果你真的看到了那种事——"

我有点畏惧了："确实发生了呀。"

"那你，这么说吧，你就是目击证人。"

我倒吸一口凉气，确切地说，连吸了两口。

"你今晚可以住这儿吗？"

她的眉毛都挑起来了："你就是随口一说，对吧？"

"我付你钱。"

她眯起眼睛审视我："不是钱的问题。我明天很早就有约，所有东西都在家——"

"求你了。"我恳切地注视她的眼睛，"求求你了。"

她叹了口气。

45

黑暗——厚重，稠密。防空洞里的那种黑。外太空的那种黑。

然后，很远很远的地方，出现了一颗遥远的星子，一星光亮。

越来越近。

光亮在颤动，在鼓动，在跳动。

一颗心。一颗小小的心脏。跳动。发光。

照亮了它周围的黑暗，丝滑的锁链首尾相连，渐渐成形。一件白色上衣，白得恍如幽灵。一对肩膀，映衬在光芒中。脖子的线条。一只手，指尖把玩着悸动不已的小心脏。

那之上是一张脸：简，真正的简，光芒四射。她看着我，微笑着。

我也朝她笑。

此时，一块玻璃滑到她面前。她伸出手掌，按住它，留下了迷你地图般的指纹。

在她身旁，突然间，黑暗中涌现这一幕：双人沙发，白色和红色的条纹；两盏落地灯，迸射出光芒；地毯，繁花盛开的花园景象。

简低头看着吊坠，充满爱意地抚摸它。看着晶晶闪亮的衬衣。看着如墨水斑点似的血迹，慢慢散开，晕染，渗入衣领，在她的肤色反衬下艳丽地蔓延。

当她再次抬起头看着我时，那已是另一个女人了。

星期六

11 月 6 日

46

刚过七点，朝阳刚刚探入窗帘的缝隙，比娜就走了。这下我可知道了：她打呼噜，轻轻的鼾声像遥远的海浪。真没想到。

我谢过她，脑袋一陷进枕头，又回到了沉睡中。醒来时，我看了看手机。快十一点了。

我瞪着屏幕，发了一会儿呆，仅过了一分钟，就和埃德聊上了。这一次没玩"猜猜我是谁"的把戏。

"怎么会有这种事。"听完后，他愣了愣才说话。

"但这种事就是发生了。"

他又停顿片刻："我不是说事情没发生，但是——"我抱起胳膊。"你最近一段时间真的吃了不少猛药。所以——"

"所以你也不肯相信我。"

一声叹息："不，不是我不相信你，而是——"

"你知道这事多么令人沮丧吗？"我喊出声来。

他不吭声了。我继续。

"我眼睁睁看着事情变成这样。是的。我吃药了，而且我——是的。但我没有幻觉。就算你吞一把药片也不会幻想自己看到了那种事。"我重重地吸了口气，"我又不是高中生，玩了暴力的电子游戏后就去学校里扫射。我知道自己看到了什么。"

埃德保持沉默。

然后：

"好，纯粹站在学术立场讨论一下，你确定是他？"

"谁？"

"那个老公。是他……干的好事？"

"比娜也这么问。我当然确定。"

"有没有可能是另一个女人干的？"

我不吭声。

埃德的语调上扬了，他总是这样，把脑子里想的事讲出来时就会不自觉地提高音调："假设如你所说，她是他的情人，从波士顿或别的地方来。她们发生了争执。拔刀相向。或是别的武器。白刀子进红刀子出。老公并没有插手。"

我想了想。虽然不太情愿，但我承认有这种可能。不过："首要的重点并不是谁行凶，"我固执己见，"眼下并不是。那件事已经结束了，现在的问题是没人相信我。我甚至觉得比娜都不相信我。你也不信我。"

沉默。不知不觉间，我已经上了楼梯，进了奥莉薇亚的卧室。

"别把这事讲给莉薇听。"我补上一句。

埃德笑了，确切地说是"哈"了一声，听来明快又轻松。"我才不会呢。"他咳嗽起来，"菲尔丁医生怎么说？"

"我还没有告诉他。"我是应该和他谈谈。

"你应该跟他讲明。"

"我会的。"

停顿。

"邻居们怎么样了？"

我意识到自己无话可说。武田家、米勒家，甚至沃瑟曼家——过去的这个星期里，他们几乎从我的雷达上消失了。这个街区仿佛落下了一道帷幕；对街的人家都被遮掩了，不见了；依然存在的只有我家、拉塞尔家和我们之间的公园。我很想知道丽塔的包工头怎么样了，还想知道格雷太太为读书会挑选了哪本新书。以前我会关注他们的一举一动，观察我的邻居们，留心他们进进出出的时间。我曾把他们的生活篇章一一记下，留在我的存储卡里。可现在……

"我不知道。"我只能如此坦白。

"好吧。"他说，"也许这样最好。"

我们聊完，我又看了看手机上的时钟。十一点十一分。我生日的数字组合，也是简的生日。

47

从昨天开始我就不愿进厨房了，索性避开整个一层。但现在，我又一次站在窗前，俯瞰公园对面的那栋小楼。我往杯子里倒了一点酒。

我知道自己看到了什么。血泊。恳求。

这事还没完。

我开喝了。

48

百叶窗被拉起来了。我看到了。

那栋小楼又睁大眼睛瞪着我了，似乎带着惊讶的表情发现我也直愣愣地瞪着它。我拉近镜头，透过窗玻璃慢慢细看，盯着小客厅。

毫无瑕疵。不留痕迹。双人沙发。落地灯如卫兵般分立两旁。

镜头移到窗边的座椅时，我突然将它转向上方，瞄准伊桑的房间。

他弓着背凑在电脑前，好像书桌旁的滴水嘴兽[1]。

再拉近一点，不瞒你说，我简直都能看清他电脑屏幕上的字。

街上有动静。有辆车闪着黑亮的光泽，像条巨鲨般驶到拉塞尔家门前的人行道边，停下来。驾驶座的门像鱼鳍般支了出来，一身冬装的阿里斯泰尔下了车。

他迈着大步走向家门。

我按下快门。

他走到门口时，我又拍了一张。

我毫无计划可言。（老实说，我何曾按照计划行事呢？）倒不是说我要亲眼看到他的双手沾满鲜血。他也不会叩响我的家门，前来忏悔。

但我依然可以远观。

他进了屋。我将镜头转到厨房，果然不出所料，他很快就出现了，把钥匙搁在厨台上，脱下外套，走出了厨房。

没有回来。

我移动镜头，往二层楼去，瞄准小客厅。

就在这时，她出现在镜头里了，草绿色的卫衣套装，看上去很明快。
"简。"

我调整焦距。就在她走向一盏落地灯，再走向另一盏，把它们一一点亮的时候，她的轮廓越来越清晰，细节越来越鲜明。我看得到她细嫩的双手，细长的脖颈，还有一缕细发垂在脸颊上。

这个骗子。

接着，她走出门去，纤瘦的窄臀左右微摇。

没看头了。小客厅空无一人。厨房空无一人。楼上，伊桑的椅子也空了，电脑屏幕黑了。

电话铃声响起。

我猛地扭头去看，像猫头鹰似的剧烈扭转，照相机落在膝头。

---

1. 建筑输水管道喷口末端的一种雕饰。

铃声在我身后，但手机就在我手边。

是座机。

不是厨房里的座机，那台机器早已沦为废物，发出响声的是埃德书房里那台分机。我早就忘了那儿还有一部电话。

丁零零，又响了一遍，听来遥远，但不依不饶。

我没动身，也没呼吸。

谁在给我打电话？没人会打那个房间的电话……我都想不起来它上一次响是何年何月。谁会有这个号码？我自己都记不清了。

丁零零，又响了一轮。

再一轮。

我靠在窗玻璃上畏缩不前，在扑面的寒气中萎靡不已。我在头脑中巡视自家的房间，一间一间地去想，每个画面都被恼人的铃声震得一跳一跳的。

又响了一轮。

我的目光越过公园。

她在那儿，站在小客厅的窗前，手机压在耳朵上。

目不斜视地看着我，硬生生的。

我急忙离开椅子，一手抓着照相机，退到书桌边。她依然死死地盯住我，嘴唇抿得紧紧的，好似一条紧绷的封锁线。

她怎么会有这个电话号码？

话说回来，我怎么知道她家的号码呢？查号台。头脑中很自然地浮现出那个场景：她拨号，念出我的姓名，请求接线员帮她接通。接通我的号码。侵入我家，我的脑袋。

这个骗子。

我望着她，怒目圆睁。

她也一样。

又响了一轮。

接着，出现了另一个声音——埃德。

"你打到安娜和埃德家啦，"是他那低沉、嘶哑的声音，就像电影预告片里的画外音。我记得他录这段话的模样；"你听上去真像范·迪塞尔[1]，"我这么一说，他哈哈大笑，索性又把声音压低几分。

"我们现在不在家，请留言，我们会尽快答复。"我也记得，他说完这句话，在按下停止键前，又用极恐怖的伦敦口音加上一句，"等我们有心情搭理你的时候。"

我闭起眼睛，有那么一瞬间，我幻想他正在呼唤我。

但答录机里传出的声音是她的，传遍我家。

"我想你知道我是谁。"一阵停顿。我睁开眼睛，发现她正盯着我，而我只能眼睁睁看着她的嘴唇开启、闭合，任那些字句钻进我的耳朵。这感觉太诡异了。"请不要再对着我家拍摄，否则我就报警。"

她移开了耳边的手机，放入口袋，瞪着我。我也瞪着她。

一切归于沉寂。

然后，我离开了书房。

49

"女子流"向你发出挑战！

在线象棋。我朝屏幕竖了竖中指，把手机放到耳边。枯叶般轻飘飘的问候语过后，菲尔丁医生的语音信箱请我留言。我留了，格外当心，确保自己口齿清楚。

我在埃德的书房里，笔记本电脑把大腿烘烤得很暖和，正午的阳光洒在地毯上。一杯红酒立在我身边的书桌上。一杯，还有一瓶。

---

1. 美国电影演员，曾出演《速度与激情》《极限特工》等。

我不想喝酒。我想保持头脑清醒。我想喝。我想继续分析。刚刚过去的三十六小时已然淡去，像雾一样慢慢消散。我已经感觉到，这栋小楼拱起肩膀，将外面的世界甩到一旁。

我需要喝一口。

女子流。多傻的名字啊。旋涡流。蒂尔尼。白考尔。它们已经注入你的血液了。

显然是这样。我端起酒杯，抿了一口，感受酒液顺滑地流进喉咙，在我的血管里注入活力。

屏住呼吸祈祷吧。

让我进去！

你不会有事的。

你不会有事的。我轻蔑地哼了一声。

我的脑袋像一片深不见底的沼泽，好难受，真真假假混淆不清。那些生长在沼泽沉渣地里的树叫什么来着？根部会长在地表的树？曼……曼德拉，还是曼拉德？反正是曼字开头的，没错。

戴维。

手中的酒杯晃了一下。

匆忙中，混乱中，我竟把戴维忘了个干干净净。

他在拉塞尔家打过工。他很可能——肯定——见过简。

我把酒杯放在桌上，立刻站起身来，直奔门厅而去，摇摇晃晃下了楼，钻进厨房。我斜着眼睛瞥了一下拉塞尔家——看不到任何人，没有人在观望我——然后敲响地下室的门，一开始敲得还算有礼貌，但敲了几下就变得粗暴了。我大喊他的名字。

没人回答。我猜他会不会在睡觉？可现在才下午。

一个念头闪过。

那是不对的，我知道，但这是我家。而且事发紧急。非常紧急。

我走到起居室的桌边，拉开抽屉，找到了钥匙：银色已磨旧、变黑，但锯齿的形状没错。

我返回地下室门口，又敲了一次门——没反应——便把钥匙插进了锁眼。转动。

把门拉开。

铰链吱嘎轻响。我的脸抽搐了一下。

然而，还是没有任何动静，我就朝楼下张望起来。接着，我步下楼梯，走进黑暗，穿着拖鞋的我悄无声息，一只手在粗糙的水泥墙上摸索着。

我走完楼梯了。黑暗降临，地下室宛如黑夜。我伸手摸索到墙上的开关，朝上扳动。房间里顿时大亮。

上一次下来是两个月前，我让戴维看房间的时候。他用那双黑色的眼睛打量这个小套间——起居室里，埃德画草图用的工作台摆在前方正中央；床嵌在窄小的凹室里；小厨房里的家具是桃木配铬合金的；还有一个卫生间——然后立刻就点头要租下。

他没有做太多改动，几乎什么都没动。埃德的小沙发在原地；制图桌也没动，但台面调整到了水平状态。台面上搁着一只盘子，塑料刀叉摆放成盾牌上常见的交叉形。工具箱在远处的墙根叠放着，紧挨着通向户外的另一扇门。我一眼看到他借用的美工刀搁在最上面的箱子上，伸出的刀刃反射出冷光，照在天花板上。刀的旁边有一本书，书脊已经折断了。《悉达多》。

正对面的墙上挂着一个黑色窄边相框，框里有一张照片。我和五岁时的奥莉薇亚站在我们家的前门台阶上，我伸出双臂，把她整个搂在怀里。我俩都笑得很灿烂，奥莉薇亚正在换牙——埃德总逗她，"这儿少一颗，那儿也少一颗。"

我都忘了还有这张照片。心一阵绞痛。我在想，为什么它还挂在这里呢？

我朝凹进去的小卧室走去。"戴维？"我轻轻地问，尽管我很肯定他不在这儿。

被子滚成一团，垂在床垫的尾部。枕头凹陷下去，像被人踢了一脚。床上的东西乱七八糟的，我下意识给它们归了类：枕套上粘着几根早已干硬的方便面；油腻、干瘪的避孕用品突兀地挂在楼梯柱上；一个阿司匹林药瓶卡在床架和墙壁之间；床单上有象形文字般的汗渍或精液；床垫的尾部还摆着一台轻便款笔记本电脑。长条装的避孕套绕在落地灯上。一只耳环在床头柜上闪闪发光。

我又朝卫生间里看了看。水槽里有星星点点的胡楂，马桶盖敞开朝上。淋浴间里有一罐被挤瘪的商店品牌洗发水，还有小半块肥皂。

我没进去，回到外面的大房间，伸出手，沿着制图桌慢慢抚摸。

好像有什么东西在吞噬我的大脑。

我抓住它，又失去它。

我再次环顾这间屋子。没有相册，我估计现在没人会保留相册了（简有一本，我记得）；没有 CD 包或满当当的 DVD 架，我猜那些东西也都快绝迹了。简直难以置信，在互联网上，有些人岂不是根本不存在？比娜这样问过。所有戴维的记忆，他喜欢的音乐，所有可能解锁这个人的东西——都没了。也许，它们其实都环绕在我周围，飘浮在虚幻的以太空间里，只是看不见罢了，那些文件和图标，那些零和一。在这个真实的世界里，没剩下什么可供展示的，哪怕一个征兆，一丝线索都没有。是不是难以置信？

我又看了看墙上的照片，想起起居室的橱柜，里面装满了盒装 DVD。我是件遗物。我被留下来了。

我转身要走。

就在这时，我听到身后有一声轻响。直通户外的那扇门。

我眼看着门开了，戴维站在我面前，目瞪口呆。

50

"你他妈的在这儿干吗？"

我吓了一跳。我从没听他爆过粗口。压根就没听他讲过几句话。

"你他妈的在这儿干什么？"

我后退一步，开口解释。

"我只是——"

"你凭什么认为你可以不打招呼就下来？"

我又退了一步，差点把自己绊倒："很抱歉——"

他走进来了，但他身后的门大敞着。眼前的景象开始翻江倒海。

"很抱歉。"我深呼吸，说道，"我在找东西。"

"找什么？"

再吸一口气："我是想找你。"

他举起双手，左右摊开，套在手指上的钥匙来回晃动。"我来了。"他摇摇头，"什么事？"

"因为——"

"你可以打我电话啊。"

"我没想——"

"是啊，你只想着你可以直接下楼来。"

我点点头，然后突然停下来。这几乎是我们之间最长的一次谈话了。

"你可以关上门吗？"我问。

他瞪着我，转过身，把门带上。砰的一声。

等他转过来看我时，五官好像变得柔和了，但声音还是很生硬："你找我做什么？"

我的头好晕："我可以坐下吗？"

他没动。

我摇摇晃晃地走到沙发旁，一屁股坐下。他像雕塑似的又站了一会儿，把钥匙胡乱地抓在掌心里；接着塞进口袋，脱下夹克衫，团起来，扔进卧室。我听到夹克落到床上，又滑到了地板上。

"这样不太好。"

我摇摇头："不好，我知道。"

"如果我不打招呼就进了你的地盘，你也会不爽的。不请自来。"

"不爽，我知道。"

"你会他妈的——会发怒。"

"是的。"

"万一我和什么人刚好在家呢？"

"我敲过门了。"

"这么说，你还有理了？"

我一言不发。

他又审视了我一会儿，这才走进厨房，踢掉靴子，打开冰箱门，抓起一瓶滚石啤酒，在厨台边磕掉盖子。盖子弹到地板上，滚到暖气片下面。

若是年轻二十岁，我大概会为他干脆利落的手法叫好。

他扬起酒瓶，灌了一口，然后慢慢地朝我走来，将高挑的身子斜靠在制图桌上，又喝了一口啤酒。

"什么事？"他说，"我来了。"

我点点头，抬头注视他："你有没有见过公园对面那家的女主人？"

他立刻皱起眉头："谁？"

"简·拉塞尔。公园那一边。2——"

"没有。"

平淡无奇。干脆利落。

"可你在他们家打过工。"

"是啊。"

"所以——"

"我是为拉塞尔先生打工，从头到尾也没见过他老婆。我甚至不知道他有老婆。"

"他有个儿子。"

"单身男人也可以有孩子。"他痛快地仰起脖子喝了一大口，"我不是故意岔开话题的。你就想问这个？"

我点点头。我觉得自己很渺小，低下头看自己的手。

"你跑下来，就为问这个？"

我又点点头。

"好吧，你得到我的答案了。"

我坐着不动。

"那你为什么要问这个？"

我抬起头了。他不会相信我的。

"不为什么。"我用拳头撑住沙发扶手，想要站起来。

他拉了我一把。我接受了帮助，让他粗糙的手掌拉住我的手，他一使劲，我就站起来了，干净利落。我看到他前臂隆起的肱二头肌鼓了一下。

"擅自下楼来，我真的很抱歉。"我对他说。

他点了点头。

"保证下不为例。"

他点了点头。

我朝楼梯走去，感到他的目光落在我的后背上。

上了三级台阶，我突然想起一件事。

"你——你去那儿打工那天，有没有听到一声惨叫？"我转身问道，扭过来的肩膀抵在墙壁上。

"你已经问过我了，记得吗？我说没听到。斯普林斯汀。"

问过了？我感觉好像一脚踏空，在自己的脑中坠落。

51

我踏进自家厨房时，地下室的门在我身后咔嗒一声合拢，菲尔丁医生的电话就来了。

"我收到你的留言了，"他对我说，"你听起来很忧虑。"

我张开嘴，却哑口无言，之前已经做好了把整件事和盘托出的心理准备，畅所欲言，但就算讲了也白讲，不是吗？听起来，忧虑的人是他，一直是他，每一件事都让他忧虑；也是他，施展魔法药效，结果……唉。

"没事。"我回答。

他安静下来："没事？"

"不，我的意思是，我打电话给你是想问——"我都快喘不上来气了，"通用的事。"

安静，他仍在听我讲。

我索性豁出去了："我想知道，能不能用通用性的药去替代一些……那些药。"

"处方药。"他立刻纠正了我的用语，像机器人一样。

"是的，处方药。"

"这个嘛，可以。"听上去，他有点不确定。

"那就太好了。因为这样下去会越来越贵。"

"你担心药费吗？"

"不。不。但我不想以后有这方面的顾虑。"

"我明白了。"他根本不懂。

沉默。我拉开冰箱旁的橱柜。

"好吧，"他又说道，"我们周二再商量一下。"

"好的。"说着，我挑中了一瓶新红酒。

"按我的理解，这事可以拖到周二？"

"当然，没问题。"我拧开瓶盖。

"你确定自己感觉良好？"

"非常好。"我从水槽里抓了一只酒杯。

"你没在服药期间喝酒吧？"

"没有。"倒酒。

"好。那就这样，我们到时见。"

"到时见。"

他挂断电话。我小口啜饮。

52

我走上楼。在埃德的书房里，我发现自己二十分钟前遗留在那儿的酒杯和酒瓶被阳光笼罩。我将它们全部搬到我自己的书房去。

我坐到书桌边，开始思考。

面前的电脑屏幕上摊着一块棋盘，王侯将领各就各位，日日夜夜处于战备状态。白色的后：我记得我吃掉了简的后。简，雪白的上衣，被鲜血浸透。

简。白色的后。

电脑发出嗡嗡的叫声。

我朝拉塞尔家望去。没看到任何人。

莉齐奶奶：你好，安娜医生。

我准备打字了，但只是瞪着屏幕。

我们上次说到哪儿了？上次聊天是什么时候？我展开对话框，往上翻记录。莉齐奶奶离开了聊天室。星期四下午四点四十六分，11 月 4 日。

没错：刚好讲到埃德和我把坏消息告诉了奥莉薇亚。我记得，那时我的心在狂跳。

大概六小时后，我拨了911。

再之后……户外探险。在医院的那一晚。利特尔和医生的盘问。注射。坐在车里巡游哈莱姆区，阳光刺痛了我的眼。回到家里，很多人大闹一场。庞奇，慢慢蹭上了我的膝头。诺雷利，盘问不休。阿里斯泰尔来我家了。伊桑也来我家了。

那个女人来我家了。

还有比娜，我们在网上好一通找。她在夜里一本正经地打轻鼾。然后就是今天：埃德不相信我；那个"简"打来的电话；戴维的住所，戴维的愤怒；菲尔丁医生沙哑的声音仍在我耳畔萦绕不去。

才只过了两天？

医生在此：嘿！你好吗？

上一次她是不辞而别，突然下线的，但我决定不计前嫌。

莉齐奶奶：我很好，但更重要的是：真的很抱歉上次聊到一半突然离线了。

很好。

医生在此：没关系。我们都有事情要忙。
莉齐奶奶：并不是因为忙，我发誓。我的网络突然断了！死翘翘了！
莉齐奶奶：这种情况每隔两三个月就会发生一次，但这次是周四，宽带公司排不出人手，只能等到周末。
莉齐奶奶：真的非常抱歉，我都不敢想象你会怎么看待我。

我举起酒杯，抿了一口酒，放下这杯，又端起另一杯喝了一口。我还以为莉齐不想听我唠叨伤心往事呢。多么缺乏自信。

医生在此：不用道歉！这种事常有。
莉齐奶奶：我觉得自己太坏了！！
医生在此：不至于。
莉齐奶奶：你原谅我了？
医生在此：没什么要原谅的呀！我希望你一切都好。

莉齐奶奶：是的，我很好。儿子们都来看我了：）

医生在此：：）真的？好棒啊！

莉齐奶奶：他们能来，实在太好了。

医生在此：你的两个儿子叫什么？

莉齐奶奶：博。

莉齐奶奶：还有一个叫威廉。

医生在此：都是很好听的名字。

莉齐奶奶：都很优秀。他们总能帮我大忙，尤其在理查德生病的时候。我们没白养大他们！

医生在此：可不是嘛！

莉齐奶奶：威廉每天都从佛罗里达给我打电话。只要他的大嗓门一说**你好**，我就有笑容了。每次都是。

我也露出了笑容。

医生在此：我跟家里人打电话时总说"猜猜我是谁"！

莉齐奶奶：哦！我喜欢这句！

我想起了莉薇和戴维，想起了他们的声音，鼻子一酸，喉头一紧。我吞下了好几口酒。

医生在此：和儿子们待在一起，一定很幸福。

莉齐奶奶：安娜，真的太幸福了。他们住在小时候的卧室里，说感觉回到了"旧时光"。

这几天来，我第一次感到浑身放松，觉得自己在掌控之下。聊天是有用的。我仿佛回到了东八十八街的诊所，在我的办公室里救助病人。只有联结。

有可能，我比莉齐更需要这样的聊天。

于是，随着窗外夕阳西下，天花板上的光影渐渐退去，我不断地和千里之外的孤单老奶奶聊天。莉齐告诉我她超爱做饭；儿子们最爱吃她做的"出了名的美式炖牛肉（并不是很出名）"，而且，她每年都为消防站烤制奶酪布朗尼蛋糕。她家有过一只猫——我正好把庞奇的逸事讲给她听——但现在她养的是一只兔子，"棕色的小母兔，名叫矮牵牛花"。虽然她不爱看电影，但很喜欢看厨艺比赛和《权力的游戏》。后者让我感到惊讶——那部美剧是绝对的重口味。

当然，她会谈起理查德。"我们都非常想念他。"他生前是个老师，还担任卫理公会教会的执事，是个火车迷（"我们家地下室里有一个很大的火车模型"），也是一位充满爱心的父亲——"好男人"。

好男人，好父亲。突然间，阿里斯泰尔的形象跃入我的脑海。我不寒而栗，赶紧喝了几口酒。

莉齐奶奶：但愿我没有烦到你……
医生在此：完全没有。

我已得知，理查德为人正直又有担当，揽下了所有家务事：房屋维修，电器电路（"威廉带了一台苹果电视给我，可我不会用"，莉齐抱怨了一句），园艺，账单。他走后，他的遗孀满心苦楚，"我快崩溃了，感觉自己什么都不会，就像个老太婆。"

我搭在鼠标上的指尖有节奏地敲敲点点。确切地说，这并非科塔尔综合征，但我可以建议她采取某些措施。我对她说"让我们来解决这种困扰吧"，立刻感觉自己热血沸腾，和以前陪伴病人熬过心理障碍时一样。

我从抽屉里取出一支铅笔，在便利贴上写了几个词。以前在诊所时，我用的是鼹鼠皮笔记本和钢笔。没有差别。

房屋维修："看看有没有本地杂务工可以每周上门服务"——她做

得到吗？

    莉齐奶奶：可以找马丁，他在我们教会里干杂活。
    医生在此：很好！

    电器电路："大部分年轻人都很了解电脑和电视机的用法。"我不确定莉齐认识多少年轻人，但——

    莉齐奶奶：住我们街上的罗伯特夫妇有个儿子，他总是 iPad 不离手。
    医生在此：就找他！

    账单（看起来，这件事对她来说是个特别的挑战。"在线支付有点难，需要很多不同的用户名和密码"）：她可以用统一的、好记的登录信息——我建议她用自己的、孩子或爱人的生日当密码，但适当做些变动，把某些数字换成字母或符号。比如说：W1LL1@M。
    一阵停顿。

    莉齐奶奶：我的名字可以变成 L1221E[1]。

    我再次露出微笑。

    医生在此：学得真快！
    莉齐奶奶：哈哈哈。
    莉齐奶奶：新闻里说我可能会被"黑"，我需要担心这些吗？
    医生在此：我认为不会有人破解你的密码！

---

1. 莉齐的英文为 Lizzie。

不管怎么说，我希望没人会攻击她的账号。她只是一个蒙大拿州的七旬老妇。

最后一项，户外杂活："这儿的冬天非常非常冷"，莉齐提过这一点，所以她应该需要有人帮她清除屋顶上的积雪，在前门步道上撒盐块，清除下水沟里的冰柱和冰碴……"就算我能走出去，为冬天做好准备也有一大堆事要干。"

医生在此：好吧，但愿你到冬天时就能走进大世界。无论如何，请教会的马丁来帮你吧。或是邻居家的小孩，甚至你的学生。千万别低估时薪10美元的诱惑力！

莉齐奶奶：是的。好主意。

莉齐奶奶：非常感谢你，安娜医生。我感觉好多了！

问题解决了。病人得到了帮助。我感觉自己大放光芒，又喝了一口。接着又回到炖肉、兔子、威廉和博的话题了。

拉塞尔家的门厅里亮起一盏灯。我躲在电脑屏幕后面，小心地越过边缘瞥了一眼，看到那个女人走进了屋子。我突然意识到，自己差不多有一小时没想到她了。和莉齐的聊天对我很有帮助。

莉齐奶奶：威廉买东西回来了。最好能买到甜甜圈，我特意要求的！

莉齐奶奶：我得阻止他偷吃我的甜甜圈。

医生在此：必须的！

莉齐奶奶：btw，你能出门了吗？

"btw"。她已经学会了网络用语。

我张开手指，对着键盘甩了甩。是的，我可以走出去了。事实上，已经出去过两回了。

医生在此：我怕是没那个运气。

这件事还是别深究了，没必要。

莉齐奶奶：我祝愿你尽快……
医生在此：那我们就能凑一对了！

她下线了，我喝光了杯中酒，把杯子放在书桌上。

我一只脚撑着地板，让转椅慢慢地旋转起来。墙壁像跑马灯似的在我眼前转。

以救死扶伤为己任。今天，我做到了。

我闭上双眼。刚刚帮助莉齐完成了重回生活的心理建设，帮她更完整地去生活，帮她找到了缓解的办法。

视他人利益高于自身利益。没错——但我也受益匪浅：在将近九十分钟的时间里，拉塞尔夫妇从我的脑海中消失了。阿里斯泰尔，那个女人，甚至伊桑。

甚至简。

转椅自动停下了。我睁开眼睛时，正面向走廊。走廊可以通向门厅，通向埃德的书房。

我想起自己还没有告诉莉齐的那些事。上一次就没讲下去的事。

53

奥莉薇亚不肯回房间，只能让埃德陪着她，我收拾行李时，心怦怦直跳。我拖着行李艰难地回到大堂后，壁炉里的火仍在低迷地燃烧，玛丽刷了我的信用卡，祝我们有个快乐的夜晚。说完，她夸张地露齿一笑，眼睛瞪得大大的。这也太假了。

奥莉薇亚来到我身边。我看了看埃德；他提起包袋，一肩一个背好。我紧紧拉住我们女儿那只滚烫的小手。

我们的车停在停车场最里面；等我们走到车子旁边时，身上都蒙上了一层雪花。埃德掀起后车盖，把行李塞进去，我在车头，用手臂扫去风挡玻璃上的积雪。奥莉薇亚一钻进车后座就砰一声把门关上了。

埃德和我站在小车的首尾两头，任凭大雪落在我们身上，我们之间。

我看到他的嘴巴在动，就问："你说什么？"

他提高嗓门，又说了一遍："你来开。"

我开。

我开出了停车场，轮胎吱吱呀呀地碾过结冰的路面。我开上了山路，雪花颤抖着，纷纷撞上风挡玻璃。我开上了高速公路，开进了夜色，开进了茫茫白雪。

安静极了，只能听到引擎转动的声音。埃德在我身边，一动不动地注视前方。我看了看后视镜。奥莉薇亚有气无力地缩在座位上，脑袋一下一下轻轻撞着肩膀——她并不是睡着了，只是在打盹，眼睛半睁半闭。

我们过了弯道。我把方向盘握得更紧了。

眨眼间，悬崖就在一臂之遥，开阔的视野里出现了深深的峡谷；此时，在夜色的衬托下，山谷中的森林就像幽魂一样闪闪发光。暗银色的鹅毛大雪径直向谷底飞落，不停地坠落，坠落，永远地消失，俨如落水的水手在更深的海底沉溺。

我抬起踩油门的脚。

透过后视镜，我看到奥莉薇亚正探头往窗外看。她的小脸蛋闪出晶晶亮亮的微光；她又在哭了，无声无息地默默流泪。

我的心都碎了。

我的手机响了。

两个星期前，埃德和我一起参加了派对，就在公园对面的那栋小楼里，当时还是罗德夫妇的家——节日鸡尾酒、爽口的饮料应有尽有，还有槲寄生枝。武田夫妇、格雷夫妇都来了（主人告诉我们：沃瑟曼夫妇没有回复邀请函）；罗德家的大儿子把女朋友也带来了。还有伯特在银行里的同事，一大帮人。整个房子有如战区——有地雷，到处爆发出响声；有飞弹，每一级台阶上都有人抛出飞吻；有大炮，笑声震耳欲聋；有空投炸弹，随时都可能有人在你肩头重重地拍一下。

派对进行到一半，就在我喝第四杯酒的时候，乔西·罗德走到我身边。

"安娜！"

"乔西！"

我们拥抱。她的双手轻飘飘落在我的背上。

"你这身长裙太美啦！"我说。

"是吗？"

我不知道该怎么接下去："是。"

"你的阔腿裤也很好看！"

我指着裤子胡乱比画了一下："你瞧我。"

"我刚才不得不把披肩拿掉——伯特把酒……哦，谢谢你，安娜。"我把她手套上的一根长头发夹了起来，"把酒全洒在我肩膀上了。"

"闯祸的伯特！"我抿了一口酒。

"我跟他说了，他等会儿不会有好果子吃的。这已经是他第二次……哦，谢谢你，安娜。"我摘掉了她长裙上的一根小线头。埃德常说，我喝了酒就会动手动脚，"第二次用酒毁掉我的披肩啦。"

"同一条披肩吗？"

"不不不。"

她的牙齿是近乎纯白色、边缘圆润的；我突然想到前不久在自然科学频道里看到的威德尔海豹，它们用尖牙清理南极冰原上的洞穴。"它的牙齿，"旁白讲道，"磨损得很严重。"然后是海豹的下巴重重砸在冰面上的特写镜头。"威德尔海豹的寿命很短。"旁白的语气里透露出不祥的寓意。

"说吧，是谁整晚给你打电话？"我面前的威德尔海豹问道。

我愣住了。手机一整晚都在闪亮、振动，在我的屁股口袋里嗡嗡作响。我当然可以把它握在掌心里偷偷看几眼，再用拇指快速回复。我还以为自己很小心呢。

"工作上的事。"我试图做出解释。

"可是，哪个小孩会在这个时间寻求帮助呢？"乔西问道。

我笑了："医患保密协定，你懂的。"

"哦，当然，当然不能说啦。亲爱的，你是很专业的。"

然而，在喧哗中，甚至在我不假思索、装腔作势地提问、回答时，甚至就在觥筹交错、圣诞颂歌响起时——我能想到的只有他。

电话又响了一次。

在那个瞬间，我的双手在惊吓中脱离了方向盘。我把手机放在前座中间的杯托里了，现在，只见它在振动模式中撞击塑料。

我看了看埃德。他正看着手机。

又响了一轮。我转回视线，看着风挡玻璃。奥莉薇亚仍在凝视窗外。安静。我们继续前行。

嗡——嗡——

"猜猜那是谁。"埃德说。

我没有回答。

"肯定是他。"

我没有申辩。

埃德伸手拿起电话，看了看来电显示，叹了口气。

我们在山路上穿行，又拐过一个弯。

"你想接吗？"

我不能去看他。我的目光死死地穿透风挡玻璃。我摇摇头。

"那，我来接吧。"

"不行。"我想抢过手机，但埃德躲过去了。

手机还在响。"我想接，"埃德说，"我要和他说句话。"

"不行。"我打掉他手里的电话，它落到我脚下。

"别吵了。"奥莉薇亚喊起来。

我低头去看，一眼就看到手机在车底板上振动，屏幕上显示出他的名字。

"安娜。"埃德深吸一口气。

我抬头一看。山路消失了。

车子冲出了悬崖。我们在驶向黑暗。

54

有人敲了一下门。

刚才我迷迷糊糊睡过去了，现在，摇摇晃晃地坐起来了。房间里黑漆漆的，窗外夜色早已降临。

又是一记敲门声。在楼下。不是前门，应该是地下室的门。

我走向楼梯。戴维来时，几乎只用前门。我猜想，现在敲门的会不会是他的某位访客？

但当我按亮厨房的灯，拉开地下室的门，却发现门内正是他本人，站在下面两级台阶上，仰头看着我。

"我想大概从现在开始我也该这样进出。"他说道。

我愣了愣，然后反应过来，他是想开个小玩笑。"说得对。"我让开一条路，他迈进了厨房。

把门关上后，我俩对视了一番。我猜得到他要说什么。我认为他要和我谈谈简的事。

"我想——我想道歉。"他开口了。

我目瞪口呆。

"为之前的表现。"他说。

我歪了歪脑袋，头发在肩膀上晃了晃："应该道歉的人是我啊。"

"你已经道过歉了。"

"我很乐意再说一次抱歉。"

"不用，我不需要。我想说对不起，因为我朝你大喊大叫。"他点了下头，"还有，让门敞开。我知道那会困扰到你。"

困扰，这么说未免太轻描淡写了，但这次算我欠他的，不深究也罢。"没事的。"我更想听简的事。要不重起炉灶，再问他一遍？

"我只是——"他的一只手搭在厨台上摸了摸，身子靠在上面，"我有地盘意识。也许我应该早点告诉你，不过……"

他的话戛然而止。两只脚交换了一下重心。

"不过？"我把话接上。

他抬起浓黑眉毛下的那双眼睛。粗犷而干练。"你这儿有啤酒吗？"

"有红酒。"我想起楼上书桌上那两瓶，还有两只酒杯。倒是可以顺便把它们喝掉。"要我开一瓶吗？"

"好啊。"

我从他身边走过——他身上有象牙牌香皂的味道——从橱柜里拿出一瓶红酒。"梅洛行吗？"

"我都不知道梅洛是什么。"

"是一种不错的红酒。"

"听起来不错。"

我拉开另一个橱柜——在洗碗机上方——取出一对酒杯，搁在厨台上，拔出木塞，倒上酒。

他把其中一杯拉到自己面前，朝我举了举杯。

"干杯。"说完，我就抿了一口。

"我要说的是，"他边说边转动手中的酒杯，"我被关过。"

我点点头，之后才瞪大眼睛。我从来没听谁这么讲过。不是在电影里，而是在现实生活中，没有过。

"你是说关在监狱里吗？"我问得好蠢。

他笑了："是监狱。"

我又点点头："你干了——怎么会入狱呢？"

他镇定地看着我说："斗殴。"又补充了一下，"和一个男人打架。"

我只能傻傻地看着他。

"这让你紧张起来了。"他说。

"没有。"

一听就是谎言，让对方接不下去。

"我只是很惊讶。"我对他说。

"我应该早点说的，"他挠了挠下巴，"我的意思是，在搬进来之前。如果你现在想让我搬走，我完全理解。"

我不确定他是否真这样想。我希望他搬走吗？"发生了……什么事？"

他轻叹一声。"在酒吧里打起来了。不算什么新鲜事。"又耸了耸肩。"只不过，我有前科。都是打架。第二次就重判了。"

"我以为要三振才出局[1]。"

"取决于你是谁。"

"嗯……"听我的口气，这个说法简直不容置疑。

"而且，我的 PD（Public Defender）是个酗酒的家伙。"

"嗯……"其实我在心里琢磨了半天才想起来，PD 指的是公设辩护人[2]。

"所以我被关了十四个月。"

---

1. 目前，美国有些州针对暴力、毒品等罪犯的再犯情况，采用"三振出局"式的刑罚，譬如：对再犯案者施以双倍刑罚，对第三次犯案者可施以终身监禁等量刑方式。
2. 指由国家或政府作为主体聘请的一部分具有一定执业经验的律师，或者是国家自主的专（兼）职刑事辩护律师。

"在哪儿？"

"打架的酒吧？还是监狱？"

"不在一个城市吗？"

"都在马萨诸塞州。"

"哦。"

"你想知道细节吗？"

我想啊。"哦，你不用细说的。"

"就是那种蠢到家的事。酒后滋事。"

"我懂了。"

"就是在监狱里，我学会了——你懂的——保护自己的地盘不受侵犯。"

"我懂了。"

我们站在厨台旁，眼睛看着地板，活像舞会上的一对少男少女。

我变换脚的重心："你是什么时候——被关到什么时候？"适当的情况下，使用病人常用的词汇和说法。

"四月份出来的。在波士顿过完夏天，就到这儿来了。"

"我懂了。"

"你一直在重复这句话。"他的语气还蛮友好的，不像是在责难。

我笑了笑。"好吧。"清清嗓子，"我侵入了你的领地，实在不应该。你当然可以继续住下去。"我说的是真心话吗？我觉得是。

他喝了一口酒。"我只是想让你知道这件事。还有，"他用酒杯朝我点点，"这玩意很好喝。"

"我没忘了天花板的事。"

我们坐在沙发上了，三大杯已下肚——确切地说，他三杯，我四杯，但凡我们数一下，就会知道总共是七杯，然而谁也不会去数这个——我一下子没明白他在说什么。

"天花板？"

他朝上指了指："屋顶。"

"哦，对。"我也仰起头，好像可以透过几道楼板直接看到屋顶。"没错。你怎么突然想起屋顶的事了？"

"因为你刚才说，有朝一日你能走出大门了，就要上楼顶看看。"

我说过这话吗？"暂时是不可能了。"我爽快地回答他，语气斩钉截铁，"我连公园都走不过去。"

他露出微妙的笑容，歪了歪头。"早晚会有那么一天的。"他把杯子放在咖啡桌上，站了起来，"洗手间在哪里？"

我在沙发上扭过身子，指了方向："那边。"

"谢谢。"他朝红房间走去了。

我摆正身姿，依然窝在沙发上。当我的头左右摇摆时，能听到靠垫受到挤压发出的声响。我看到邻居被人刺伤了。你从没见过的那个女人。没人见过的那个女人。请你相信我。

我听得见尿液滋在马桶里的声音。埃德以前也这样，尿尿时力道很大，好像要在白瓷上钻出个洞；就算关紧洗手间的门，外面的人依然听得一清二楚。

马桶抽水。水龙头哗哗作响。

有人在她家里。有人在冒充她。

洗手间的门开了，又关了。

父子俩都在撒谎。儿子和丈夫，全都是。我往靠垫上缩了缩，陷得更深了。

我瞪着天花板，射灯像酒窝一样嵌在上面。闭起我的双眼吧。

帮我找到她。

嘎吱一响。是某处的折页。戴维大概已经下楼了。我歪向一边。

帮我找到她。

可是，等过了一会儿我睁开眼睛时，他又回来了，一屁股坐下来。我登时挺直身子，露出微笑。他回了我一个笑容，看向我的身后："很可爱的孩子。"

我转身一看。是奥莉薇亚，在银色的相框里熠熠闪光。"楼下你住的地方也有她的照片，"我记得，"在墙上。"

"是的。"

"为什么？"

他耸耸肩膀。"不知道。就算摘下来，也不知道可以挂什么。"他喝光了杯中的酒，"说起来，现在她在哪儿？"

"和她爸爸在一起。"他吞下一大口酒。

片刻停顿。"你很想她吧？"

"是啊。"

"你想他吗？"

"其实也很想。"

"经常和他们通话吗？"

"一直这样。事实上，昨天还聊了一会儿。"

"你打算什么时候去看他们？"

"也许短期内不会。但我希望能尽快。"

关于他们，我不想再谈下去了。我想谈的是公园对面的那个女人。"我们要不要到楼顶去检查一下？"

阶梯一层又一层，盘旋着通向黑暗。我走在前面，戴维跟在我身后。

经过书房时，我的腿感觉到涟漪般的轻柔触摸。是庞奇在偷偷地下楼。"是那只猫吗？"戴维问。

"正是。"我回答。

我们上楼，经过了两间卧室。两个房间都黑着灯。我们走到了顶楼。我在墙壁上摸索到了电灯开关。光明突然笼罩下来，我看到戴维正注视着我。

"看起来情况没有恶化。"说着，我指了指头顶的霉斑，它们酷似瘀青，蔓延在活板门上。

"暂时没有。"他附和道，"但早晚会的。这星期我会来处理这件事。"

沉默。

"你很忙吗？要找很多工作做吧？"

没回答。

我在琢磨，要不要把简的事告诉他？他会怎么说？

但还没等我想好，他就吻了我。

55

我们在顶楼的走廊里，扎人的地垫蹭着我的皮肤；后来，他把我拉起来，再把我抱向最近的那张床。

他亲吻我；胡楂如砂纸般蹭在我的脸颊、下巴上；一只手用力地插入我的头发，另一只手拉扯我的腰带。睡袍敞开时，我深吸一口气，但他用更深的吻回应我，吻在脖颈，吻在肩头。

> 魔网飞出窗外，在风中飘扬；
> 明镜骤然裂成两半；
> "我已厌倦这虚幻的影踪。"
> 夏洛特姑娘说。[1]

为什么想起了丁尼生的诗？为什么是现在？

我好久好久没有这种感觉了。我已经太久无法感受了。

我想感受到这一切。我想去感受。我实在厌倦了幻影。

后来，在黑暗中，我轻轻抚摸他的前胸，他的腹部，从肚脐延伸下

---

1. 出自诗人阿尔弗雷德·丁尼生 1883 年发表的叙事诗《夏洛特姑娘》。

去的小卷毛。

　　他的呼吸平稳安静。很快，我也昏睡过去。半梦半醒间，我好像看到了夕阳的余晖，看到了简的身影；不知何时，我听到走廊里有轻轻的脚步声，我惊讶地发现自己希望他能回到这张床上来。

星期日

11 月 7 日

56

我醒来时昏昏沉沉。戴维已经走了。他睡过的枕头摸上去很凉，我把脸靠上去。那只枕头闻起来有汗味。

我翻身滚到另一边，不靠窗的那一边，躲开阳光。

究竟是怎么回事？

我们喝了酒——当然是在喝酒；我狠狠地合拢眼皮——后来我们就走到了顶层，站在活板门下面。然后上了床。哦，不对：先是在顶楼走廊的地板上。然后上了床。

奥莉薇亚的床。

我的眼睛蓦然睁开。

我在女儿的床上，她的毯子裹着赤身裸体的我，她枕头上的汗味来自我不算太熟悉的男人。上帝啊，莉薇，我对不起你。

我眯起眼朝门口看去，看得到昏暗的走廊；然后坐起来，把毯子紧紧压在胸前——印着很多小马、属于奥莉薇亚的毯子。她最喜欢这条了，每次换别的毯子，她都不肯好好睡觉。

我转身看了看窗外。灰蒙蒙的，十一月的绵绵细雨从树叶间落下，从屋檐滴下。

我望了望公园的另一边。从这个角度，刚好可以把伊桑的房间一览无余。他不在。

我冷得哆嗦起来。

睡袍被丢弃在地板上，像刹车痕迹一样拖得长长的。我下了床，把它捡起来——为什么手抖个不停？——赶紧把自己裹起来。有只拖鞋被踢到了床底下；另一只，我是在走廊里找到的。

站在最高一级阶梯上，我做了一次深呼吸。这一层的空气不太新鲜。戴维说得对：我应该开窗通风。我不肯，但确实应该。

我走下楼梯。到了三楼的平台，我左右看了一下，好像在斑马线上等着过马路的人；几间卧室都悄无声息，我的床上仍是比娜留下过夜那天起床后的情景，乱糟糟的。比娜留下过夜。这话很容易让人产生非分之想。

我余醉未醒。

又下了一层楼，我朝埃德的书房张望，又往自己的书房里瞧。结果，一眼看到拉塞尔家的小楼毫不掩饰地瞪着我。我觉得自己在家里走动时，它一直盯着我看。

还没看到他，我就听到了他的声音。

看到人时，我发现他在厨房里用一只平底酒杯喝水。厨房笼罩在阴影里，那只玻璃杯也像窗外的世界那样昏暗无光。

我目不转睛地看着他的喉结上下移动，后脖颈的头发张牙舞爪；衬衫的褶皱下瘦削的臀部微微凸起。有那么一瞬间，我闭起双眼，回想前夜亲手触摸到的他的身体，凑在我唇边的他的喉结。

再次睁开眼睛时，我看到他在看我，眼睛是深色的，汇聚了灰色的光芒。"算是郑重其事的道歉吧？"他说。

我知道自己脸红了。

"但愿不是我把你吵醒的。"他扬了扬杯子，"口渴了，得喝一点。马上就要出门了。"他仰头把杯底的水喝完，把水杯直接放进水槽，抬起手背抹了抹嘴。

我不知道该说什么。

他似乎看透了我的尴尬。"那就不打扰你了。"说着，他朝我走来。

我紧张起来，其实，他是冲着地下室的门口来的；我赶紧让开。肩并肩的时候，他扭过头，压低了声音。

"不是很确定：我该说谢谢呢，还是抱歉？"

我凝视他的眼睛，想说出一句话来。"没事的。"在我听来，自己的声音很沙哑，"别多想。"

他想了想，点点头："看起来，我应该说抱歉了。"

我垂下眼帘。他走过我身边，打开门："我今晚要出门。在康涅狄格有个活。明天才能回来。"

我什么都没说。

听到身后关门的声音，我长吁了一口气，然后走到水槽边，用他用过的杯子接了水，端到唇边。我想，这一回又能尝到他的滋味了。

57

所以：确实发生了那种事。

我一直不喜欢这种说法，太轻佻了。但我已无法逃避这个事实：

确实发生了。

握着杯子，我漫不经心地走到沙发边，看到庞奇蜷缩在靠垫上，尾巴悠闲地来回摆动。我挨着它坐下，把杯子搁在两腿间，一仰头，靠在沙发背上。

暂且不提道德伦理——其实并没有所谓的伦理问题，不是吗？我说的是：和房客发生性关系？——我不敢相信我们真的上床了，而且是在我女儿的床上。埃德会怎么说？我感到极度不安。他是不会发现的，当然，但我仍然不安，极度不安。我想把毯子和床单都烧了，小马以及一切。

家宅四壁仿佛在我周围保持自己的呼吸，落地钟的钟摆一左一右，摇出稳定的节奏。整个房间在阴影里，光线黯淡。我看得到自己，幻影般的自己映在电视机屏幕上。

如果我真的进入屏幕，变成我所看的那些电影里的角色，我会怎么做？就像《辣手摧花》中的特雷莎·怀特，我该离开这栋小楼，去做调查，去追寻真相。我会给自己找个好帮手，就像《后窗》中的詹姆斯·斯图尔特。反正不会干坐在这儿，窝在睡袍堆成的褶皱里，苦想接下来该怎么办。

闭锁综合征，会导致中风、脑干损伤、多发性硬化症甚至中毒等症状。这是一种神经系统疾病，换言之，并不仅仅是心理病症。但我就这样，彻头彻尾地把自己闭锁在家中——关上每一道门，关死每一扇窗，可就在我畏惧日光和出行的时候，家门外的公园那边，有个女人被刺死了，无人关注，无人知晓。只有我——宿醉的我，昏昏沉沉的孤家寡人，和房客滚完床单的我，邻居眼中的怪胎，警察口中的笑料，医生案头的特殊病例，博取理疗师同情的可悲客户。死宅。没有英雄。没有警犬。

我在家里闭锁了自己，也被闭锁在整个世界之外。

不知坐了多久，我站起来，走向楼梯，一步一步茫然地往上走。走上平台，即将步入书房时，我发现了一件事：储物间门半掩着，只开了一小条缝，但确实开着。

心跳停了半拍。

为什么会恐慌呢？只是门没关紧而已。几天前我自己也开过这扇门，为了帮戴维找刀。

可是，我明明关好了呀。如果没关紧，留着缝，我上上下下时肯定会注意到的——就像我现在一眼就发现了：门没关。

我站在门口，像一团烛火摇摇摆摆。我能相信自己吗？

尽管发生了这么多事，我还是信自己。

我朝储物间走去。一只手紧紧握住门把，好像它会从我手心里逃走一样，轻轻地，轻轻地拉动。

里面很黑，伸手不见五指。我在头顶上方摸索，找到了早已磨损的拉绳，拉一下。小空间里登时亮堂起来，晃得眼睛都睁不开了，我好像钻进了电灯泡里面。

我四下张望。没什么不对劲的。什么都没少。油漆罐，沙滩椅。

架子上搁着埃德的工具箱。

不知怎的，我觉得工具箱里面有什么我也很清楚。

我走过去，伸手搭在箱盖上，扳开左边的锁扣，再是右边的，慢慢地掀起箱盖。

果然，映入眼帘的第一样东西就是开箱刀：摆在原位，刀刃反射着冷光。

58

我蜷进埃德书房里的高背扶手椅里，任凭思绪翻飞。其实，我刚才是在自己的书房里，但那个女人进了简的厨房；我紧张得一跃而起，飞也似的逃出那个房间。现在，我家里有禁区了。

我瞄了一眼壁炉架上的座钟。快十二点了。我今天还没开喝呢。大概这就是传说中的"好兆头"。

就算我不方便四处走动——想走也走不了——我仍可以坐定，好好思考。就像面对一方棋盘，我是个出色的棋手。专注。思考。出手。

我的身影在地毯上被阳光越抻越长，好像意欲脱离我。

戴维说过，他没见过简。简从没提过她见过戴维——但也许，她和我把四瓶红酒喝得底朝天之后出门就撞见他了，有这种可能。戴维是什么时候借走开箱刀的？是我听到简尖叫的那一天吗？不是吧？是不是他用刀子恐吓她？也许不只是恐吓，他还做了别的事？

我啃着自己的大拇指。我的脑袋曾像档案柜那样条理分明。现在可好，只见碎纸漫天飞扬，飘荡在不规则的涂鸦上。

不行。停止。你的思维太混乱，完全失控了。

不过还是有成果的。

关于戴维，我知道些什么？他因暴力斗殴"被关过"，不止一次。他借走了我的开箱刀。

我相信自己亲眼看到的事。不管警察怎么说。不管比娜、埃德或任何人怎么说。

我听到楼下有关门的声响。我站起来，走进过道，又进了自己的书房。现在，看不到有谁在拉塞尔家了。

我凑近窗台，低头看：是他，在人行道上懒洋洋地走着，牛仔裤腰挂在腰线下面，单肩背着一只双肩包。他朝东走去。我一直望着他，直到他消失在视野之外。

我离开窗台边，又站了一会儿，站在正午的昏暗光影里。我又望了一眼公园那边。没人。空房间。但我很紧张，总觉得她会突然冒出来，在远处虎视眈眈。

我的睡袍系带早就松了，敞着怀。"她已支离破碎"，是个书名，但我没读过这本书。

天哪，我的头好晕，天旋地转。我用双手捧住脑袋，用力挤压。动脑子想啊。

这时，仿佛盒子里的杰克[1]一般，有个细节突然跳出来，惊得我倒退一步：耳环。

昨天触动我神经的就是这个细节——戴维床头柜上闪亮的耳环，深木色反衬出莹润的光泽。

三颗小珍珠。我敢肯定。

几乎可以确信。

是简的吗？

那天晚上，流沙般飞速流逝的那晚。前男友送的。抚摸耳垂。我怀疑阿里斯泰尔都不知道。红酒滑下我的嗓子眼。那三颗小珍珠。

---

1. 一种盒中玩偶会跳出来的整人玩具。

难道不是简的？

也许，这算大路货的款式？可能是另一对耳环。可能是别人的。但我还没想下去就开始摇头，头发都甩到脸颊上了：肯定，肯定是简的。

既有定论，就该出手。

我的手探入睡袍口袋，摸到了那张皱巴巴的纸片，掏出来又看了一眼：**纽约市警察局　康拉德·利特尔警探**。

不行。还是塞进口袋吧。

我转身走出书房。在没开灯的楼梯间里摸着扶手慢慢下楼，两层，虽然今天没喝酒，但我还是走得摇摇晃晃的。进了厨房，我停在地下室门口。拉开门时，铰链吱呀作响。

我后退一步，从上到下审视这扇门，然后回到楼梯间，上了一层楼，打开储物间，拉下电灯绳。我要找的东西果然靠在里面那堵墙上：折叠梯。

回到厨房，我把梯子抵在地下室的门上，牢牢地顶在门把手下面。再用穿着拖鞋的脚踢开折起来的梯腿，直到梯子完全打开，不会移动为止，再踢几脚，以防万一。脚趾好痛。又踹了一下。

我又后退一步。这扇门已经被堵死了。人要硬挤着才能进去。

当然啦，挤出来也一样。

59

血管好像枯竭了，我快渴死了。我要喝一点。

我从地下室门边往后退，一脚踢到了庞奇的水碗；小碗滴溜溜滑出去，水滴四溅。我骂了一句粗话，又控制住自己的情绪。我需要集中精力。我要思考。喝一大口红酒会对我有好处。

梅洛恰如天鹅绒，流畅地从喉咙滑入五脏六腑，带着华丽的清醇口感。把平底酒杯放下时，我感受到血液在琼浆玉液的流动中冷静下来。

我环顾四周，视野清晰了，头脑已补充了动力。我就是一台机器，思考机器。这好像是一百多年前的侦探小说里某个人物的绰号——理性到无情的博士，可以仅用推理解开任何谜题——作者叫雅克什么来着，我只记得这个作家死于泰坦尼克号海难：他先把太太推上了救生船。还有人看到他和杰克·阿斯特[1]在巨轮倾覆的时候分享了一支香烟，对着一轮弯月吞云吐雾。要我说，在那种情况下，你无论如何也想不到自己还有什么出路。

我也是博士。我也可以理性到无情。

继续行动。

肯定有人能够确证已然发生的事。至少，事情发生在谁身上，谁就能证明一切。如果我不能从简入手调查，那么，还可以从阿里斯泰尔开始。两人之中，他是有据可查的那一个。有历史可供追查。

我上楼进了书房，每迈一步，追查计划就更圆满一点。我又飞快扫了一眼公园对面的小楼——又看到了她，在小客厅里，银色手机紧靠耳朵；我猫腰闪避，赶紧坐到书桌边——我已在心里打好了草稿，谋划好策略。更妙的是，我现在状态很好（我对自己说，好好坐稳）。

鼠标。键盘。谷歌。手机。我的四大法宝。我又瞥了一眼拉塞尔家。现在，她是背对着我，身穿羊绒开衫。很好，就这样，别动。这是我家。这是我目力所及的范围。

我在笔记本电脑上输入开机密码；一分钟后，就在网上找到了我要找的信息。但在我拿起手机，刚要按下那些数字时，突然想到：他们可以追踪电话号码吗？

我皱起眉头，放下了手机，抓起鼠标；光标在屏幕上乱窜了一阵，然后在网络电话的图标上安顿下来。

片刻之后，迎接我的是清脆的女声："阿特金森。"

---

1. 约翰·雅各布·阿斯特四世（1864—1912），全名 John Jacob（"Jack"）Astor IV，美国富商、军人、作家。据说他的太太就是电影《泰坦尼克号》女主角的原型。

"你好。"我清了清嗓子，继续说道，"你好。我要接通阿里斯泰尔·拉塞尔的办公室。不过，"我特意加上这句，"我和他助理谈谈就行了，无须打扰阿里斯泰尔。"电话那边有片刻停顿。"我们要给他留个惊喜。"我试图解释这种要求。

又有一小段无语的停顿。我听到敲击键盘的咔嗒声，然后她说："阿里斯泰尔·拉塞尔已于上个月终止了雇佣合同。"

"终止？"

"是的，女士。"她是受过培训才这样称呼客户的。听起来有点违心。

"为什么？"这个问题挺傻的。

"我不太清楚，女士。"

"可以帮我接通他的办公室吗？"

"如我所说，他——"

"他以前的办公室，我是这个意思。"

"那就是在波士顿喽。"她和时下的年轻女性一样，习惯在句尾用升调。所以我不能分辨她是在告诉我，还是在问我。

"是的，波士顿——"

"我这就帮您转接。"切入音乐背景——一首肖邦的小夜曲。若是一年前，我大概还能说出曲名。不行：不要分心。思考。喝一口会有助于专注。

公园那边，她走出了我的视野。我在想，她是不是在和他通话？我恨不得自己会读唇语。我真希望——

"阿特金森。"这次接电话的是位男士。

"我想接通阿里斯泰尔·拉塞尔的办公室。"

对方立即回复："恐怕拉塞尔先生——"

"我知道他已离职，但我想和他的助理通话，或是前任助理。私人事务。"

他停顿几秒，又说道："我可以帮你接通他的分机。"

"那就太——"这次切入的是钢琴曲，一连串轻巧的音符。十七号组曲，我觉得是，B大调。或是三号组曲？还是九号？以前我可是门儿清的啊。

集中注意力。我摇晃脑袋和肩膀，像条淋湿的狗。

"你好，我是亚历克斯。"又是一位男士，声音那么轻快又清澈，名字可男可女，虽然我没有百分百的把握，但我认为是男士。

"我是——"我得现编个假名。忘了这茬。"亚历克斯。我也叫亚历克斯。"老天爷啊，这出戏唱得够险。

假如说，真假亚历克斯理应握个手，我觉得正牌亚历克斯并不会主动伸出手来。"有什么可以帮您的？"

"是这样，我是阿里斯泰尔的老朋友——拉塞尔先生——我刚给他纽约的办公室打电话，但好像他已经离职了。"

"是的。"亚历克斯吸了吸鼻子。不管是他还是她，听上去像是得了重感冒，鼻塞。

"你是他的……"助理？秘书？

"我是他的助理。"

"哦。好吧，我想知道——实际上，有好几件事。他是什么时候离开阿特金森的？"

又吸了一下鼻子："四周以前。不，五周了。"

"好奇怪啊，"我说，"听说他要来纽约后，我们还兴奋了一阵子呢。"

"实际上，"亚历克斯一开口，我就听到他（或她）的语气热情了一点，好似引擎转动：这是流言蜚语开始的标志，"他还是搬去纽约了，但不是调任。他原本打算留在我们公司的，还买了房子和其他一切。"

"是吗？"

"是的。哈莱姆区的一栋大房子。我在网上找到的。算是一次互联网小跟踪吧。"男人会这样津津有味地讲别人的八卦吗？也许亚历克斯是位女士。我真是个性别歧视者啊。"但我不知道后来发生了什么事。我觉得他没跳槽去别的公司。你问他本人吧，比问我更有用。"吸鼻子的声音。"抱歉。重感冒。你是怎么认识他的？"

"阿里斯泰尔？"

"对啊。"

"哦，我们是老同学。"

"达特茅斯的同学？"

"没错。"我不记得他在达特茅斯待过，"那他——请原谅我问得粗俗一点，他是跳槽了，还是被辞了？"

"我不知道。究竟发生了什么事，你得自己去琢磨。反正从头到尾都超神秘的。"

"我会去问他的。"

"他在这儿很受欢迎，"亚历克斯说，"真是个好人。我不相信他们会炒掉他。"

我假装叹了一声，表示自己深有同感："我还有一件事想问你，是关于他太太的。"

吸鼻子的声音："简。"

"我从没见过她。阿里斯泰尔把私人生活和公众生活分得一清二楚。"我这话颇有心理医生的腔调，但愿亚历克斯不要多疑，"我想给她买个礼物，欢迎她来纽约，但不确定她喜欢什么。"

吸鼻子的声音。

"我想送条围巾，但不知道她是什么肤色和发色。"我深吸一口气，这理由太逊了，"我知道，送围巾是有点凑合。"

"实际上，"亚历克斯的音调低下去了，"我也没见过她。"

好吧，真没想到。也许真被我说中了：阿里斯泰尔把私人生活和公众生活分得一清二楚。我可真是个好心理医生。

"因为他分得特别清楚！公是公，私是私。"亚历克斯讲下去，"你说得一点没错。"

"我知道！"我真心赞同。

"我在他手下干了将近六个月，却从没见过她。简。我只见过他们的孩子。"

"伊桑。"

"是个好孩子。有点腼腆。你见过他吗？"

"是的。几年前。"

"很可爱的孩子。他只来过一次，之后父子俩一起去看棕熊队的比赛了。"

"看来你也没法告诉我简的情况啦。"我绕着弯提醒亚历克斯本次谈话的重点。

"没办法。哦——但你想知道她的肤色和发色，对吗？"

"对啊。"

"他办公室里有张全家福。"

"照片？"

"我们打了一个包，要帮他寄到纽约去。箱子还在这儿搁着呢。我们不确定该寄到哪儿去。"一阵吸鼻子、咳嗽的声音，"我去看看。"

我听到电话被亚历克斯搁在桌面上——这次没有肖邦的曲子听了。我咬着下嘴唇，看着窗外，那个女人在厨房，正朝冰箱里看。我突然产生一种疯狂的想法：简就在那台冰箱里，尸体被冻得硬邦邦、滑溜溜，眼睛亮晶晶的，蒙着冰霜。

话筒被拿起来，我听到了摩擦声。亚历克斯说："她就在我面前。我是说那张照片。"

我的心都跳到嗓子眼了。

"她是深色头发，白皮肤。"

我呼了一口气。简和这个冒牌货都是深色头发、白皮肤。一点帮助都没有。但我不能再问她的体重。"好的，好的。"我回答，"还有别的特征吗？你能——翻拍一下，发给我吗？"

一阵停顿。我望着公园那边的女人关上冰箱门，走出了厨房。

"我可以把邮箱地址告诉你。"我说。

没反应。接着：

"你说你是……"

"阿里斯泰尔的朋友。是的。"

"我觉得我不应该擅自把他的私人物品给别人。你得直接问他要。"这次她没有吸鼻子，"你刚才说，你叫亚历克斯？"

"是的。"

"姓什么？"

我张口结舌，慌忙之中按下了"结束通话"的按键。

房间里一片死寂。隔着走廊，我都能听到埃德书房里那台座钟的走秒声。我屏住呼吸。

亚历克斯现在会给阿里斯泰尔打电话吗？他（或她）会向他描述我的声音吗？他会拨通我家的座机，甚至我的手机吗？我瞪着书桌上的手机，瞪了好一会儿，好像它是沉眠中的野兽；我在等待，做好了看到它惊醒的准备；我的心狂跳不已。

手机一动不动地待在那儿。不移动的移动电话。哈。

要专注。

60

楼下的厨房里，几滴雨打在玻璃窗上，我又往平底酒杯里倒了些红酒，吞了一大口。我真的需要它。

专注。

现在，我知道哪些之前一无所知的信息？阿里斯泰尔把工作和私事看得泾渭分明。这符合他屡次家暴的事实，但也没太大用处。再来：按照原先的计划，他本该调去纽约分公司，甚至买好了房子，打算全家一起往南搬……但后来出事了，他并没有到公司就职。

出了什么事？

我的汗毛竖起来了。这间屋子挺冷的。我晃悠到壁炉旁边，拧着栅栏旁边的小把手。火焰盛放，炉膛里像是火花乐园。

我把自己舒舒服服放倒在沙发里，靠在厚实的靠垫上，红酒在杯中轻轻晃动，睡袍裹着身子。这件衣服该洗一洗了。我也该洗一洗了。

手指滑进了口袋，再一次碰到了利特尔的名片，再一次绕开。

再一次，我审视自己，自己在电视机屏幕上的影子。瘫在靠垫里，裹成球一样的厚睡袍，这个我看起来像幽灵。我也感觉自己像个幽灵。

不行。专注。想想下一步该怎么走。我把杯子放到咖啡桌上，手肘支在膝头。

然后我醒悟了：根本没有下一步可走。我甚至无法证明简——我认识的那个简，真正的简——是存在的，或曾经存在过。遑论她的消失，或死亡。

或死亡。

我想到了伊桑，被困在那个家里。好孩子。

在头发间穿过的手指好像在耕耘，在犁地。我觉得自己像迷宫里的老鼠，一遍又一遍，发扬百折不挠的实验精神——长着针孔般的小眼睛、细绳般的长尾巴的小生物从这个死胡同跑出来，又匆匆忙忙跑进下一条死胡同。"加油哦！"我们曾低着头给它们叫好，押注，大笑。

现在我笑不出来了。我又思忖了一下：该不该和利特尔谈谈？

但我选择了和埃德谈。

"你快把自己逼疯了吧，女汉子？"

我叹了口气，拖着脚步在书房地毯上走动。我已经把百叶窗拉下来了，对面那个女人就看不到我了；条状的光线流泻进来，很幽暗，这屋子看起来像个笼子。

"我太没用了。我觉得自己好像在一部电影里，电影结束了，灯光亮了，所有人都走出电影院了，可我还坐在这儿，想破头都想不明白这是怎么回事。"

他窃笑一声。

"怎么了？很好笑吗？"

"没什么，只是觉得只有你会把这种情况想象成电影。"

"是吗？"

"是的。"

"好吧，最近我的参照物很有限。"

"好的，好的。"

昨晚的事，我一个字都没提。哪怕我想到了，也不敢说出口。但别的事都说了，如同拉开胶卷，全部曝光：冒牌货留下的口信，戴维房间里的耳环，开箱刀，还有亚历克斯那通电话。

"真像是电影里才有的事。"我又一次用了这个说法，"我觉得你最好上点心。"

"对什么事上心？"

"首先，我房客的卧室里有一个被杀死的女人的耳环。"

"你又不能肯定那是她的。"

"我能。我非常有把握。"

"你不可能有把握。你甚至不能肯定她还……"

"什么？"

"你懂的。"

"什么啦？"

现在轮到他叹气了："活着。"

"我不相信她还活着。"

"我的意思是，你甚至不能肯定有她这么个人，或——"

"是的，我肯定。百分百肯定。我没有产生幻觉。"

沉默。我听着他的呼吸声。

"你认为自己没有幻觉？"

不等他说完，我就抢过话头："只要是真实发生的，就不算幻觉。"

沉默。这一次，他放弃了往下讲。

等我再开口时，声音有点尖锐："老是被别人这样问，实在太让人沮丧了。被困在这里也非常非常让人沮丧。"我缓了口气，"在这栋房子里，在这种……"我想说的是"循环"，但话到嘴边竟想不起这个词来，他倒是开口了。

"我知道。"

"你不知道。"

"我想象得到。听着，安娜，"他不等我插嘴就一股脑地讲下去，"你这两天经历了太多事，事情发展得太快，整个周末都是。现在你又说戴维可能……不管是什么事吧，反正他也脱不了干系。"他咳了一下，"你让自己太兴奋了。也许今晚你该乖乖地看部电影，或是看本书。早点上床。"咳嗽，"你好好吃药了吗？"

没有。"嗯。"

"没喝酒吧？"

当然有。"当然没有。"

一阵停顿。他信不信？我说不上来。

"有什么话要对莉薇说吗？"

我长舒一口气："好的。"听着雨滴敲打着玻璃，过了一会儿，我就听到了她的声音，柔软的声音中带着呼吸。

"妈咪？"

我的眼睛都亮了："嘿，小南瓜。"

"嘿。"

"你还好吗？"

"好。"

"我好想你。"

"嗯。"

"你说什么？"

"我说'嗯'。"

"意思是不是'妈咪，我也好想你'？"

"是的。那儿出什么事了？"

"哪儿？"

"纽约城里啊。"她一直这样，非常正式的说法。

"你是说，家里？"我的心跳加速了：家。

"是的，家里。"

"就是和新搬来的邻居有点摩擦。我们有新邻居了。"

"什么摩擦？"

"真的没什么事，小南瓜。只是彼此有些误会。"

这时我又听到埃德的声音了："嘿，安娜——抱歉，宝贝，打断你一下。如果你对戴维有顾虑，就该和警察联系。倒不是因为他，你懂的……和这档子事必定有牵连，而是因为——他有前科，但你不该怕自己的房客。"

我点点头："是的。"

"说定了？"

我又点点头。

"你有那个警察的电话号码吗？"

"利特尔。我有。"

我朝百叶窗的缝里瞅了一眼。公园那边有动静。拉塞尔家的前门敞开了，灰蒙蒙的细雨中闪过一片明晃晃的白色。

"好的。"埃德在说话，但我已经听不进去了。

门关上时，那个女人出现在门阶上。她穿着红色及膝长大衣，像一把红彤彤的火炬，头顶上罩着一把透明的雨伞。我去拿书桌上的相机，端到眼前。

"你说什么？"我问埃德。

"我说，我希望你好好休息。"

我从取景框里看出去。雨水弯弯曲曲汇成细流，流下伞边。我放低镜头，对准她的脸，拉近：尖斜的鼻梁，牛奶般白皙的皮肤。眼睛下有黑眼圈。她没睡好。

我和埃德道别时，她正迈开套在高筒靴里的细腿走下门阶。她停下来，从口袋里掏出手机，定睛看了一会儿；又把它塞回口袋，转身向东走，向我所在的方向而来。隔着半月形的伞面，她的面容有点模糊。

我得和她谈谈。

61

现在正好，趁她一个人的时候。最好是现在，趁着我的热血怦然撞击太阳穴的时候。

现在。

我飞似的跑到走廊，三步并作两步跑下楼梯。只要我不去想，就能做到。只要，我不去，想。不要去想。至今为止，想东想西让我寸步难行。韦斯利曾在阐释爱因斯坦的时候这样提示我："福克斯，疯狂的定义就是：一遍又一遍地做同一件事，期待得到不一样的结果。"所以，不要想东想西，直截了当，付诸行动吧。

当然，三天前我就行动过了——就是用现在这种行动模式——结果在医院的病床上醒来。再来一次，显然是疯狂的。

不管怎么做，我都是疯子。那就疯吧。我得知道真相。况且，我现在都不能保证自己家是安全的。

跑过厨房时，脚上的拖鞋在地板上打滑，然后在沙发边急转弯。那罐安定胶囊还在咖啡桌上躺着。我把它立起来，再往手心里倒出三颗药，捂住嘴巴，吞下去。我觉得自己已化身爱丽丝，进入了"喝我"[1]那一幕。

奔向门口。蹲下，拾起那把伞。站起身，转动把手，把门拉开。现在我在门厅里，水光从铅条玻璃窗外照射进来。我呼吸——一，二——用大拇指按下伞柄上的自动弹开键。我把伞面举至视线的高度，另一只手摸索着门锁。关键在于控制呼吸。关键在于不要停。

---

1. 《爱丽丝梦游仙境》中的一幕。

我不会停止行动的。

门锁被打开了。门把手动了。我闭紧双眼，狠狠把门朝外推开。一股透心凉的空气。门框压到了伞面；我稍做调整，连伞带人迈过了门槛。

现在，寒气围绕着我，拥抱着我。我忙不迭交换左右脚，走下门阶。一，二，三，四。伞在前面帮我挡开冷空气，杀出一条路，俨如军舰破冰斩浪；眼睛紧闭不开，我有一种漂在湍流中的感觉。

小腿骨撞到了什么东西。金属的。栅栏门。我扬起一只手在空中摸索，摸到了门把手，推开，走过去。拖鞋的底板在水泥地上走出啪嗒啪嗒的声音。我在人行道上了。我感到雨如细针，刺入我的头发，我的皮肤。

太奇怪了：一连几个月，我们一直用这把伞做道具，做着滑稽的练习，却没想到只要闭上眼睛就好办多了，（我估计）菲尔丁先生也没想到这个妙计。也许大家都认为：如果什么也看不到，就没必要四处晃荡了吧。我可以感受到大气压的变化，感官上也有刺痛；我知道天空无边无际，深不可测，宛如倒扣的汪洋……但我使劲压下眼皮，只去想象自己的家：我的书房，我的厨房，我的沙发。我的猫。我的电脑。我的照片。

我调整方向，朝左，也就是朝东。

我什么也看不到，但还走在人行道上。我需要给自己找对方向。我得用眼看。慢慢地，我半睁一只眼。透过睫毛密密的隙缝，日光一丝丝渗入眼底。

在那个瞬间，我放慢了脚步，差一点就停下来了。我死命地盯着伞面内部的线条组合。四个黑格，四条白线。我想象这些线条汹涌澎湃，像心跳监视器上的电子脉冲般不断波动，随着我血液流动的节奏冲上最高峰，落到最低谷。专注。一，二，三，四。

我把伞翘起一点点，再翘一点点。看到她了，如在追光灯下那么显眼，如同红灯一样红：猩红色的大衣，黑色的长靴，笼罩在穹顶状的塑料伞布下。还有一段雨中的人行道隔在我俩之间。

要是她转过身来，我该怎么办？

但她并没有转身。我放下雨伞，再一次紧紧闭起双眼，往前走。

两步。三步。四步。等我被人行道上的小坑绊了一下时，拖鞋已经湿透了，我浑身颤抖，汗水流淌在背脊上，我要赌上一切，斗胆再看一眼。这一次，我睁开另一只眼，一点点移开伞面，直到她像一朵行走的火焰那样再次醒目地出现。我飞速朝左边瞄了一眼——圣邓诺学校，然后是老消防站公寓楼，窗台花箱沉默地跳动。我又朝右边瞄了一眼：一辆皮卡瞪着圆溜溜的眼睛直视前方，那对前灯在阴暗的天色下死气沉沉的。我僵住了。车子往前开。我使劲地闭紧眼睛。

再睁开时，看不到那辆车了。我再往前看，发现她也不见了。

不见了。人行道上空空如也。透过雨雾，我可以瞥见远处的十字路口，车辆交错而行。

雨雾浓重了，我突然意识到那不是外部的雨雾，而是我的视线变模糊了，剧烈晃动着。

我的膝盖打战，然后双腿发软。我要沉没了，快沉到地上去了。就在身子下沉的时候，虽然眼珠还在自己的头颅上滴溜乱转，我却能俯瞰到自己：在被雨水打湿的家居长袍里颤抖，头发垂在颈背上，一把伞毫无用处地垂在我身前。孤零零的我，在一条寂寞的人行道上。

我的身子又往下沉了几分，都快融进水泥地了。

可是——

她不可能凭空消失啊。她还没走到这个街区的尽头。我闭起眼睛，回想她的背影，短发摩擦着她的脖颈；继而想起简站在我家水槽边的背影，一条长辫子垂在她的肩胛骨间。

简转身面对我的时候，我的双膝终于在彼此的依靠下挺住了。我知道睡袍拖到地面了，但我没有坍塌。

我还站着，双腿锁死在站立的姿态。

她肯定是进了什么地方，所以消失了……我开始回想这个街区的版图。老消防站后面是什么？古玩店在对面——现在不营业了，空了，我记得——再旁边就是——

咖啡店，没错。她肯定是进了咖啡店。

我把头后仰，冲着天空抬起下巴，仿佛这样就可以使自己站直。手肘支在地面上。八字形撑开的双脚顽强抵抗地面的引力。伞柄在掌心里剧烈晃动。我伸出另一只手，往外伸，以求平衡。雨如雾，蒙在我身边，远处的车辆，低声嘶鸣，我费了好大力气让自己挺直——起来，起来，起来——终于再一次站起了身。

神经紧张得都快爆了。心跳得都快烧起来了。我感觉得到，安定在我的血管里流淌着、冲刷着，恰如哗哗的清水冲走老水管里的陈垢。

一，二，三，四。

我艰难地推动一只脚往前蹭。过了一会儿，另一只脚才跟上去。我拖着沉重的脚步。我简直不能相信自己在往前走。我真的做到了。

现在，我听到车声变得越来越近，叫嚣得越来越响了。继续走。我瞥了一眼伞面；整把伞的内部充盈了我的视野，包围了我。外面什么都没有。

直到它突然歪向了右侧。

"哎呀——对不起。"

我往后退缩。有东西——有人——撞到我了，把伞尖推开了；只见模模糊糊的蓝色牛仔裤、蓝色外套一晃而过，我扭头一看，却看到自己映在玻璃窗上的身影：湿发扭结如野草，脸上淌着雨水，手持塔特萨尔格纹雨伞，好像握着一朵巨大又沉重的花。

就在我的身影旁，在玻璃窗的另一边，我还看到了她，那个女人。

我已经走到咖啡店了。

我隔着窗户往里看。视野模糊不清。店外的遮雨棚好像要砸在我头上。我赶紧闭起眼睛，过几秒钟再睁开。

距离门口只有一步之遥。我伸出手臂，手指抖个不停。还没等手指摸到把手，那扇门就突然被推开，有个年轻人赫然出现在我面前。我认得他。武田家的男孩。

有一年了吧，距离我上次看到他——我是说，这么近，面对面地看到，而不是透过镜头。他长高了，下巴和脸颊上冒出了密密麻麻的黑色胡楂，但他仍是我心目中那种光彩夺目、无与伦比的好孩子。在年轻人中，我发现这类孩子仿佛自带神秘的光环。伊桑也有。

这个少年——确切地说是青年（为什么我想不起他的名字呢？）——用胳膊肘撑住弹簧门，招呼我进去。我注意到他的手，那双骨骼清秀、属于大提琴演奏家的手。我邋里邋遢，一副被人遗弃的惨样，但他仍然这样彬彬有礼地对待我。用莉齐奶奶的话说：他的父母没白养大他。我在想，他还认得我吗？依我看，我都快不认得自己了。

我从他身边走过，进了咖啡店，记忆汹涌而来。以前，每当早上没空在家煮咖啡时，我就会顺路来这里买杯咖啡，每星期都会来几次。这家店的混合咖啡口味很苦——我猜现在依然如此——但我喜欢这里的氛围：有裂缝的镜子上，店员用白板笔龙飞凤舞地写着当日特价产品，台面上印着如奥林匹克标志般交错的杯印，扬声器里播放着经典老歌。"低调不造作的布景。"我第一次带埃德来这里时，他是这样评价的。

"你不能在同一个句子里反复用同义的两个词。"我对他说。

"那就保留'不造作'吧。"

一点没变。医院的病房浮现在我脑海里，那间房让我感到压抑，但这里不一样——这是我熟悉的地方。眼睫毛快速颤动。我把视线移到叽叽喳喳的客人之上，抬眼去看收银台上方的菜单。现在一杯咖啡要 2.95 美元啦。比我上次来买的时候涨了五十美分。通货膨胀真烦。

雨伞降低，擦过我的脚踝。

很久没看到这么多东西了。很久没经历过这些了——感受到人类身体的暖意，听到几十年前的流行音乐，闻到这些研磨好的咖啡豆。整个场景仿佛在慢镜头里、在金色的灯光下缓缓地展现出来。我闭起眼睛，在那个片刻呼吸，回忆。

我记得，就像你轻松漫步那样，我也曾在这个世间行走。我记得，自己曾大步迈进这间咖啡店，穿着紧身的冬季大衣或一袭及膝的夏裙。我记得，自己如何和旁人擦身而过，笑吟吟地与他们交谈。

等我再次睁开眼睛，金色的光芒就淡去了。我分明呆立在一个昏暗的小屋里，紧挨着雨水涟涟的玻璃窗。心都快跳出嗓子眼了。

那团红色的火焰站在西点柜边。是她，细细打量着玻璃柜里的丹麦酥。她抬起下巴，看到玻璃映出的自己，伸手捋顺头发。

我往前蹭了一点。我感觉得到，旁人在注视我——不是她，而是别的客人，他们上上下下地打量我——这个穿着睡袍，把张开的大伞挡在身前的女人。我在人群中、在噪声中蹭出一条道，极其缓慢地往柜台边凑。喋喋不休的絮语又响起来了，就像下沉时的水波涌来，倾覆在我身上。

她离我只有几步远了。再走一两步，我只要伸出手就能碰到她了。可以用手指揪住她的头发。拉扯。

就在那时，她稍稍扭转身体，一只手插进口袋，掏出那只大屏幕的iPhone。透过镜子的反照，我看到她的手指在屏幕上轻巧地滑动，也看到她的脸庞被屏幕光照亮。我猜想她正在和阿里斯泰尔发信息交谈。

"你好？"店员在发问。

那个女人在手机上指指点点。

"你好？"

现在——我该做什么？——我清了清嗓子。"轮到你了。"我嘟囔了一句。

她停下来，朝我这里含糊地点点头。"哦。"她应了一声，就转身对柜台后面的服务生说道，"低脂拿铁，中杯。"

她连看都没看我一眼。我瞅瞅镜子里的自己，贴在她后面，活像个妖怪，或是复仇天使？我是为她而来的。

"低脂拿铁，中杯。请问还要配什么点心吗？"

我看着镜子里的她的嘴——又小又薄，和简的完全不同。我的胸中泛起一小波愤怒的情绪，直冲脑门。"不用。"她耽搁了一秒才回答，接着露出一丝笑容，"不，还是不要了。"

我们身后传来椅腿吱吱嘎嘎刮擦地板的噪声。我朝后一看，有四个人正往门口走去。我转过身。

嘈杂声中，只听到服务生响亮地问道："您的名字？"

那个女人和我在镜中四目相对。她耸起了肩膀。她收起了笑容。

时间仿佛在那一刹那停住了，就好像，你偏离山路径直飞向峡谷的一刹那。

她甚至都没有转身，没有移开视线，用同样响亮的声音回答："简。"

简。

这个名字流连在我嘴边，还没等我回味过来，那个女人就原地转身，用刀子般的眼神瞪着我。

"看到你在这儿，我真是大吃一惊啊。"她的嗓音平淡无趣，和她的眼神一样。我觉得那眼神很锐利，很冷酷，很无情。我想向她指出一点：我独自一人走到这里，我自己都大吃一惊。但想归想，终究没说出口。

"我还以为你……有障碍。"她继续说道。话中带刺。

我摇摇头。她没再说什么。

我又清了清嗓子。我想问：她现在在哪里，你又是谁？各种各样的声音吵闹地围着我，脑中的声音也跟着瞎起哄。你是谁，她在哪里？

"你说什么？"

"你是谁？"说出来了。

"简。"回答我的不是她，那是店员的声音，从柜台后面飘过来，他拍了拍简的肩膀，"简的低脂拿铁好了。"

她仍然目不转睛地盯着我看，监视着我，好像我会冷不丁出手打她似的。我是个备受尊重的心理学家，我可以这样对她说，就该这样向她郑重声明。而你是个撒谎精，还是个冒牌货。

"简？"店员耐心地叫了第三遍，"你的拿铁好了！"

她这才转过身去，拿好插在纸托里的咖啡杯。"你知道我是谁。"她对我说。

我又摇一次头。"我认识简。我和她面对面相处过。我看到她在她家里。"我的声音颤抖不已，但话说得很清楚。

"那是我家，你谁也没看到。"

"我看到了。"

"你没有。"那个女人说道。

"我——"

"我听说你是个酒鬼，还听说你嗑药成瘾。"她走起来了，绕着我，像母狮子那样。我跟着她转，慢慢地，想要跟上她的速度。我觉得自己像个小孩。身边那些客人的交谈都停止了，好安静；静得令人发指。我用眼角的余光看到武田家的男孩，他还在咖啡店的角落里，在门边站着。

"你在偷窥我家，现在又跟踪我。"

我摇着头，慢慢地，愚蠢地，把头摇得七荤八素东倒西歪。

"这事必须就此了结。我们忍不下去了。也许你可以，但我们不行。"

"你只需要告诉我，她在哪里。"我轻声说道。

我们绕了一整圈。

"我不知道你说的是谁，或是什么东西。我这就报警。"她径直往外走，顺便用肩膀撞了一下我的肩头。我在镜子里看着她走出去，灵巧地在咖啡桌间游走，仿佛绕开浮漂的鱼。

她拉开门时，门上的铃铛清脆地响起，等她甩门出去，又叮当响了一次。

我站在那儿。店里悄然无声。我的目光沉到了伞面上。闭上双眼。外面的世界好像很想钻进来。我只觉得自己已经千疮百孔，筋疲力尽。又是一场空，我白忙一通，什么新信息都没得到。

不过，她不是在向我辩解——无论如何，不只是辩解，她话里有话。

我认为，她是在央求我放过他们。

62

"福克斯医生？"

有人在我身后轻轻地喊了一声。一只手轻轻地搭在我手肘上。我转过身，眯着眼，睁开一道缝。

是武田家的男孩。

还是想不起来他叫什么。我闭起眼睛。

"你需要帮助吗？"

我需要帮助吗？我离家有几百米，穿着睡袍，摇摇晃晃，眼睛死活不敢睁开，就这样僵立在咖啡店正中央。是的。我需要帮助。我垂下头。

他的手用了一点劲，提议说："我们这样走吧。"

他像是我的向导，拉着我走出咖啡店，我的伞在咖啡桌椅间乒乒乓乓碰了一路，好像盲人的手杖。周围又有了喧闹的话语声，一片嘈杂。

然后就是铃铛响，街上的气流迎面扑来，他的手扶住了我的后腰；他要轻推一把，我才能迈出门去。

外面的空气依然又冷又静——但毛毛雨已经停了。我知道他略微弯腰，想从我手中拿走雨伞，但我又把伞拽了回来。

他的手又放回到我的后腰。"我送你回家吧。"他说。

他一边走，一边紧紧拉住我的胳膊，那只手好像一条测血压的压力袖带。我猜想，他应该可以感受到我动脉的脉搏。多么奇特啊，他这样护送我走路，让我觉得自己像个老太婆。我想睁开眼睛，看着他的脸庞。但我没有。

武田家的男孩依着我的步子走走停停；我们踩到了落叶。我听到有车嗖一声从左边驶过。头顶上，有一滴雨水从枝头坠落，落在我的头上、肩上。我在想，那个女人是不是也在这条人行道上，就走在我们前头？我想象着她扭过头，看到我们尾随其后。

这时：

"我父母跟我说过那件事。"他说道，"我真的非常遗憾。"

我点点头，眼睛仍然紧闭着。我们继续往前走。

"你好久没出门了吧？"

我心想，令人惊讶的是，其实并没有很久；但我还是点点头。

"我们就快走到了。我已经看到你家家门了。"

我的心一暖。

膝盖碰到了什么东西——我反应过来，应该是钩在臂弯里的他的雨伞。"对不起。"他说了一句。我想这不需要回应。

上一次和他讲话——是什么时候？万圣节，至少一年以前。没错：我们敲门，是他来应门的，埃德和我都穿着休闲服，奥莉薇亚扮成了消防车。他称赞了她那身装扮，抓了一大把糖果塞进她的背包，祝我们万圣节快乐。真是个好孩子。

现在呢，十二个月后，他搀扶着我走在街边，我穿着睡袍，颤抖不已，紧闭双眼，把整个世界封锁在外。

真是个好孩子。

这让我想起了什么：

"你认识拉塞尔家的人吗？"我的声音有点嘶哑、颤抖，但还可以清楚地发问。

他愣了一下。也许听到我在讲话，他有点吃惊："拉塞尔？"

这等于回答了我的问题，但我还想试试问到底："对街那家。"

"哦。"他说，"新搬来……不。我妈妈一直说要正式拜访一下，但我想她还没去过。"

又扑了个空。

"到了。"他说着，动作轻柔地指引我向右转。

我把伞举起来，小心翼翼地眯起眼，看到自己站在栅栏门前，再上几级台阶就到家了。我开始哆嗦。

他又说道："你家门开着。"

他说得对，没错：我可以径直看到亮着灯的起居室，像一颗醒目的金牙暴露在这栋小楼的正脸。伞在我手里晃动。我又闭起眼睛。

"是你留的门吗？"

我点头。

"那就好。"他扶着我的双肩，轻轻地推着我往前走。

"你在做什么？"

这不是他的声音。他扶着我的手抖动了一下；我忍不住睁开眼睛。

站在我俩面前的是伊桑，套着大一码的运动开衫，他的身形好像缩小了一号，在昏暗的日光里显得脸色苍白。眉毛上面冒了一颗痘。他塞在口袋里的手看起来很紧张。

我听到自己轻声念出他的名字。

武田家的男孩转身问我："你们认识？"

"你在干什么？"伊桑又问了一遍，往前迈了一步，"你不该走出家门的。"

我心里说：你"母亲"可以把事情的缘由讲给你听。

"她没事吧？"他又问。

"我觉得还好。"武田家的男孩这样回答。不知怎的，我突然想起来了！他叫尼克。

我慢慢地移动视线，看看他，再看看他。他俩年纪相当，护送我回家的尼克已然有了青年的成熟风姿，宛如古典的大理石雕像；伊桑在他旁边反而像个孩子——鲁钝，瘦削，双肩窄小，眉头稀疏。他就是个孩子，我这样提醒自己。

"我来——我可以送她进屋吗？"他看着我，这样问道。

尼克也看着我。我再次点头应允。尼克就同意了："那也行。"

伊桑又朝我们走了一步，一只手扶住我的背。片刻间，他俩一左一右搀扶着我，宛如从我肩背延伸出的一对羽翼。"如果你愿意。"伊桑加了一句。

我看着他的眼睛，那双清澈的蓝眼睛。"好的。"我舒了一口气。

尼克松开手，往后退。我嗫嚅着表达谢意，哪怕根本没说出声。

"不用客气。"他回复了我，又对伊桑说，"我觉得她受到惊吓了。也许要给她喝点水。"他走回人行道上。"要我等会儿再来看看你吗？"

我摇了摇头。伊桑耸耸肩："看情况再说吧。"

"好吧。"尼克扬了扬手，权当告别，"再见，福克斯医生。"

他走远了，一阵细雨落在我们身上，打湿了我们的头发，伞面上溅起细密的水滴。"我们进屋吧。"伊桑说。

63

炉膛里的火仍在熊熊燃烧，好像新加了柴火一样。我一直任其这样燃烧。太不负责任了。

哪怕十一月的寒风毫无遮掩地从前门吹进来，家里依然很暖和。我们一进起居室，伊桑就从我手里拿走雨伞，收起来，支在墙角。我自顾自走向壁炉，脚步蹒跚，只觉得火光手舞足蹈地在召唤我。我双腿一软，跪坐在地上。

有那么一会儿，我只听到炉火里的木头噼啪作响，听到自己的喘息声。

但我感觉得到他的目光落在我背上。

落地钟走到了整点，报时三响。

这时，他走向厨房。在水龙头下接了一杯水，走回来，递给我。

这时，我的呼吸已恢复到沉静、均匀的状态。他把杯子搁在我手边的地板上；玻璃杯底轻轻擦碰到石板。

"你为什么说谎？"我问。

他没有马上回答。我凝视跳动的火焰，等待他的答复。

然而，我听到他挪动位置的声音。我转过身去看，但依然跪坐在地上。他瘦瘦高高的，脸孔被炉火照亮，我得仰视才行。

"说什么谎？"他总算开口了，盯着自己的脚。

我还没说完就摇起了头："你心里很清楚。"

又是片刻沉默。他闭起眼睛，睫毛在脸颊上投下又长又密的阴影。突然间，他显得很幼小，甚至比以前更稚嫩。

"那个女人是谁？"我追问他。

"我妈。"他用耳语般的声音回答道。

"我见过你妈妈。"

"不，你——你迷糊了。"现在，是他在摇头了，"你不知道自己在说什么。我……"他停一停，才能讲完，"我爸是这么说的。"

我爸。我摊开双手撑住地面，帮助自己站起来。"每个人都这么说，甚至我的朋友们。"我干咽一下口水，"甚至我丈夫都这么说。但我知道自己看到了什么。"

"我爸说你疯了。"

我一言不发。

他往后退了一步："我真的要走了。我不该来这里。"

我往前进了一步："你母亲在哪里？"

他一言不发，只是瞪大了眼睛看着我。善用轻度的干涉，韦斯利总是建议我们用这个办法，但我已经错过了最好的时机。

"你母亲死了吗？"

他仍旧一言不发。我看到他眼里有火光的映象。他的眼睛变成了两朵小火星。

接着，他嗫嚅了一句什么，我听不清。

"什么？"我凑过去，听到他嘟囔了四个字：

"我很害怕。"

没等我回答，他就拔腿跑了，拉开门。等到前门吱呀一响、砰地关上后，门厅的门仍在轻微摇晃。

他把我留在了壁炉边，孤零零地站着，背上被烘烤得很热，胸前却感受到门厅传来的寒意。

64

把门关紧后，我拿起搁在地板上的杯子，把里面的清水倒进了水槽。倒入红酒时，酒瓶口发出咕咚咕咚的闷响。又响了一回。两只手都在哆嗦。

我喝了一大口，也想了很久。我只觉得精疲力竭，兴奋过度。刚才我鼓足勇气走出了家门——用自己的双脚走出去的——并且没有发生意外。我想知道菲尔丁医生会如何评价。我要怎么跟他讲呢？也许什么都不该讲。我皱了皱眉头。

现在，我知道得更多了。那个女人有所惊惶。伊桑很害怕。简……唉。我不知道简怎样了。但终究是比之前了解得更多了。这感觉像是吃掉了对方的一颗卒子。我是思考机器。

我不仅思考，也大口喝酒。我是喝酒机器。

一直喝到自己的神经不再痉挛般跳动——根据落地钟的报时，用了整整一小时。我看着分针在钟面上一步步移动，想象红酒一点点灌满我的血管，又稠又浓，冷却我的躁动，巩固我的力量。之后，我轻飘飘地上了楼。在走廊里，我瞄到了猫；它也发现了我，一溜烟进了书房。我跟在它后面。

手机在书桌上亮着，我看了看来电显示，不认识的号码。我把酒杯放在桌上。第三声铃响时，我按下接听键。

"福克斯医生，"沉沉的男低音，"我是利特尔警探。我们周五见过，希望你还记得。"

我愣了愣，坐下来，把酒杯推到手够不到的地方："是的，我记得。"

"好，很好。"他听起来挺高兴的；我想象他在椅子里往后靠的模样，也许还把胳膊垫在后脑勺呢。"好医生还好吗？"

"很好，谢谢。"

"我前两天还在想，你也许会给我打电话。"

我没吭声。

"我是从莫宁赛德医院得到你的号码的，就想问问你的情况。你还好吗？"

我不是刚刚回答过这个问题了吗？"很好，谢谢。"

"好，很好。家里人都好吗？"

"都好。"

"好，很好。"他到底要说什么？

这不，好像换了挡，他的语气变了。"有件事：我们刚刚接到你的邻居打来的电话。"

当然是这事。婊子。她还友情提示过我呢。说一不二的婊子。我把手臂伸直，抓到了酒杯。

"她说你跟踪她，去了路口的咖啡店。"他停顿一下，等我表态。但我没有。"依我看，你不是专门挑今天去给自己买一杯白咖啡的。你应该不是在咖啡店和她偶遇的吧。"

尽管事情干得不漂亮，但我差点咧嘴笑出声。

"我知道你最近的日子很不好过。这一周糟透了。"我竟然不自觉地在电话这头点头示意。说得太对了。他要去当心理医生准不赖。"但这样做帮不到任何人，包括你自己。"

他至今没提过她的名字。会提吗？"上周五你说的一些话真的惹恼了某些人。我们私下说句实话，拉塞尔夫人"——终于提了——"好像非常紧张。"

她当然非常紧张啦，我在心里说。她在扮演一个死去的女人啊。

"我觉得她儿子对这事也不太高兴。"

我脱口而出："我刚和——"

"所以我——"他停下来问我，"你说什么？"

我抿起嘴："没什么。"

"确定？"

"确定。"

他咕哝了一声，继续说道："我想建议你放松一下，悠着点。听说你能出门了，这倒是很好。"他这是开玩笑吗？

"猫怎样？还发脾气吗？"

我没回答。他好像也不介意。

"房客呢？"

我咬了咬下嘴唇。楼下，直通地下室的门已经被折叠梯卡死了；再往下一层，我看到了戴维的床头柜上有死者的耳环。

"警探。"我抓紧了耳机，我需要再听一遍，"你真的不相信我？"

沉默良久，他叹了口气，听来发自肺腑，震耳欲聋。"很抱歉，福克斯医生。我认为，你相信自己亲眼所见。至于我——我没法相信。"

我并不指望听到别的回答。好。很好。

"如果你想和谁谈谈，我们这儿有优秀的专家顾问，他们很乐意帮你摆脱烦恼。或是仅仅听你诉说。"

"谢谢你，警探。"我的声音听来很违心。

又是一段沉默。"就——放松点，好吗？我会跟拉塞尔夫人说，我们已经谈过了。"

我往后一缩。没等他道别，我就挂断了。

65

我抿了一口酒，抓起手机，进了走廊。我想把利特尔忘掉。我想把拉塞尔一家人都忘掉。

阿戈拉。我要去查查有没有新信息。我下了楼，把酒杯放进水槽里，然后回到起居室，在手机屏幕上输入开机密码。

密码不正确。

我皱了皱眉。手指未免也太笨拙了吧。我又在屏幕上戳了几下。

密码不正确。

"怎么回事？"我问了一声。已近黄昏，起居室里已经很暗了；我摸到台灯的开关，拧亮。再一次，小心翼翼地，全神贯注地输入那四个数字：0214。

密码不正确。

手机振动了一下。我竟然开不了自己的手机。实在搞不明白。

最后一次输入密码是什么时候？刚才接听利特尔的电话是不需要开机密码的；再之前，我是用网络电话和波士顿那边通话的。脑子糊里糊涂。

我有点烦躁，噔噔噔又上楼，回到书房的桌边。莫非我也开不了邮箱？我输入电脑的密码，进入 Gmail 的主页。用户名自动显示在地址栏里。我一个字一个字地输入密码。

好——进去了。重新设置手机的密码就很简单了；不出六十秒钟，重置密码的验证码就发到了我的邮箱。我把验证码输入手机，再把开机密码恢复为 0214。

可是，这到底是怎么回事？密码有时限吗——有这种事？我换过密码吗？还是说，不过是手指不听使唤？我咬着指甲琢磨了一会儿。记忆力大不如前。动作能力也大幅度下降。我瞥了一眼酒杯。

邮箱里有几封信等着我回复，其中之一是尼日利亚王子的求助信，是阿戈拉网站职员特地转发给我的。我用了一小时写回信。曼彻斯特的米茨最近换服缓解焦虑的药物。卡拉 88 订婚了。莉齐奶奶，好像在两个儿子的陪同下成功地走出家门，就在今天下午，迈出了那几步。我心想，我也是呢。

　　过了六点，疲倦感突然排山倒海般袭来，令我无法招架。我像只被打扁的枕头一样往前一趴，把额头搁在桌面上。我需要睡眠。今晚我要服用双倍量的安眠药。明天我要做做伊桑的工作。

　　以前，我有一个相对早熟的病人，每次诊疗谈话都以"这是相当奇怪的事情，但……"为开场白，但接下来描述的不过是最平凡的事情。现在我就有这种感觉。这是相当奇怪的事情。太奇怪了，但片刻前还觉得万分紧迫的事——从上周四开始就一直很紧迫——突然就萎缩了，变小了，俨如寒风中的火苗。简。伊桑。那个女人。甚至还有阿里斯泰尔。

　　我俨然被掏空了，但思绪还在云雾中缭绕。葡萄酒味，我听到埃德在嗤笑。哈哈。

　　还要和他们聊聊。明天。埃德。莉薇。

星期一

11 月 8 日

66

"埃德。"

过了一会儿——也可能是一小时：

"莉薇。"

气若游丝。我简直看得到自己的气息，一丝细细的白气飘浮在我面前，在冰冷的空气中恍如一缕幽魂。

近旁，啾啾，啾啾，一声又一声，无休无止——好像疯了的鸟在重复单调地鸣叫。

停止了。

我的视野里浮现出浅浅的红潮。头痛欲裂。肋骨疼得要命。背好像断了。喉咙好像干透了。

气囊紧紧压在我的侧脸。仪表盘发着红光。满是裂缝的风挡玻璃整个垮下来，朝我这边倾斜。

我眉头紧锁。头脑深处，有些程序正在自动重启，有些系统失灵了，俨如机器出了故障。

我尝试呼吸，呛了一下，清楚地听见自己痛得嘶哑的吼叫；尝试扭头，分明感到头顶在车顶上摩擦。这可不太正常，不是吗？我还能感受到上牙膛被唾液浸没了。这是——

鸣叫声停止了。

我们都是头朝下。

我又呛了一下。两只手垂落下来，埋在我脑袋边的纺织物里，好像在车里玩倒立，足以把我撑起来。我听到自己在哀泣，泣不成声。

把头再转过去一点。我看到埃德了，脸朝着另一边，一动不动。鲜血从他的耳朵里流出来。

我念着他的名字，也许只是想，但念不出声，嘶哑的音节仿佛被冻住了，只有一丝白气如烟雾般飘出我的口。气管生疼。安全带死死地勒在我的喉咙上。

我舔了舔嘴唇。舌头却舔进上牙膛的一个凹洞。我少了一颗牙。

绷紧的安全带像把刀，切在我的腰上。我用右手去按扣锁，用力，咔嗒，然后才能拼命吸气。安全带从我身上滑落，我一下子瘫倒在车顶。

啾啾。安全带警示灯一闪一闪。然后就是一片死寂。

就在我把双手摊放在车顶上的时候，大团哈气从口里涌出来，被仪表盘里的灯光照成了红色。我双手撑住车顶，扭动头部。

奥莉薇亚被困在后座了，悬吊着，马尾辫垂荡着。我扭动脖子，用肩膀抵住车顶，伸手，去够她的脸颊。指尖颤动。

她的皮肤冷得像冰。

我曲起胳膊，腾出空间，然后双腿重重地落在碎成蛛网的天窗上。天窗被压得嘎吱嘎吱响。我勉强蜷起身子，膝盖磕磕碰碰，尽力爬向她的时候，我的心在狂跳。我用双手抓住她的肩膀。摇晃。

尖叫。

我自己也在猛烈的晃动中。她跟着我一起摇晃，辫子甩来甩去。

"莉薇。"我大声喊叫，嗓子眼冒着烟，嘴里、嘴唇上都有鲜血的味道。

"莉薇。"我喊着喊着，泪水流遍了脸颊。

"莉薇。"我喘了口气，她的眼睛睁开了。

我的心好像一下子瘫软了。

她看了看我，似乎看透了我，开口讲了两个字：

"妈咪。"

我慌忙用拇指去按动她的安全带扣。嗞的一声，带子解开了，在她滑下来的瞬间，我捧住她的头，再用双臂揽住她的身子，她的手脚落下来，像风中的风铃一样彼此交叠。即便隔着衣袖，也能感到她的一条胳膊和身体松脱了。

我把她放在天窗上，四肢摆平。"嘘。"虽然她没有出声，我还是这样对她说，哪怕她的眼睛重新闭上了。她看起来就像个小公主。

"嘿。"我摇摇她的肩膀。她又一次睁眼看了看我。"嘿。"我再叫一声，我很想微笑，但脸完全麻木了。

我别扭地转向车门，抓住把手，使劲拉。再拉一次。咔嗒一声，车锁开了。我推着车窗玻璃，把身体的重量都压在指尖。门竟然悄无声息地被推开了，向黑夜敞开了。

我把上半身探出去，一按到车门外的地面，掌心立刻感受到了冰雪；再用手肘撑地，稳住膝盖，用力。下半身也拖出来了，我扑通一声趴在冰雪覆盖的大地上。冰霜在我身子底下碎裂。我继续拖着自己往前爬。屁股。大腿。膝盖。小腿。脚。脚踝处的裤腿钩到了一只衣钩；我甩开它，爬到了车外。

然后，我转身仰面躺下。脊椎像过了电般刺痛。我大口吸气，痛得一缩。我艰难地转了转头，好像脖子已经罢工了。

没时间。没时间了。我打起精神，搬动双腿，把它们摆好，然后半跪半坐靠在车上，举目四顾。

仰头四顾。天旋地转。

天空像一只洒满星辰的大碗。月亮大得惊人，时隐时现，却恍如日光般明亮，把苍穹下的峡谷照得明是明，暗是暗，宛如木刻版画一样黑白分明。大雪快停了，只剩几片迷路的雪花飘来飘去，不知落向何处。眼前，仿佛是个新世界。

声音……

万籁俱寂。彻底的，终极的，宁静。没有一丝风，没有哪怕一根树枝在动。默片。静物照。我挪动了一下膝盖，听到霜雪被挤压的声音。

视线回到地面。车子朝前倾斜，车头狠狠地砸进地面，车尾略微上翘。我看到底盘暴露在外，活像被翻转身体的昆虫。我战栗不已，脊椎抽痛。

我转回到门边，用手指抠进奥莉薇亚的羽绒服往外拉，拉过天窗，拉过头垫，把她拉到车外。我紧紧抱住她，把她支离破碎的小身体抱在怀里，呼唤她的名字，再一次呼喊。她睁开眼睛。

"嘿。"我说。

她的眼皮又沉下去了。

我让她平躺在车边，又担心车子翻动，就再把她往外拉一点。她的头歪向了肩膀；我捧住了——轻柔万分地——让她的小脸蛋再次正对着天空。

我停下喘口气，肺叶像风箱一样一张一合。我看着我的宝贝，雪地里的天使，抚摸她受伤的胳膊。她没有反应。我又抚摸了一下，用了点劲，看到她脸上露出一丝疼痛的扭曲。

接下来是埃德。

我又爬进了车里，继而明白那样不行：没办法从后座把他拉出来。胫骨在雪地上不断摩擦，我让自己退出来，摸到前门的把手。按下去。再按一次。咔嗒，门锁弹开了。车门也弹了开来。

我看到他了，脸红彤彤的，被仪表盘上的警示灯照成了暖红色。解开他的安全带时，我突然想到一个问题：经过这样的撞击，那盏小红灯怎么还会亮着呢，怎么还有电呢？他朝我坍塌下来，如同一盘散沙，如同一个活结被拉开了。我把手垫在他腋下，撑住了他。

拖动他的时候，我的头撞到了变速杆，那一瞬间，他的身体顺着车顶滑下来。我们都出了车厢后，我才看到，他的脸是被血染红的。

我站起来，拖着他，蹒跚地往后走，直到将他和奥莉薇亚并排，让他躺在她身边。她动了一下。他没有。我抓住他的手，把袖口从手腕上卷起来，用自己的指尖压住他的皮肤。脉搏很微弱。

我们都出来了，三个人都离开了车厢，置身于满天星斗之下，整个宇宙的谷底。我听到如火车头前进般持续轰然的声响——原来是自己的呼吸声。我在沉重地喘息。汗水不断流淌，从额头流到脖颈。

我反折手臂，谨慎地去触摸自己的背脊，让手指沿着脊椎一节一节往上摸。肩胛骨之间的椎骨最疼。

我吸气，呼气，看着奥莉薇亚、埃德的嘴里也呼出微弱的气息。

我转身看向四周。

目力所及之处只有百米高的峭壁，在月光下泛着荧光般的白色；看不到山路，大概在我们头顶的某处，但没有路可以让我们爬上去。我们的车坠毁在山坡上外凸的一小块岩石上；上下悬空，犹如一个被遗忘的小星球。眼前只见星辰，飞雪，无垠的空间；只听得到宁静。

我的手机。

我摸遍了口袋——前面的，后面的，大衣里的——这才恍然想起埃德如何一把抓走了它，不让我拿到；手机掉到车底板上，就在我两脚之间振动不停，屏幕上闪现着那个人的名字。

我第三次钻进车里，用手掌在车顶上摸索，好不容易才找到：它卡在了风挡玻璃前，屏幕竟然完好无损。看到一条裂缝都没有的手机，实在令我震惊；丈夫血流如注，女儿受了重伤，我浑身上下疼得要命，我们的SUV摔了个底朝天——可这个手机却完好无损，宛如从另一个地球、另一个年代来的史前遗物。手机显示"10：27 p.m."，我们摔下来已有将近半小时了。

还没出车厢，我就用拇指按下了911，把手机凑到耳边，因为手在发抖，屏幕不断地磕碰脸颊。

没声音。我皱起眉头。

我挂断电话，从车厢里钻出来，查看屏幕。没有信号。我跪倒在雪地上。重拨。

没反应。

我连拨了两次。

没反应。没反应。

我站起来，用力按下免提键，把手臂伸向高处。没反应。

我绕着车子转圈，在积雪里跌跌撞撞。再拨。再拨。四次。八次。十三次。我数不清了。

没反应。

没反应。

没反应。

我大叫一声。吼叫声仿佛从我体内爆发出来，冲破疼痛的声带，嘶哑地划破天空，仿佛那只是一片又薄又碎的冰，声音渐渐飘远，群山给了我几声回音。我吼叫，再吼叫，直到舌头都疼起来，声音彻底哑了。

我盲目地转圈，转晕了我自己，气得把手机扔在地上。它立刻陷入了积雪。我将它捡起来，屏幕上水汽模糊，又忍不住扔掉，扔得更远。内心的惊惶如骇浪滔天。我跳起来，冲过去，从冰雪里把它挖出来，握在掌心里，抖掉积雪，再拨。

没反应。

我已经回到奥莉薇亚和埃德身边；他们躺在那儿，肩并肩，一动不动，在月光下闪着微凉的光。

一声呜咽千辛万苦冲到我的嘴边，绝望地想要吸到空气，终于撞破口齿，翻腾而出。小腿压在我身下，双腿像弹簧刀一样折叠起来。我好像融进了大地。我跪在丈夫和女儿之间匍匐不定。我在哭。

醒来时，我的十指冻得发蓝，仍然握着手机。12：58 a.m.，电池快用完了，电量只剩11%。没关系，我让自己安稳下来：打不通911，打不通任何人的电话。

我像刚才那样试着拨打。没反应。

我把头转向左边，再转向右边：埃德和莉薇，一个在左，一个在右，他们的呼吸都很微弱，但尚且稳定，埃德的脸上有干涸的血迹，奥莉薇亚的脸颊上粘着几缕头发。我把手掌捂在她的额头上。很冷。是不是躲进车里更好些？可是万一……我没了主意；万一车子翻了呢？万一爆炸了呢？

我坐起身，然后站起来，看着车子——那个庞然大物，又抬头看了看天——满月一轮，星光绽放——再慢慢地，看向连绵的山脉。

我走到峭壁前，高举着手机，仿佛它是根魔杖。我用拇指点中屏幕上的手电筒标志。一束冷光从我手里射出去。

冷光照射下的山壁平滑极了，没有坑，没有洞。根本没地方插入手指，没东西可抓，也没有杂草或枝蔓，连凸出一点的石头都没有，只有浮在表层的泥土和小砂石，这简直就是一道墙，无处下手。我沿着山壁，从小岩石的这头走到那头，审视每一寸土地。我只看到冷光笔直向上，直到被夜色吞没。

什么都没有。本来拥有一切，此刻一无所有。

电量10%。1：11 a.m.。

少时我曾钟爱天文，最喜欢研究满天的星座，一到暑假，每晚都在后院摊开一整卷厚油纸，把整个天空描绘下来，青色的小飞虫绕着我徘徊，胳膊撑在软绵绵的绿草地上。现在，它们尽情铺展在我的上空，冬季才来的英雄们在夜幕上晶晶闪亮：猎户座，闪亮的宝剑佩在腰带上；大犬座，紧跟其后；昴宿星，如闪耀的钻石，点缀在金牛座的肩膀上。双子座。英仙座。鲸鱼座。

我用受伤的声带把星座的名字一一念给莉薇和埃德听，他们的头都枕在我的胸口，随着我的呼吸一起一伏。我用手指抚摸他们的头发，他的嘴唇，她的脸颊。

所有的星星都在吐出寒气。我们在星辰下冻得瑟瑟发抖。我们就这样睡着了。4：34 a.m.。战栗的我是被冻醒的。我赶紧查看他们——先是奥莉薇亚，再是埃德。我抓了点雪，抹在他脸上。他动都没动。我把他脸上的雪揉开，轻轻搓动，抹去了一些血痕；他抽搐了一下。"埃德，"

我一边呼唤他，一边摇动他的肩膀。没反应。我又摸了摸他的脉搏，更快了，也更微弱了。

肚子突然叫起来。我想起我们根本没吃晚餐。他们也一定饿坏了。

我躲进车里，仪表盘上的小红灯变得很暗，几乎看不清，快没电了。我找到了压在后座车窗那儿的小露营包，里面是打包带来的 PB&J 的餐盒和果汁。就在我用拳头钩住包袋往外拉的时候，小红灯彻底熄灭了。

回到车外，我撕掉三明治外面的塑料纸，甩到一边去，一阵风接住了它，我眼看着它飘起飘落，越飞越远，像蛛丝，也像精灵，更像银色的鬼火。我掰下一角面包，递给奥莉薇亚，"嘿，"我轻轻唤着，用手指蹭蹭她的脸蛋，她就睁开了眼睛。"吃一点。"我把面包塞进她嘴里。她的嘴巴微微张着；面包却浮在唇间，俨如溺水的人在被淹没、被吞噬之前做最后的挣扎。我抽出吸管，插进果汁盒。柠檬汁从吸管里喷溅出来，滴到了雪地上。我把奥莉薇亚的头搁在自己的臂弯里，抬高她的脸，将吸管对准她的嘴巴，再轻轻挤压果汁盒。果汁流进去，又从她嘴角流出来。她呛了一下。

我把她的头再抬高一点，她吸到了，立刻像蜂鸟般吮吸了几口。过了一会儿，她放松下来，头靠在我掌心里，眼帘渐渐闭合。我把她轻轻地放回到地面上。

接下来是埃德。

我跪在他身边，但他不肯开口，连眼睛都不肯睁开。我用面包块叩击他的嘴唇，抚摸他的脸庞，好像这样就能扳动他的下巴，然而，他还是没动。我越来越慌张。我埋下头，贴近他的脸。微弱的气息，微弱但很稳定，我的皮肤感受到了那丝暖意。我舒了一口气。

就算他不能吃东西，总还能喝一点果汁吧。我用一点雪去滋润他干裂的嘴唇，然后把吸管插进他嘴里。手指轻轻挤压纸盒。果汁立刻顺着他的嘴角流出来，两股细流隐没在他的胡楂里。"喝呀！"我苦苦哀求，但果汁仍然没有流进该去的地方，而是匆忙地从下颌流落。

我抽出吸管，又捧了些雪，盖在他唇齿间，然后是他的舌头。就让冰雪融化，渗入他的嘴巴。

我又坐在雪地上了，用吸管喝果汁。柠檬汁太甜了。但我还是喝了个精光。

我从车里拖出大露营包，里面是棉大衣、滑雪裤。我把衣服全部取出来，盖在莉薇和埃德身上。

仰视苍穹，我发现它大得不可思议。

光仿佛有重量，压在我的眼皮上。我睁开眼睛。

又不得不眯起来。头顶的天空一望无垠，完整无缺，连绵不断，像深邃的云海。蒲公英瓣似的小雪花轻飘飘地飞扬，轻飘飘地落在我的皮肤上。我看了看时钟。7：28 a.m.，电量5%。

奥莉薇亚在睡梦中略有翻转，身子靠向左臂，但右臂仍然别扭地瘫在另一侧。左侧脸颊完全靠在地面上了。我把她扳回来一点，保持平躺的姿势，抹去裸露肌肤上的雪花，用拇指轻轻地揉捏她的耳垂。

埃德没有动过。我倾身俯向他的脸孔。他还有呼吸。

我把手机塞在牛仔裤口袋里了，这时才掏出来，想看看现在的运气如何，再次拨打911。在那个屏住呼吸的瞬间，我在幻想中已听到铃响，简直清晰分明：一声一声，颤动的丁零声。

没反应。我呆呆地看着屏幕。

呆呆地看着车，翻着肚皮，无可救药，活像一只等死的动物。车子看起来很不自然，甚至很尴尬。

呆呆地望着我们脚下的山谷，只见尖耸的树冠，还有远方细细的河流，像一条银丝带。

我站起来，转过身。

山壁耸立。就着日光，我发现自己大大低估了我们的位置——距离峭壁顶端的山路有近两百米的垂直高度，晨光中的峭壁甚至比夜里看到的更光滑可鉴，无路可走，完全没有攀爬的可能。往上，往上，往上，我只能用目光往上爬，爬到顶端。

我的手不知不觉抚摸起喉部。我们竟然一跃坠到这么深的山谷里。我们竟然活下来了。

我把头再往后仰一点，把天穹也收进视野。好亮，要眯起眼。它仍是那么浩渺无边，不知为何，天空变得极其巨大。我觉得自己像玩具屋里的小人模型。我仿佛能从极其高远的天外世界看到自己：极其渺小的一颗黑点。我举目四望，站也站不稳。

晕眩。两条腿仿佛灌了铅或别的东西，感觉刺痛。

我晃晃脑袋，揉揉眼睛。世界平息下来，一切退回到各自的界线内。

后来的几小时里，我在埃德和奥莉薇亚中间打瞌睡。醒来时——11：10 a.m.——鹅毛大雪如波涛般袭向我们，狂风在我们头顶呼啸盘旋。不远处传来一声低沉的雷鸣。我抹掉脸上的落雪，一下子跳起来。

视野里又出现了那种悸动的摇晃感，犹如水面上的涟漪，但这一次，我的双膝不由自主地靠拢，好像被磁力吸在了一起。我要瘫软下去了，就快要瘫到地上了。"不！"我的声音沙哑不堪，仿佛已被生生撕裂。我赶紧用一只手撑住雪地，让自己站稳。

我这是怎么了？

没时间。没时间了。我撑着地面，用反作用力逼迫自己站起来。我看到埃德和奥莉薇亚躺在我脚边，快被雪半掩了。

我开始拖，把他俩拖进车里。

时间是怎样悄悄流逝的？后来的这一年里，每个月似乎都比当时的一小时过得快。当时，我、埃德和莉薇躲在上下颠倒的车厢里，大雪潮涌般扑打在车窗上，本来就四分五裂的风挡玻璃在白雪递增的重量下不断呻吟，裂缝越来越多，迸出碎片。

外面风声呼号、天光渐暗的时候，我在她耳畔哼歌，流行歌曲，催眠曲，我现编的曲调。我盯着她的耳郭看，指尖沿着那道微妙的曲线不断抚摸，口中不停哼唱。我也环抱住他，用自己的双腿夹缠住他的双腿，将自己的十指和他的十指紧扣在一起。我大口吞下三明治，大口喝果汁。我拧开一瓶红酒后才想到，喝酒可能会让我加快脱水。但我想喝。好想喝。

我们仿佛在地下世界；已躲进黑暗而神秘的深处，和原有的世界隔离开来。我不知道我们何时才能摆脱困境。如何摆脱。如果能摆脱的话。

不知在几时几分，我的手机自动关机了。我是在 3：40 p.m. 睡着的，当时仅剩 2% 的电量；醒来时，屏幕已经不亮了。

这世界好安静，只有风在呼啸。莉薇的呼吸依然清晰可见，化成空中的白雾；但埃德只能从喉咙深处发出微弱的咳声。至于我，泪流成河。

寂静。万籁俱寂。

我钻进车厢，现在觉得它就像母亲的子宫。我的眼睛疲惫至极，视线变得模糊。就在那时，我看到有光线流泻进来，又看到风挡玻璃后面有微弱的光芒，然后，就像听到噪声一样听到了寂静。静，像一个活物，蛰伏在车厢里。

我掀开大衣，去够门把手。咔嗒一声，让人宽慰，但门纹丝未动。

没动。

我急匆匆地曲起双腿，翻身躺下，将双脚蹬在门上，用力踢。门撞在外面的积雪上，又不动了。我踢窗玻璃，用后脚跟一下又一下地踹。磕磕绊绊，门终于一点点被我踢开了。积雪像小雪崩般坍塌，落在车里。

我趴在雪上，爬了出来，剧烈的白色反光让我闭紧眼睛，再睁开时才看到黎明的霞光披在远山上。我跪坐起来，打量周围的新世界：完全变成纯白色的山谷，遥远的河流，还有我脚下厚厚的积雪。

我摇摇晃晃，以膝为足，挺直身体，接着听到一个清脆的崩裂声，不用看就知道，风挡玻璃彻底垮了。

我一只脚踩进深雪，稳住后再把另一只脚踩下去，尽管蹒跚难行，还是走到车前，看着那一大片玻璃窗被压塌。我绕回副驾驶座的车门边，钻进去。再一次，我把他俩拖出残破的车体，先是莉薇，后是埃德；再一次，我把他们并排拖放在地面上。

我站在那里，俯瞰着他们，呼出的白气在我面前翻腾，视线再一次模糊起来。天穹似乎在膨胀，向我的方向鼓出来，压下来；我实在撑不住了，眼帘紧闭，心脏狂跳。

我忍不住像野兽般大喊一声，然后慢慢倒地，趴下去，伸出双臂揽住奥莉薇亚和埃德，一边把他们紧紧揽在怀里，一边面朝深雪，泣不成声。

他们发现我们的时候，我们就是这个姿势。

67

周一清晨醒来时，我想和韦斯利说说话。

睡梦中，我在被子里不断扭曲；现在不得不像削苹果一样，把被子一圈圈解开。阳光洒进窗户，照亮了被单。周身的皮肤也被照得很暖。我觉得这场景很美，美得离奇。

手机就在枕边。铃声响起时，有那么一瞬间，我突然怀疑他是不是换了新号码，但很快就听到了他的声音，一如往常的响亮，带着不可阻挡之势："请留言。"只有命令式的指示。

我一句话也没留，转而拨他办公室的电话。

"我是安娜·福克斯。"我对接电话的女人说道。她听起来很年轻。

"福克斯医生，我是菲比。"

我错了。"对不起。"菲比——我和她共事了快一年，她绝对不是年轻姑娘，"我没认出你来。你的声音。"

"没关系。我好像感冒了，所以听起来可能和平常不大一样。"她很体贴。典型的菲比。"你好吗？"

"我很好，谢谢。韦斯利在吗？"当然，菲比一向公事公办，应该称呼他为——

"布里尔医生。"她说道，"上午的诊疗已经排满了，但我可以让他晚一点给你回电。"

我谢过她，报出我的号码——"是的，就是存档记录中的那个号码"——挂断。

我不知道他会不会给我回电。

68

我走下楼去。今天不喝酒了，我下定决心，至少，早上是不喝了；我需要保持冷静的头脑，等待韦斯利·布里尔医生的回电。

第一件要做的事：巡视厨房，确定折叠梯仍在我放置的地方，卡在地下室门口。在火光般明亮的金色晨光中，梯子带着朦胧的反光，看起来脆弱、荒谬；戴维完全可以一肩撞翻它。在那个片刻，隐约的疑虑感泛上我的心头：没错，他的床头柜上有一只女人的耳环，那又怎样？你又不能肯定那是她的。埃德就曾这样讲过，他说得在理。三颗小珍珠——我自己好像也有这样的耳环。

我冷眼看着梯子，好像它会迈动纤弱的铝制细腿朝我走来似的，又瞥了一眼厨台上闪闪发亮的梅洛红酒瓶，紧挨着挂钩上那串房门钥匙。不行，不能喝。更何况，红酒杯肯定到处都是，散落在家里的每一个房间。（我在哪儿见过类似的场景？想起来了，惊悚片《天兆》，电影一般，但伯纳德·赫尔曼[1]式的配乐超级赞。电影里那个心思缜密的女儿在房间各处放上半满的玻璃杯，那家人最终发现了来自外星的入侵者。"如果外星人对水过敏，他们干吗来地球呀？"埃德边看边激昂陈词。那是我们第三次约会时的事。）

---

1. 伯纳德·赫尔曼（1911—1975），美国著名作曲家、电影配乐大师，代表作有电影《公民凯恩》等的原声音乐。

我分心了。那就带着另一个我，上楼去书房吧。

我在书桌边坐好，把手机摆在鼠标垫旁，插上连在电脑上的数据线，开始充电，查看电脑上的时钟：刚过十一点。比我想象得要晚。那罐安定胶囊真管用，让我睡得死沉死沉的。确切地说，不是一罐，也不是一颗，是好几颗。

我朝窗外看去。街道的另一边，米勒太太刚好走出前门——很符合她一贯的作息——再悄无声息地把门关好。我看到她今天早上穿了黑色的冬衣，嘴里冒出白色的哈气。我轻点手机上的天气图标。外面只有十二摄氏度。我站起来，到走廊上查看中央空调的恒温器。

我在想，丽塔的丈夫在忙什么？自从上次在镜头里替他捏把汗之后，我都好久没看到他了。

回到书桌边，我朝房间的另一边、公园的另一边望去，眺望拉塞尔家。从窗户看进去空空荡荡的。伊桑。我想起来了，我要找伊桑谈谈。昨晚，我明显感到他的情绪有大波动。"我很害怕"，他是这样说的，眼睛瞪大，眼神慌乱。极度苦恼的孩子。我有责任帮助他。不管简出了什么意外，不管她现况如何，我都必须保护她的儿子。

下一步怎么办？

我咬起了嘴唇。登录在线象棋论坛，我开始下棋。

过了一小时，已是午后，我这里什么动静都没有。

我把红酒杯放到唇边——又开喝了，反正已是午后——并继续思考。有个问题始终萦绕在我脑海里，都快变成背景音了：我怎样才能接近伊桑？每隔几分钟，我就瞥一眼公园那边，好像答案会自动浮现在他们家的外墙上。我不能给他家的座机打电话；他也没有自己的手机；就算我想出办法，从这边给他发暗号什么的，也很可能被他父亲——或那个女人——先发现。没有电邮地址，他对我说过，也没有 Facebook 账号。岂不是根本不存在？

他简直和我一样，与世隔绝。

我靠在椅背上，啜饮红酒，放下酒杯，望着正午的阳光在窗台上缓慢移动。电脑发出提示音。我让马跳了一步，让它在棋盘上转移方向，等待下一步行动。

屏幕上显示 12：12。没有韦斯利的消息——他应该会回电吧？还是我应该再打一遍？我伸手拿起手机，滑开屏幕解锁。

电脑桌面上又响了一声，铃铛响——是 Gmail 的来信显示。我抓起鼠标，把光标从棋盘上移开，点击浏览器，用另一只手端起酒杯，凑到嘴边。红酒在阳光中闪着柔光。

我让视线越过酒杯边缘，看到空荡荡的收件箱里只有一条新信息，主题栏是空白的，发送者的名字加粗了。

简·拉塞尔。

牙齿磕到了杯沿。

我瞪着电脑屏幕。周围的空气好像突然变得稀薄了。

把酒杯放回桌面时，我的手在颤抖，酒在杯中不安地晃动。鼠标也在我掌心里上下跳跃。我已不由自主地屏住呼吸。

光标移向她的名字。简·拉塞尔。

点击。

信件展开了，一片空白。一个字也没有，只有附件的标志：一只小小的曲别针。我双击点开。

整个屏幕变成一片空白。

眨眼间，有张图片开始加载，很慢，一条一条地显示出来。粗颗粒的深灰色条状。

我呆若木鸡，无法动弹，还是无法呼吸。

一行黑色颗粒在屏幕上铺开，像窗帘般一点点落下。眨眼间，又是一行。

接着——

混乱交织的……树枝？不。是头发，黑色的，纠缠的，近距离拍摄下的头发。

弧线勾勒出的皮肤。

一只眼睛，垂直俯视，闭着的眼睛，睫毛勾勒出眼皮的边缘。

这是一个躺着的人。我在看一张熟睡中的脸。

我看到的是自己熟睡中的脸。

眨眼间，下半部分腾地跳出来，照片突然完全铺展开来——就是我，我的头，完完整整。一缕头发耷拉在眉毛上。我的双眼紧闭，嘴巴微微张开。半边脸淹没在枕头里。

我惊跳起身。转椅在我身后歪倒。

简发来一张我睡觉时的照片。我的头脑慢一拍才"下载"到这个想法，俨如这张照片加载的方式：一行一行，磕磕绊绊。

简晚上在我家。

简在我的卧室里。

简看我睡觉。

我站在那儿，惊呆了，陷入耳聋般的死寂中。接着，我看到右下角像幽灵一样的半透明数字，时间标记——日期就是今天，02：02 a.m.。

今天凌晨。两点。这怎么可能？我再定睛去看发送者名字旁边写在括号里的邮箱地址：

guesswhoanna@gmail.com

用户名是：猜猜我是谁，安娜。

69

也就是说，不是简。有人躲在她的名字后面做手脚。有人在讥讽我。

我的思绪立刻像支箭一样指向了楼下。戴维，在那扇门后面。

我紧紧抓住睡袍里的胳膊。思考。别慌。冷静。

他是否用蛮力顶开了门？没有——我明明看到折叠梯还在原位。

所以——抱住自己的双手在颤抖；我倾身向前，把两条胳膊放在桌上——所以他偷偷复制了我家前门的钥匙？那晚我们上床后，我听到走廊里有动静；是他在房子里走来走去，从厨房里偷走了钥匙吗？

然而，仅仅一小时前，我亲眼看到钥匙挂在挂钩上，他离家后不久，我亲手挡上了地下室的门——也就是说，他没有办法再次溜进来。

除非——当然，还有一个进来的办法：他想什么时候进来就什么时候进来，只要他复制了钥匙，替换了挂钩上的原配钥匙。

但他昨天出门了呀，去了康涅狄格州。

反正，他是这样告诉我的。

我看着屏幕上的那个我，半月形的眼睫毛，上唇后面露出的牙齿边缘。那个我毫无知觉，毫无防备。我浑身发抖。嗓子眼里冒出酸酸的味道。

猜猜我是谁，安娜。不是戴维的话，又会是谁？为什么要这样暗示我？这个人，不仅潜入我家，进了我的卧室，拍下我睡着时的照片；还想让我知道这件事。

这个人，知道简的事。

我用两只手去拿酒杯，喝下一口，一大口，吞下去，再拿起电话。

利特尔的声音轻柔又沙哑，让人想到枕套。也许他刚刚睡醒。无所谓。

"有人在我家里。"我对他说道。现在我站在厨房里，一手拿手机，一手拿酒杯，盯着地下室的门；当我把那些听起来不太可能发生的事大声讲出来时，我的声音没有起伏，无法让人信服。缺乏真实感。

"福克斯医生，"他好像挺高兴，"是你吗？"

"有人在半夜两点进了我家。"

"别急。"我听到他换了手，把手机移到了另一个耳朵上，"有人在你家？"

"半夜两点的时候。"

"你为什么不早点报警？"

"因为我那时在睡觉。"

他的声音柔和下来，显然认为发现了我的漏洞："那你怎么知道那时候有人在你家？"

"因为他拍了一张照片，用电子邮件发给我了。"

一阵停顿。"什么照片？"

"我的照片。在睡觉。"

他再次开口时，好像离话筒更近了："你确定？"

"是的。"

"这——好吧，我不想让你感到害怕……"

"我已经害怕了。"

"你能肯定，现在，家里没有别人吗？"

我愣住了。完全没想到这一点。

"福克斯医生？安娜？"

"我在。"当然没有别人。否则这么半天我肯定会发现的。

"你能——你可以走到外面去吗？"

我差点放声大笑。但还好，我忍住了："不行。"

"好。那就——待在家里。别——就待在那儿好了。你希望我不要挂电话，再陪你聊一会儿吗？"

"我希望你过来一趟。"

"我们这就赶来。"我们。也就是说，诺雷利会和他一起来。很好——我希望她这次在场。因为这件事真真切切。有据为证，无法否认。

利特尔仍在讲话，电话里能听到他的喘息声："安娜，我希望你照我说的做，好吗？走到前门口。以防你需要离开那里。我们很快就能到你家，几分钟而已，但万一你要……"

我朝门厅门看看，走了过去。

"我们已经上车了。很快就到。"

我慢慢地点点头，望着那扇门，慢慢靠近。

"福克斯医生，你这两天看电影了吗？"

我无法迫使自己拉开那扇门，无法让自己立于那个阴暗的门厅。我摇摇头。头发甩在了脸颊上。

"那些惊悚老电影？"

我又摇摇头，开始用语言回复他时，突然意识到自己还拿着酒杯呢。不管有没有侵入者——我觉得现在真的没有——我都不能这样子去应门。我得把酒杯拿走。

但我的手抖个不停，现在，红酒都洒到睡袍的前襟上了，留下一块血红色的污渍，刚好在心脏上方，看起来很像伤口。

利特尔仍在我耳畔喋喋不休——"安娜？你还在听吗？"——我又回到厨房，手机压在太阳穴上，把酒杯放进水槽里。

"一切都好吗？"利特尔在问。

"很好。"我回答他，然后打开水龙头，脱下睡袍，只穿着T恤和家居长裤，再把酒渍凑到流水下冲洗。酒渍在冲水后溶解，好像伤口渐渐停止了流血，颜色变淡，变成淡粉色。我又搓了搓，指尖在冷水下变得苍白。

"你可以走到前门吗？"

"可以。"

关掉水龙头，我把睡袍从水槽边拎起来，拧了拧水。

"好的。就待在门口。"

把睡袍抖干的时候，我才发现没有纸巾了——纺锤形的纸巾架上空空如也。我拉开放亚麻餐布的抽屉，结果，又一眼看到自己的脸——就在叠成四方形的一摞餐巾布的最上面。

不是近距离的沉睡中的脸，不是陷在枕头里的半张脸，而是带着笑容的正脸，头发拢在脑后，眼神明亮而热切。那是用纸笔画出来的我的肖像。

绝妙的小把戏，我这样称赞过。

简·拉塞尔原创作品，她这样讲过。

然后，她签上了自己的名字。

70

画像在我手里微微颤动。我看着最下角斜体字的签名。

我差点有了怀疑，差一点就去怀疑她，但铁证在手：那个消失的夜晚留下了纪念物。记忆。死亡的警告。记住你终有一死。

记住。

我是记住了：记得象棋和巧克力；记得香烟、红酒，在我家的参观。最重要的是，我记得简，健谈又贪杯，生龙活虎；记得她补过的牙齿；也记得她靠在窗前眺望她家的模样——好地方，她曾这样喃喃自语。

她来过这里。

"我们马上就到你家。"利特尔在说话。

"我找到——"我清了清嗓子，"我找到——"

他打断了我："我们已经转到……"

但我没听见他们转到了哪条街，因为这时，我刚好透过窗户看到伊桑从他家前门出来。他肯定一直都在家里待着。整整一小时，我时不时就朝他家飞快地瞄几眼，像打水漂一样，目光从厨房跳到小客厅再跳到卧室；我不知道怎么会没看到他。

"安娜？"利特尔的声音变轻了，像是从很远的地方飘来的。我低头一看，发现握着手机的手已经垂到腰胯了；也发现睡袍堆在我脚边。接着，我把手机搁在厨台上，把画像放在水槽边。我用手掌去拍玻璃窗，用力拍打。

"安娜？"利特尔又叫了我一回，我没理他。

我一直用力地拍打玻璃。伊桑已经转弯，走上了人行道，朝我家的方向走来。很好。

我知道自己必须做什么。

手指抓住窗格。指尖用力，抓紧，弯曲手指，闭上眼睛，往上抬。

凛冽的空气一下子裹住我的全身，那样生猛，那样粗暴，我的心都快停止跳动了；寒风吹动薄薄的衣裳，布料在我身上剧烈颤抖起来。寒风灌入我的耳朵。寒意汹涌，充满了我。

但我还是喊出了他的名字，一声大吼，两个音节，冲破我的嘴巴，像枚炮弹一样飞向外面的世界：伊桑！

我听得到寂静四分五裂的声音。我想象飞鸟振翅，行人停下脚步。

然后，我用尽第二口气，最后一点气力：

我确定。

我确定你妈妈就是我说过的那个女人。我确定她来过我家。我确定你们在撒谎。

我用力地把窗户压下来，关死，额头抵在玻璃上，睁开眼睛。

他还站在人行道上，一动不动，穿着大一码的羽绒服，牛仔裤倒是很合身。一绺头发在风中飘摇。他望着我，面前有一团云雾般的白色哈气。我也看着他，胸口剧烈起伏，心跳大概已有时速九十英里了吧。

他摇了摇头，继续走。

71

我一直望着他，直到他走出我的视野。肺叶恢复了正常收缩，肩膀耷拉下来，厨房里的寒气还未消散。那就是我所能做到的最有效的招数。至少，他没有逃回家。

但还没完。没完。两个警探马上就会上门来。我找到了画像——在那儿，面朝下，被刚才的大风吹落到地板上了。我弯腰拾起那张纸，再抱起睡袍，它摸起来还是湿湿的。

门铃响了。利特尔到了。

我直起身，拿起手机，扔进口袋，快步走到门边，一巴掌拍下蜂鸣器，门锁开启。我望着厅门上的毛玻璃。一条黑影出现了，眨眼间就成了结实的人形。

手中的那张纸在哗啦啦地抖动。我已经等不及了。我抓住门把手，转动，把门拉开。

然而，出现的却是伊桑。

见到他，我实在太惊讶了。我傻愣在门口，指尖仍然捏着那张画像，睡袍滴下的水落在我的脚背上。

他的脸颊冻得发红。他的头发需要修剪一下：刘海都荡到眉间了，鬓角的头发绕在耳朵后面。双眼瞪得好大。

我们四目相对。

"你知道，你不可以那样朝我大喊大叫。"他说得很平静。

这出乎我的意料："我不知道还有什么办法可以联系你。"

水不断滴落在我的脚背上，再流到地板上。我悄悄调整了一下挂在胳膊上的睡袍的位置。

庞奇从楼梯间小跑过来，一头蹭上伊桑的小腿。

"你找我有什么事？"他问道，一边低头看。我不知道他是在问我，还是在问猫。

"我确定你妈妈来过这里。"我对他说。

他叹了口气，摇摇头："你——有妄想症。"这个词从他嘴里冒出来，显得格外生涩，好像是他借来的，和他完全不搭调。我不需要去猜他是从哪里听到这个说法的。确切地说，是从谁口中听到的。

现在轮到我摇头了。"不。"我发觉自己不知不觉有了笑容，"不是的。我找到了这个。"我把那张纸递到他面前。

他看着画。

家里很安静，只听得到庞奇的毛皮蹭在伊桑牛仔裤上的轻微摩擦声。

我看着他。他目不转睛地看着画。

"这是什么？"他问。

"是我。"

"谁画的？"

我歪了歪脑袋，往前走了一步："你可以看到签名。"

他把速写接到手里，眼睛眯了起来："可是——"

蜂鸣器突然响起，把我俩都吓了一跳，不约而同地扭头看向前门。庞奇飞快地跳上沙发。

在伊桑的注视下，我又走到对讲机前，按下开锁键。门厅里登时传来重重的脚步声，利特尔进了屋。诺雷利跟在这个足以掀起海啸的大块头男人后面。

他们一眼就看到了伊桑。

"这是什么情况？"诺雷利先发问，眼色严厉地在伊桑和我身上看来看去。

"你说有人在你家。"利特尔说道。

伊桑看了看我，又瞥了一眼门口。"你留下来。"我对他说。

"你可以走了。"诺雷利对他说。

"留下。"我大吼一声，他没有动。

"你上上下下检查过了吗？"利特尔问我，我摇摇头。

他朝诺雷利点头示意，她径直朝厨房走去，中途在地下室门口停住了。她看着折叠梯，又看向我。我只答说："房客。"

她一言不发，又走向了楼梯间。

我回过身来面对利特尔。他的双手插在口袋里，双眼紧紧地盯着我。我深呼吸。

"发生了——发生了很多事。"我开口了，"先是这个……"我把手指伸到睡袍口袋的最深处，掏出了手机。"这条信息。"湿漉漉的睡袍索性滑落到地板上，啪嗒一声。

我点击邮箱的图标，点开那张照片。利特尔从我手中接过手机，握在那只巨手中细看。

他查看照片时，我还在发抖——这儿挺冷的，而我简直衣冠不整。

我很清楚，自己的头发乱糟糟的，仍然是起床后的模样。我觉得很难为情。

伊桑好像也很不自在，站在那里，不停地把重心从这只脚挪到那只脚。站在利特尔身旁的他看起来纤细得无法言喻，简直弱不禁风。我想给他个拥抱。

警探的拇指在手机屏幕上上下滑动："简·拉塞尔。"

"其实不是她本人。"我对他说，"你看看地址栏就知道了。"

利特尔眯起眼睛去看那行小字。"guesswhoanna@gmail.com。"他一板一眼地念出来。

我点点头。

"照片是凌晨两点零二分拍的。"他朝我看看，"而这封电邮是今天中午十二点十一分发出的。"

我又点点头。

"你以前有没有收到过从这个地址发来的邮件？"

"没有。难道……你们不能根据这个地址顺藤摸瓜吗？"

在我身后的伊桑发问了："那是什么？"

"是张照片。"我刚要继续说，利特尔就截下了话头，"别人怎么能偷偷潜入你家呢？你没有警报装置吗？"

"没有。我一直在家啊。为什么我要……"我打住不说了。不用问也知道，答案就在利特尔手里的屏幕上。所以我决定言简意赅："没有。"

"什么照片？"伊桑又问。

这一次，利特尔认真地看了他一眼，说："问得够多了。"伊桑畏缩了一下。"你去那边等着。"伊桑乖乖地走向沙发，在庞奇边上落座。

利特尔踱进厨房，面朝边门。"如此看来，可能有人进来过。"这话听来很刺耳。他扳动门锁，打开门，再关上。一股冷风溜了进来。

"不是可能，而是真的有。"我指出这一点。

"我的意思是，不会触到警报装置。"

"是的。"

"家里少了什么东西吗？"

我没想过这一点。"我不知道。"我只能承认，"我的笔记本电脑和手机都在，但也许——不清楚。我还没检查过。我害怕。"我特意补上这一句。

他的神情缓和下来。"那是肯定的。"现在语气也柔和了，"你认为，谁有可能来拍你的照片？"

我愣了一下。"有钥匙的人——只有一个人可能有钥匙，那就是我的房客，戴维。"

"他在哪儿？"

"不知道。他说过要出城，但——"

"他有前门钥匙，还是，他可能有前门的钥匙？"

我在胸前抱住胳膊。"可能。他的房间——地下室的公寓有单独的门锁，但他有可能……偷了我的钥匙。"

利特尔点点头。"你和戴维有不和吗？"

"不。我是说——没有。"

利特尔又点点头。"那有过别的事吗？"

"有——他——他借过一把刀。我说的是开箱刀。但他没跟我说，就把刀放回原位了。"

"没有别人能进来吗？"

"没有。"

"我只是想到了就问一下。"说完，呼出一大团哈气，他大喊一声，震得我神经刺痛，"嘿，瓦尔？"

"还在楼上。"诺雷利回道。

"有什么发现吗？"

一阵安静。我们都在等。

"没有异样。"她喊了一嗓子。

"没有乱糟糟的？"

"没有。"

"有人躲藏在储物间里吗？"

"储物间里没有人。"我听到她的脚步声移动到了楼梯上，"我下来了。"

利特尔转身对我说："也就是说，我们知道有人偷偷进来，拍了一张你的照片，但没有窃取什么东西，而且我们不知道这个人是怎么进来的。"

"是的。"他是在怀疑我吗？我又指了指他手里的手机，好像它能解答他所有的问题。它确实可以。

"对不起。"说着，他把手机还给我。

诺雷利走进了厨房，大衣的下摆在她身后摇来摇去。"还好吗？"利特尔问道。

"还好。"

他朝我露出微笑："警报解除。"我没有回应。

诺雷利走近我俩："半夜入侵是怎么回事？"

我把手机递给她。她没接，只是看着屏幕。

"简·拉塞尔？"她反问。

我指了指简名字旁边的电邮地址。诺雷利的脸上出现讶异的神情。

"这个邮箱以前给你发过邮件吗？"

"没有。我刚和他说过——从来没有。"

"用的是 Gmail 邮箱。"她一针见血地指出重点。我看到她和利特尔对视了一眼。

"是的。"我又抱起了胳膊，把自己包起来，"你们不能找到发送者吗？或是追查一下？"

"是这样的，"她重新挺直身体，回答说，"有点麻烦。"

"什么意思？"

她朝搭档歪了歪头，他心领神会地接茬道："因为是 Gmail。"

"是啊。那又怎么了？"

"Gmail 是隐藏 IP 地址的。"

"我不明白这是什么意思。"

"就是说，没办法追踪 Gmail 邮箱用户。"他把话说完了。

我只能干瞪眼。

"就我们目前所知，"诺雷利补充道，"你也可以给自己发这封信。"

我扭身瞪着她。她也摆出了交叉胳膊的姿势。

我笑不出来。"你说什么？"我忍不住反问——除此之外，我还能说什么呢？

"你完全可以用手机发出那封电邮，而我们无法证实这一点。"

"为什么——这是为什么呢？"我简直要语无伦次了。诺雷利瞥了一眼湿漉漉的睡袍。我弯腰把它捡起来，这只是为了有事可做，为了让意识重回正轨。

"在我看来，这张照片有点像半夜的自拍。"

"我睡着了。"我据理力争。

"你的眼睛是闭着的。"

"因为我睡着了。"

"也可能是因为，你想拍出睡着的样子。"

我转向利特尔。

"这样说吧，福克斯医生，"他回应了我，"我们没有找到任何迹象能证明有人入侵此地，似乎也没有失窃的案情。前门看起来完好无损，那边也很正常"——他伸出拇指，指了指身后的边门——"你也说了，没有其他人有钥匙。"

"不，我说的是：房客有可能复制了一把。"难道我没说清楚？我的脑子有点晕。我又开始发抖了，空气冷得让人发麻。

诺雷利指了指梯子："这又是怎么回事？"

"与房客有争执。"利特尔没等我开口就抢先回答了。

"你问过她——你懂的，丈夫的事？"她的语气有点隐晦，我辨不清弦外之音指向何处。她还耸了耸眉。

接着，她转过来面对我："福克斯夫人"——这次我没去纠正她——"我提醒过你，不要浪费——"

"浪费时间的人不是我。"我爆发了，咆哮着说道，"是你，是你们。有人偷偷潜入我家，我都给你们看证据了，可你们只知道站在那儿说风凉话，怪我胡编乱造。和上次一模一样，我明明看到有人被刺了，你们就是不肯相信我。我到底要怎么做，你们才——"

画像呢？

我飞快地转过身，看到伊桑一动不动地坐在沙发里，庞奇趴在他膝头。"过来，"我对他说，"把那张画拿过来。"

"我们不要把他扯进来。"诺雷利要干涉，但伊桑已经朝我走来了，一手抱着猫，一手拿着那张纸。把它递给我的时候，他几乎是庄重的，好像牧师给信徒分发圣体一般。

"看到没？"我把它狠狠地送到诺雷利眼皮底下，逼得她倒退一步。"看看签名。"

她的眉头皱起来了。

就在这时，门铃又响了，已是今天的第三次。

72

利特尔看看我，然后主动走向前门，看了看对讲机，按下通话键。

"是谁？"我问道，但他已经把门拉开了。

利落的脚步声响起，阿里斯泰尔·拉塞尔走了进来，穿着羊毛衫，脸色红润，想必是拜冷空气所赐。与上次见面时相比，他似乎老了几分。

他用老鹰般的眼神环顾众人，视线最后落在伊桑身上。

"你赶快回家去。"他吩咐他儿子，但伊桑纹丝不动，"把猫放下，这就走。"

"我想让你看看这个。"我冲着他挥起速写，让他看，但他不理我，转而对利特尔讲话。

"很高兴你们都在这里。"其实，他看上去一点也不高兴，"我太太说她听到这个女人在窗口对着我们的儿子大喊大叫，紧接着，我就看到你们的车停在这里。"我记得，上一次他来我家时很有礼貌，甚至有点茫然。这次却没有。

利特尔向前一步："拉塞尔先生——"

"她往我家打电话——你知道吗？"利特尔没有回答，"还有我以前的办公室。她往我那儿打过电话。"

可见，亚历克斯把我供出来了。"你为什么会被炒掉？"我问他，但他已然先声夺人，带着怒气，想要一吐为快。

"她昨天跟踪我太太——她提过这事吗？我认为她不会。跟踪她进了咖啡店。"

"我们知道这件事，先生。"

"我是想……当面质问她。"我瞄了一眼伊桑。看起来，他没跟他父亲讲，那之后我就遇到他了。

"这已经是我们第二次聚集在这里了。"此时，阿里斯泰尔已毫不掩饰自己的情绪，听他的语调就知道了，"上一次，她宣称看到有人在我家行凶。这一次，她勾引我儿子进她家门。这事必须就此了断。难道还想没完没了？"他直勾勾地看着我："她是个危险人物。"

我用手指戳着、指着那张画："我确定你太太——"

"你根本不认识我太太！"他吼了一句。

我不讲话了。

"你谁都不认识！你就待在自己家里，只知道偷窥别人。"

我的脸都红到后脖颈了。手也垂落下来。

他还没讲完。"你凭空编造……说你和什么人相遇相知，但那根本不是我太太，甚至都不是——"我等着他把最难听的话讲出来，就像你等着别人的拳头落在你脸上那样。"真实发生的。"瞧，他说出来了，"现在你又开始骚扰我儿子。你一直在骚扰我们一家人。"

房间里安静下来。

最终，是利特尔开了口："行了。"

"她有妄想症。"阿里斯泰尔不依不饶。瞧，就是这个词。我看了看伊桑，他低头看着地板。

"好了，好了。"利特尔继续打圆场，"伊桑，我认为你是该回家了。拉塞尔先生，如果你能留下——"

现在总该轮到我说话了吧。

"留下来。"我赞同利特尔，"也许你可以解释这件事。"我又抬起胳膊，高高举过头顶，和阿里斯泰尔的视线平行。

他伸手接过那张画："这是什么？"

"这是你太太画的。"

他面无表情。

"上次她来这里的时候画的，就在那张桌边画的。"

"怎么回事？"利特尔也发问了，他走到阿里斯泰尔身旁。

"简为我画的。"

"画的是你。"利特尔说。

我点点头："她来过。这张画能证明。"

阿里斯泰尔已经调整好了情绪。"什么也证明不了。"他干脆地说道，"不能——这只能证明你疯得有多厉害，以至于真的千方百计……伪造证据。"他轻蔑地哼了一声，"你疯了。"

砰！你疯了。我想到了《罗斯玛丽的婴儿》，情不自禁地蹙眉发问："你这话是什么意思，伪造证据？"

"你自己画的，自画像。"

诺雷利夹在我俩之间，开口了："就像你可以自拍那张照片发给你自己一样，我们是无法证实的。"

我连连后退，好像胸口被揍了几拳："我——"

"你没事吧，福克斯医生？"利特尔朝我走来。

睡袍又从胳膊上滑下去了，扑通，堆落在地。

我觉得自己站不稳了。围绕我的这个房间像旋转木马般转起来。阿里斯泰尔怒目而视，诺雷利眼色阴沉，利特尔想扶住我的手在我肩头晃来晃去。伊桑畏缩不前，猫仍蜷缩在他的臂弯里。他们，所有人，都在围着我旋转；但谁也不能让我依靠，根本没有我的立足之地。"这张画不是我画的，是简画的，就在这儿。"我用颤抖的手指了指厨房，"也不是我拍的照片。我不可能那样拍照。我——明明出了事，你们却一点忙都不帮。"我实在想不出还有别的什么说法。我试图抓住整个房间；但它摇来转去，轻易地从我指缝间溜走。我跌跌撞撞地走向伊桑，够到他，用颤抖的手抓紧他的肩膀。

"你离他远点。"阿里斯泰尔在呵斥，但我正视伊桑的眼睛，提高了嗓门说道："真的出事了啊。"

"出了什么事？"

我们全部扭过头去，极其同步。

"前门敞开着。"戴维说道。

73

他站在门框中间，双手插在口袋里，破旧的双肩包垂挂在一个肩头。"出了什么事？"他又问了一遍，我松开了紧抓伊桑的手。

诺雷利不再抱着胳膊了："你是谁？"

戴维反倒又叉起了胳膊："我住楼下。"

"哦，"利特尔说道，"你就是传说中的戴维。"

"我不知道自己已经是传说了。"

"请问你有姓氏吗，戴维？"

"大部分人都有。"

"温特斯。"我插了一句，从脑海深处挖出他的姓氏。

戴维没搭理我，自顾自问道："你们是什么人？"

"警察。"诺雷利回答，"我是诺雷利警探，这位是利特尔警探。"

戴维用下巴指指阿里斯泰尔："他，我认识。"

阿里斯泰尔点点头："也许你可以解释一下，这个女人到底有什么毛病。"

"谁说她有毛病了？"

感激之情涌上我的心头。胸口一热。终于有人站在我这边了。

紧接着，我就意识到这个人是谁。

"温特斯先生，你昨晚在哪里？"利特尔发问了。

"康涅狄格。有个活。"他努了努嘴，"为什么这样问我？"

"有人在福克斯医生睡觉的时候拍了张照片。大约在凌晨两点。然后用电邮发给了她。"

戴维眨了眨眼。"真是乱套了。"他看了看我，"有人闯进来了？"

利特尔没让我回答："有人可以证明你昨晚在康涅狄格吗？"

戴维翘起一只脚，踩在另一只脚的前头："我和一个姑娘在一起。"

"那个姑娘是谁？"

"她没说姓什么。"

"她有电话号码吗？"

"大部分人都有，不是吗？"

"我们需要那个号码。"利特尔说道。

"只有他有可能拍下那张照片。"我坚称。

这句话如当头一棒。戴维眉头紧锁："什么？"

我看着他，看进那双深邃的眼睛，开始觉得自己有所动摇："是你拍的吗？"

他冷笑一声："你以为我回到这里——"

"没有人那样以为。"诺雷利说道。

"我这样想过。"我对她说。

"我压根不明白你们他妈的在说什么。"听起来，戴维已经觉得烦了。他把手机递给诺雷利："给你。给她打电话好了。她叫伊丽莎白。"

诺雷利接过手机，朝起居室走去。

要是不喝上一口，我就一个字也讲不出来了。我从利特尔身边溜走，直奔厨房而去，但甩不掉他的声音。

"福克斯医生说她目睹了一位女子在公园对面被袭，在拉塞尔先生家里。你对此事了解多少？"

"不了解。怪不得她那天问我有没有听到人惨叫。"我没有转身，我已经把红酒倒进平底杯了。"我回答过她了，我什么都没听见。"

"你当然没听见。"阿里斯泰尔说道。

我转过身，手里还拿着酒杯，面对他们说道："可是伊桑说过——"

"伊桑，你赶紧回家。"阿里斯泰尔咆哮起来，"要说多少遍——"

"冷静点，拉塞尔先生。福克斯医生，我真的不建议你现在这样做。"利特尔指了指我。我只好把酒杯搁在厨台上，但没有松手。我觉得这样才有挑衅的意味。

他转回身，又问戴维："你有没有发现公园对面那家人有什么异样？"

"他家？"戴维瞅了瞅暴怒中的阿里斯泰尔。

"这——"阿里斯泰尔又要发飙了。

"没有，我什么都没看到。"戴维的包快从肩头滑下来了；他挺直身子，把肩带拉上去，"根本没有东张西望。"

利特尔点点头："嗯哼。那你有没有见过拉塞尔太太？"

"没有。"

"你是怎么认识拉塞尔先生的？"

"我雇了他——"阿里斯泰尔抢先说道，但利特尔用手示意他不要说话。

"他雇我干些杂活。"戴维说道，"没见过他太太。"

"但你的卧室里有她的耳环。"

所有人，所有的眼睛都看向我。

"我看到你卧室里有一只耳环。"我攥着酒杯，继续说道，"在你的床头柜上。三颗小珍珠。那是简·拉塞尔戴过的耳环。"

戴维叹了口气："不是。那是凯瑟琳的。"

"凯瑟琳？"我反问道。

他点点头："那几天约会的对象。其实也不是约会。只是来过夜的女人，来过几次。"

"什么时候？"利特尔问道。

"上星期。有什么关系吗？"

"没关系。"诺雷利一边回答，一边回到戴维身边。她把手机还给他。"伊丽莎白·休斯说，她和他昨晚在达连湾[1]，从半夜到今早十点一直在一起。"

"然后我就直接回到了这里。"戴维说道。

"那么，你为什么会去他的卧室？"诺雷利转头问我。

"她是来偷看的。"戴维代我回答。

我脸一红，忍不住抢着说："你从我这儿拿走了一把开箱刀。"

他向前一步。我看到利特尔有点紧张。"是你给我的。"

"是的，但你说都没说一声，就把刀子放回去了。"

"是啊，刀一直在我口袋里，我去上厕所时就顺便把它放回原位了。不用谢。"

"只是未免太凑巧了，就在你把它放回去之前，简——"

"够了。"诺雷利发威了。

我把酒杯端到嘴边，酒在杯中来回摇晃。当着他们的面，我喝了一大口。

画像。照片。耳环。开箱刀。一切证据都被推倒，全部像肥皂泡一样破灭了。什么都没剩下。

几乎没剩下什么可说的。

我把酒吞下去，深吸一口气。

"你们知道吗？他蹲过监狱。"

---

1. 加勒比海最南部的海湾。

哪怕这话讲出来的时候，我都不敢相信自己会这么说，更不相信会听到自己口齿清晰地讲出来。

"他在监狱里服刑。"我又说了一遍。我觉得自己轻飘飘的，好像灵魂出窍了。但我继续说下去，"因为暴力攻击。"

戴维的下巴绷紧了。阿里斯泰尔目光如炬地盯着他，诺雷利和伊桑盯着我。只有利特尔与众不同——他带着不可言喻的悲伤神情。

"你们为什么不跟他好好谈谈，却只跟我过不去？"我问他们，"我看到一个女人被杀了"——我扬了扬我的手机——"你们说我是在幻觉中看到的。你们说我在撒谎。"我把手机扔到厨房工作台上，"我给你们看她画的速写，还有她的签名"——我指了指阿里斯泰尔，指着他手里的那张速写——"你们说是我自己画的。在那栋楼里，有个女人口口声声说她是简，可她根本不是简，但你们都懒得去查证。你们连试都没试过。"

我朝前走动，只迈了一小步，他们却都往后退，好像我是洪水猛兽。好极了。"我睡觉时有人进了我家，拍了照，又发给我——你们反过来责怪我。"我听到喉咙在哽咽，听到自己的声音变得嘶哑。泪水滚落在脸颊。我继续往前走。

"我没有疯。这些事都不是我凭空捏造的。"我伸出神经质的食指，指着阿里斯泰尔和伊桑，"我没有看到不存在的事物。这一切都是从我看到他的太太、他的母亲被刺时开始的。那才是你们应该调查的事情。那才是你们该追问的问题。别来跟我说我没看到，因为我知道自己看到了什么。"

一阵沉默。他们像一组人物画，静止在原地。就连庞奇都不动了，尾巴弯曲成了问号的形状。

我用手背抹了抹脸，扫过鼻梁。把落在眉眼前的乱发捋到后面去，把酒杯端到嘴边，喝光。

利特尔最先摆脱僵持。他朝我走来，迈出一步很大、很慢的步子，几乎跨过了半间厨房，目光始终落在我身上。我把空杯子放回厨台。我们一人一边，隔着工作台四目相对。

他把手掌盖在杯口上，把它小心地挪到一边，好像它是一件武器。

"有件事，安娜，"他开口了，说得很慢，声音压得很低，"昨天我们通话之后，我和你的医生谈过了。"

我觉得口干舌燥。

"菲尔丁医生。"他继续说，"你在医院里提到过他。我只是想和熟悉你的人聊聊。"

我心虚了。

"他非常关心你。我告诉他，你对我讲的那些事让我很忧虑。我们都是。我担心你一个人住在这么大的房子里，因为你跟我讲过，你的家人在很远的地方，没有人可以陪你说话。还有——"

还有。还有。我知道他要说什么；其实我很感激，由他来说出这些，因为他很和善，声音也温暖人心，否则，我必将无法忍耐，无法忍耐听到——

然而，诺雷利打断了他："事实上，你的丈夫和女儿都死了。"

74

从来没人这样讲过：把那几个词，按照那样的顺序，那样讲出来。

急诊室的医生不是那样讲的，而是在照料我伤痕累累的背部、严重损伤的声带时说：您先生没能撑下来。

护士也不是这样讲的，她等了四十分钟才说：福克斯太太，我很遗憾——她甚至没把话讲完，因为没有那个必要。

朋友们也不是这样讲的——确切地说是埃德的朋友们；在那种情况下我才知道一个残酷的事实：我和莉薇都没有几个自己的朋友——可以来悼念，参加葬礼，在随后那难熬的几个月里耐心安慰，说些诸如他们走了或他们离开我们了或（哪怕无礼地说）他们死了之类的话。

就连比娜也不曾这样讲过。菲尔丁医生也没有。

可是，诺雷利竟然这样直截了当地讲出来了，俨如解除魔咒，讲出了别人讲不出口的事实：你的丈夫和女儿都死了。

是的。他们都死了。他们没能撑到最后。他们走了。他们去世了——他们死了。我不否认这一点。

"可是，安娜，难道你没发现吗"——此刻，菲尔丁医生的话语浮现在我的脑海里，他用近乎恳求的语气说道——"这一切的真相是否认。"

说得太对了。

现在问题来了：

我该如何对他们——不管是利特尔还是诺雷利，阿里斯泰尔或伊桑，对戴维，甚至对简解释清楚？我听得到他们对我讲话；他们的声音在我内心深处回响，在我周围萦绕不去。当我无法忍受失去他们的痛苦，想起他们失去的——恕我直言——他们失去的生命时，我就会听到他们的声音。当我想和人聊天时，我就会听到他们在讲话。就算我不想听到他们的声音，我仍然听得到。"猜猜我是谁"，他们会这样说，而我就会容光焕发，心花怒放。

我会回应他们。

75

那句话，像烟雾般悬浮在空中。

越过利特尔，我看到阿里斯泰尔和伊桑的眼睛都瞪得那么大；也看到戴维，下巴都快掉下来了。出于某种原因，诺雷利却垂下了视线。

"福克斯医生？"

利特尔。我费劲地将视线移到他身上，其实他就在我对面，隔着厨台，他的整张脸都被午后的阳光照亮了。

"安娜。"还是他。

我没有挪动。动不了。

他吸了一口气，屏住呼吸，停顿一下才呼出来："菲尔丁医生把情况告诉我了。"

我吃力地压下眼皮，闭紧。只能见到黑暗。只能听到利特尔的声音。

"他说，有个州警发现你落在悬崖底部。"

是的。我记得他的声音，中气十足的一声呼喊沿着光滑的峭壁落下来。

"那时候，你已经困在外面两个晚上了。在暴风雪里。隆冬时节。"

从我们偏离山路到直升机出现，总共三十三小时。水平的螺旋桨在头顶掀起旋涡般的气流。

"他说，他们下去救你们时，奥莉薇亚还活着。"

妈咪，他们把她抬上担架、在她幼小的身体上盖上毛毯时，她曾呼唤过我。

"但你的丈夫已经去世了。"

不，他没有。他就在那儿，千真万确，再真切不过了，他的身体在雪地里越来越冷。内脏破损。他们向我解释。再加上暴露在风雪里，致使伤势恶化。无论你做什么都无力回天。

其实有很多事我可以做到，会有不一样的结局。

"你的病就是从那时开始的。不能走出去的病。创伤后应激障碍。我对这一点——我是说，我真的无法想象。"

天哪，我是那样蜷缩在医院的荧光灯下；在警车里那样惊惶无助。我跌倒了多少次啊，不知道多少次鼓起勇气迈出家门，一次，两次，再来一次，结果总是连滚带爬地逃回屋里。

锁上门。

关死窗户。

对自己发誓：再也不出去了。

"你想待在安全的地方。我理解这一点。他们找到你的时候，你都快冻僵了。鬼门关里走了一遭啊。"

我的指尖在抠自己的掌心。

"菲尔丁医生说，你有时候会……幻听。"

我把眼睛闭得更紧，仿佛这样就能让黑暗更黑一层。他们不是幻觉，你懂吗，我对菲尔丁医生讲过；我只是假装他们时不时地出现在这里，在我身边。就当这是我的应对机制吧。我知道，和他们频繁交谈是不健康的。

"有时候，你也会讲话，回应他们的声音。"

我感觉得到，阳光照在我的后脖颈上。你最好不要过分沉醉于这种交谈，菲尔丁医生警告过我。我们不该指望他们成为一种依靠。

"所以，我有点困惑，因为根据你所说的，我以为他们只是住在别的地方而已。"我没有对利特尔指出一点：从原则上来说，我说的都属实。但我已经没有斗志了。我现在空荡荡的，比空酒瓶还空。

"你对我讲过，你们分居了。你女儿和你丈夫在一起。"原则上，确实属实。我好累。

"你对我也是这样讲的。"我睁开眼睛。现在，这间屋子沐浴在阳光里，阴影消退。他们五人立于我面前，好像棋盘上的五颗棋子。我看着阿里斯泰尔。

"你对我说，他们住在别的地方。"他嘴唇微张，一脸嫌恶我的表情。事实上，我不是这样说的——我从没说过他们住在什么地方。我很小心的。但事已至此，无所谓了。一切都无所谓了。

利特尔的手越过厨台，覆盖在我的手上。"我知道你度过了一段苦日子。我也相信，你真的相信自己遇到了这位女士，就好像你相信自己和奥莉薇亚、和埃德交谈那样。"讲到最后时，有个短暂的停顿，好像他一时间不能肯定埃德叫这个名字，不过，也许他只是在控制自己的节奏。我凝视他的眼睛。深不见底。

"但你所想的，并非真实。"他的语气像雪花那样轻柔，"我想让你放手，让这一次的事到此为止。"

我发现自己竟然在点头。因为他是对的。我越过了界线，走得太远了。阿里斯泰尔不是说过吗：这事必须就此了断。

"你要明白，还有人在关心你。"利特尔握紧了我的五指。关节发出声响。"菲尔丁医生，还有那位理疗师。"还有呢？我想说，还有谁？"还有……"我的心突然雀跃起来：还有谁在关心我？"他们都想帮你。"

我垂下目光，只是看着台面，看自己的手，被他捏在手心里。看他暗金色的婚戒。看我的婚戒。

现在甚至比刚才更寂静了。"医生说——他告诉我，你服用的那些药可能导致幻觉。"

还有抑郁。还有失眠。还有"自燃"。可是，这些都不是幻觉啊，是——

"也许对你来说没问题。因为我也觉得不是问题。"

诺雷利插话了："简·拉塞尔——"

但利特尔扬起一只手，目光没有移开我的脸，诺雷利就不再讲了。

"我们查过了，"他说，"207的女主人，她没有问题。如假包换。"我没问他们是怎么查的。我已经不在乎了。而且，我非常疲惫。"至于你认为你遇到的这位女士——我想……你并没有真的遇到过。"

我又在点头了，这实在出乎我的意料。但那又是为什么……

不用我开口，他已经在回答了："你说她帮助你从街上回来。但也许那只是你自己。我不知道，也许你……是梦见的。"

如果我醒着做梦……我是在哪里听到过这句话的？

但我可以看到那个画面，就像看电影一样清楚，彩色的镜头：我，拖着自己的身体走下门阶，跌落在那几级台阶上；拖着我自己走进门厅，走回家里。我几乎都记得一清二楚。

"你还说，她在这里和你下棋，画画。可是……"

可是，又是可是。哦，天哪。我依然能看到那一幕：酒瓶，药罐，卒，后，黑白两色的两支部队——我的手触摸到了棋盘，像直升机螺旋桨那样一圈圈扰动。瞧我的手指，沾上了墨水，指间夹着一支钢笔。是我在练习签名吗？还在浴室玻璃门的水汽里龙飞凤舞写她的名字，那几个字混着蒸汽和水柱，从玻璃上流淌下去，在我眼前消失了。

"你的医生说，他没听你讲过这件事。"他停顿一下，"我想过，你没跟他讲，可能是因为你不想让他……劝服你摆脱这件事。"

我摇摇头，又点点头。

"我不知道你听到的那声尖叫是怎么回事……"

我是听到了。伊桑也是。他从没否认过。那天下午，我看到他和她坐在小客厅里——他甚至没有和她对视。他低头看着自己的膝盖，而不是身边的空座位。

我去瞄他，看到他轻轻地把庞奇放在地板上。他一直在看着我，没有移开过视线。

"我不知道这张照片又是怎么回事。菲尔丁医生说，你有时会自说自话，自导自演，也许这是你寻求帮助的方式。"

是我拍的吗？肯定是我，不是吗？就是我。那还用说：猜猜我是谁——那是我和莉薇、埃德打招呼时的用语。以前的用语。guesswhoanna（猜猜我是谁，安娜）。

"不过，至于你那天晚上看到的……"

我知道我那天晚上看到了什么。

我看了一部电影。我看了一部黑白惊悚电影的修复版，恢复了血淋淋的逼真画面。我看过《后窗》《粉红色杀人夜》《放大》。我看过一整套作品集，足有上百部以偷窥狂为主角的惊悚电影。

我看了一场没有杀人犯，也没有受害者的杀人事件。我看到空无一人的小客厅，无人落座的沙发。我看到了我想看到、我需要看到的事物。你一个人待在这儿不孤单吗？鲍嘉问过白考尔，也这样问过我。

我生来就很孤单，她是这样回答的。

可我不是。我是被迫变得孤单的。

如果我已错乱到和埃德、和莉薇交谈，那么，我肯定也可以在脑海里布置一场谋杀。更何况，还有某些化学药物在帮我。我不是一直在抗拒现实吗？难道我没有扭曲、搅和甚至摧毁现实吗？

简——真正的简，有血有肉的简：她当然可以验明正身。

戴维卧室里的耳环当然是凯瑟琳的，或是其他女人的。

当然，昨晚也没有人闯入我家。

这念头如同巨浪，冲垮了我自己。我的海岸已沦陷，一切尽被清空；只剩下几行沙痕，像手指一样指向大海。

我错了。

更糟的是：我自欺欺人。

最糟的是：要对一切负责的人是我。以前是，至今仍是。

如果我醒着做梦，那我就要疯了。想起来了：《煤气灯下》。

一片沉寂。我甚至听不到利特尔的喘息声了。

接着：

"原来是这样。"阿里斯泰尔不断地摇头，嘴唇放松下来，"我——哇哦。老天爷啊。"他用力地看了我一眼，"说真的，天哪！"

我干咽口水。

他又盯着我看了一会儿，张口，又合上，再一次摇了摇头。

他终于朝自己的儿子打了个手势，朝门口走去："我们走吧。"

伊桑跟着他走进门厅，又抬起头来，眼里莹莹闪光："我很遗憾。"他的声音很轻。我想哭。

他也走了。咔嗒一声，门关上了。

现在，只剩我们四个人了。

戴维迈了一步，好像在跟自己的脚趾讲话："也就是说，楼下照片里的那个孩子——她死了？"

我没有回答。

"你想让我把那些蓝图保存下来，是为了一个死人？"

我没有回答。

"那……"他指了指戳在地下室门口的折叠梯。

我一言不发。

他点点头，好像我已一一作答。接着，他把背包的肩带又往上提提，转身，走出了门口。

诺雷利看着他离去："我们要和他谈谈吗？"

"他困扰到你了吗？"利特尔问我。

我摇摇头。

"好吧。"说着，他这才松开我的手，"老实说，我不太适合……处理接下来的事情。我的职责是终止这件事，确保大家平安无事地继续生活，包括你。我知道这段日子对你来说很难熬。我是说，今天。所以，我想让你给菲尔丁医生打个电话。我认为这很重要。"

自从诺雷利当众宣布了那句话，你的丈夫和女儿都死了，我还没有说过一个字。我不知道自己的声音会变成什么模样，在这个一字一句都被宣讲出来、被听得一清二楚的新世界里，我的声音听起来一定会很可怕。

利特尔还有话要说："我知道你很煎熬——"他停顿下来，再开口时，声音变轻了，"我知道你很煎熬。"

我点点头。他也是。

"看起来，我们每次来你家，我都要问一遍，但这次我还是要问：留下你一个人，没事吧？"

我再次点头，动作很慢。

"安娜？"他注视着我，"福克斯医生？"

我们调整到了福克斯医生的模式。我开口说话："没事。"这声音，就好像你戴着头戴式耳机听别人讲话——闷闷的，似乎来自很遥远的地方。

"考虑到——"诺雷利也开口了，但利特尔再次扬起手，她也再一次收声。我想不出她要说什么。

"你有我的号码。"他提醒我，"听我的话，给菲尔丁医生打电话。

求你了。他会想和你谈谈的。别误会我们的意思，我们两个。"他指了指他的搭档："包括瓦尔。她骨子里是个忧心忡忡的人。"

诺雷利看着我。

现在，利特尔往后退了，似乎不太情愿转身就走："我之前说过，我们那儿有很多好心人，可以陪你聊天，只要你愿意。"诺雷利转身离去，消失在门厅里。我听到她的鞋跟嗒嗒地走在瓷砖地上，接着听到前门打开了。

现在，只有我和利特尔了。他的视线越过我，看向窗户。

"你知道吗？"又隔了一会儿，他说道，"如果我的女儿出事了，我真的不知道该怎么办。"他转回视线，看着我，"完全不知道该何去何从。"

他清了清嗓子，扬了扬手："再见。"他走进门厅，在身后关上门。

过了一会儿，我听到前门关上了。

我站在自家的厨房里，呆呆地看着尘埃微微飞扬，在阳光里飘浮又散去。

我的手慢慢移向酒杯，轻轻地端起来，在掌心里旋转。端到面前。深呼吸。

接着，我把这该死的玩意扔向墙壁，尖叫起来。我这辈子都没有这样大声地嘶吼过。

76

坐在床边的我呆呆地目视前方。影子在我面前兀自嬉戏。

我点亮了一支蜡烛，蒂普提克杯装香烛，刚从礼品盒里拿出来的，那是两年前莉薇送给我的圣诞节礼物。无花果味。她最喜欢无花果了。

过去时态的喜欢。

一丝不知从何处来的微风吹进卧室。火苗摇摆，紧贴在烛芯上。

一小时过去了。接着，又是一小时。

蜡烛燃得很快，只剩一半烛芯浸没在软软的蜡油里。我就在刚才坐下的地方低身伏倒。十指夹在大腿之间。

手机突然亮起来，振动。朱利安·菲尔丁。他和我约定的诊疗就在明天。他不会来的。

夜幕降临。

你的病就是从那时开始的。这是利特尔说的。不能走出去的病。

他们在医院里告诉我，我受到了惊吓。惊吓转变为恐惧。恐惧演变为惊慌。等到菲尔丁赶到现场时，我已成了——他用尽量简单、也是最精准的话来表达——"严重的恐旷症患者"。

我需要在家，把自己固定在熟悉的地界里——因为我在荒山野外熬了两晚，在那广阔无垠的天穹下。

我需要自己可以掌控的环境——因为我眼看着亲人慢慢死去。

你知道，我不会刨根问底，问是什么让你变成这样的。她这样对我说过。也可能，是我对自己说过。

是生活，生活让我变成这样。

"猜猜我是谁？"

我摇摇头。现在我不想和埃德讲话。

"女汉子，你感觉如何？"

我再次摇摇头。我不能讲话，不愿开口。

"妈咪？"

不行。

"妈咪？"

我往后退缩。

不行。

不知何时，我变成了侧躺的姿势，睡着了。醒来时，脖子好酸，火苗已缩小成微妙的蓝色光点，在冰冷的空气里摇曳。卧室突然陷入了黑暗。

我坐起来，站起身，骨头咯吱咯吱响，像生锈的梯子。我摇摇晃晃地走进洗手间。

转身时，我一眼看到拉塞尔家灯火通明，像一座辉煌的玩具屋。伊桑在楼上，坐在电脑前；阿里斯泰尔在厨房里，手握菜刀在砧板上来回切着什么。胡萝卜，霓虹灯般的橙红色在厨房灯光下显得很耀眼。一杯红酒立在台面上。我立刻觉得口干舌燥。

还有那个女人，在小客厅里那个彩条纹的双人沙发上。我猜，我应该叫她简了。

简拿着手机，另一只手用力地在屏幕上滑来滑去。大概是在看相册吧，或是玩纸牌，或是别的——最近好像很多游戏都和水果有关。

也可能是在和她的朋友们汇报最新情况。还记得那个变态邻居吗？……

嗓子干透了。我走到窗前，放下窗帘。

就这样，我站在黑暗里：冷，彻底的孤单，充满恐惧，以及某种酷似渴望的感觉。

星期二

11 月 9 日

77

整个上午，我都赖在床上。还没到中午的时候，我迷迷糊糊地挪动手指，给菲尔丁医生发了条短信：**今天不行**。

过了五分钟，他打来电话，留下语音信息。我没有去听。

眨眼就过了中午；到了下午三点，肚子开始闹翻天了。我恍惚地走下楼，从冰箱里翻出一只长了斑点的西红柿。

就在我咬下去的时候，埃德试图和我讲话。然后是奥莉薇亚。我转身，不理会他们，果汁流到了我的下巴。

我喂了猫。我吞下一颗安定，又吞了一颗，然后是第三颗。倒头就睡。我只想睡。

星期三

11 月 10 日

78

　　饥饿唤醒了我。我去厨房，把葡萄干麦片倒在碗里，加了些牛奶，今天刚好到了牛奶的保质期。我其实一点也不喜欢葡萄干麦片，是埃德爱吃。过去时态的爱吃。嚼的时候扎牙膛，吞下去的时候扎喉咙——我不明白自己为什么一直买这种麦片。

　　当然，我很明白原委。

　　我想回床上躺下，但双脚自动走向起居室，慢慢地走向电视机柜，慢慢地拉开抽屉。《迷魂记》，我心里有了主意。搞错身份——确切地说，是用别人的身份。我简直能背出台词。奇怪的是，那有宽慰我心的作用。

　　"你怎么了？"警察冲着詹姆斯·斯图尔特、也冲着我大喊，"把你的手给我！"说完，他就失足从屋顶滑落下去。

　　奇特的宽慰感。

　　电影放到一半时，我又给自己倒了一碗果仁麦片。关冰箱门的时候，埃德在我耳边低语；奥莉薇亚含含糊糊地说了句什么。我回到沙发，把电视机的音量开大。

　　"他太太？"站在深绿色捷豹车旁的女人问道，"可怜的人。我不认识她。告诉我：她是不是真的……"

　　我又往靠垫里靠了靠。睡意袭来。

　　后来,电影播放到改头换面的那一段（"我不想穿得和死人一样！"），我的手机突然振动起来，在咖啡桌的玻璃板上磕出声响。我心想，准是菲尔丁医生，便伸手拿起电话。

"我来这儿就是为了这个？"金·诺瓦克[1]呼喊着，"让你觉得你和某个死人在一起？"

手机屏幕上显示：**韦斯利·布里尔**。

我愣了半晌。

接着，把电影调成静音，按下拇指，滑动，举到耳边。

我发现自己开不了口。但我也不需要讲什么。片刻沉默后，他对我说道："我可以听到你的呼吸，福克斯。"

几乎已经过去十一个月了，但他的声音还是那么震耳欲聋，一如往常。

"菲比说你打过电话，"他继续说下去，"我昨天想给你回电的，但太忙了。非常忙。"

我什么也没说。接下来的一分钟里，他也没说话。

"你在吗，福克斯，还在听吧？"

"我在。"我已好几天没听到自己的声音了。听起来很陌生，很虚弱，好像有人在我肚子里讲话。

"好吧。是我多心了。"他在斟字酌句；我知道，他肯定咬着一根香烟。"我的推断是正确的。"一阵轻微的噪声。他在对着话筒吹出烟雾。

"我昨天想和你聊聊。"

我一开口，他就安静下来了。我能感觉到，他在调整自己；我几乎听得到——他呼吸的节奏变了。他切换到了心理学家的模式。

"我想告诉你……"

沉默良久，他清了清嗓子。我猛然意识到他有点紧张，这可不寻常。韦斯利·太厉害，竟然会紧张。

"这段日子，我很不好受。"我说出来了。

---

1. 金·诺瓦克（1933—　），美国女演员，代表作有《欢喜冤家》《迷魂记》等。

"有什么特殊的事让你难受吗？"他问道。

我的丈夫和女儿死了，就是这件事。我好想大声地说出来："我……"

"嗯哼。"他是故意拖延，还是在等我讲下去？

"那天晚上……"我不知道该怎样讲下去。我觉得自己像罗盘上的指针一样转个不停，不知该安顿在哪里。

"你在想什么，福克斯？"真不愧是布里尔，可以这样鼓励我一吐为快。我的策略是让病人按照自己的节奏来倾诉；韦斯利的进程始终比我的快。

"那天晚上……"

那天晚上，就在我们的车坠落悬崖之前，你打过我的电话。我不是在责怪你。我不想把你扯进来。我只想让你知道。

那天晚上，事情已经结束了——在说了四个月的谎言之后：对菲比撒谎，她大概已经猜出个七八分了；对埃德撒谎，他已经发现了，因为十二月的那个下午，我把本该发给你的短信错发给了他。

那天晚上，我们共度的分分秒秒都让我悔恨无比：我们在街角旅店里度过的那些清晨，稀薄的阳光透过窗帘照进来；那些夜晚，我们互发几小时的短信。还有那天：一切都是从你办公室里的那杯红酒开始的。

那天晚上，我们把这栋房子挂牌出售已有一周，房产经纪人开始带人来看房，我苦苦哀求埃德，他却狠下心来，看都不看我一眼。我一直以为你是个好女孩。

那天晚上——

但他打断了我。

"坦白说，安娜"——我的身体僵住了，因为他几乎总是直言不讳，但他真的很少、很少直呼我的名字——"我一直想试着忘掉那件事。"他停顿一下，"不仅是尝试，总体来看，也可以说即将成功。"

哦。

"后来你不想见我。在医院里，我想——我提议去你家看望你，记得吗？但你还是不肯——你没有回复我。"他说得磕磕巴巴、语无伦次，像在雪地里艰难跋涉的人，像围着坠毁的汽车绕圈子的女人。

"我那时候不知道——现在也不知道你是不是有医生。我是说，心理方面的专家。我很乐意给你推荐一位。"他又停了停，"当然，如果你一切都好，那就……好吧。"又停顿下来，这次沉默的时间更长久。

最后："我不太确定，你想让我做什么。"

我错了。他没把自己切换到心理医生的状态；他并不想帮我。他用了整整两天才给我回电。他是在寻求出路，想逃避。

我想让他做什么呢？问得好。我不怪他，真的。我不恨他。我也不想念他。

我给他的诊所打电话的时候——只是两天前吗？——肯定有所希冀。但当诺雷利把那句有魔力的实话公布于众后，世界就变了。现在，不管我曾经想要什么，都不再重要了。

我肯定把这句话讲出来了。他在问："什么不重要了？"

你，我心想。这句话我没有讲出来。

没再讲什么，我直接挂掉了电话。

星期四

11 月 11 日

79

十一点整，门铃响起。我费劲地让自己从床上爬起来，从前门楼上的窗户望出去。等在门口的是比娜，一头乌发在晌午的阳光下闪闪发亮。我都忘了她今天要来。我完全把她忘了。

我往后退，巡视对街的房屋，从东到西一家一家看过去：格雷姐妹，米勒家，武田家，空置的双户联排小楼。我的南部帝国。

门铃又响了一遍。

我慢慢地走下楼，穿过门厅时，在对讲机的屏幕上看到她的脸。按下通话键，我说："我今天感觉不太好。"

我看到她在说："要我进去看看吗？"

"不用了，我还好。"

"我可以进去吗？"

"不用了，多谢。我真的想一个人待着。"

她在咬下嘴唇："一切都好吗？"

"我只想一个人待着。"我重复一遍。

她点点头："好。"

我在等她离去。

"菲尔丁医生把事情告诉我了。他是从警察那儿听说的。"

我什么也没说，只是闭上眼。漫长的沉默。

"好吧——那我们就下周见。"她说，"老时间，周三。"

也许还是见不成。"好的。"

"如果有任何需要，你会给我打电话吧？"

我不会。"我会的。"

我睁开眼，看到她又点了点头。她转身，走下了门阶。

完事了。先是菲尔丁医生，现在是比娜。还有谁？对了：明天是伊夫。我要写邮件通知他取消课程。Je ne peux pas（我不能）……

我还是用英语写吧。

走回楼梯前，我把庞奇的食盆和水盆装满。它慢吞吞地走过来，舌头在珍喜猫粮里翻卷起来，然后又挠了挠耳朵——就在这时，水管汩汩作响。

戴维，在楼下。我有一阵子没想起他了。

我在地下室门口停住脚步，抓住折叠梯，把它移开。我敲了敲门，喊了他的名字。

没反应。我又喊了一声。

这一次，我听到脚步声了，就拉开插销，提高了嗓门。

"我把锁打开了。你可以上来。"我想了想，又加了一句，"如果你想上来的话。"

话音未落，门就开了，他站在我面前，比我低两级阶梯。他穿着紧身 T 恤、磨得光秃秃的牛仔裤。我们对视了一下。

是我先开口的："我想——"

"我正准备搬出去。"他说。

我眨眨眼睛。

"这样有点……怪。"

我点点头。

他在后袋里摸了摸，掏出一张纸，递给我。

我一言不发地接过来，摊开。

真的没办法。抱歉我让你生气了。钥匙留在门垫下了。

我又点点头，听得到落地钟的走秒声响彻这间屋子。

"好吧。"我说。

"钥匙就给你吧。"他递给我，"我走后会把门锁上的。"

我接过钥匙。又是一段漫长的沉默。

他凝视我的眼睛："那只耳环。"

"哦，你不用——"

"那是一个叫凯瑟琳的女人的。我说过。我不认识拉塞尔那家伙的老婆。"

"我知道。"我说，"我很抱歉。"

他点点头，然后关上了门。

我没有再锁上那道门。

回到卧室里，我给菲尔丁医生发了一条短信：**我很好。周一见**。他立刻给我打来电话。铃声响啊响，然后停止。

比娜，戴维，菲尔丁医生。我是在一步一步清空这个家。

我在主卧的卫浴间门口停下来，端详淋浴间，那模样就像别人在画廊里欣赏一幅画；不适合我，我做出了决定，至少今天不适合。我挑出一件睡袍（必须把沾上红酒的那件洗了，我提醒自己，哪怕时至今日，酒渍早已干透，洗也洗不掉了），又晃荡着下楼，去了书房。

我有三天没坐在电脑前了，抓起鼠标，滑动。屏幕亮了，要求我输入开机密码。那就输入。

结果，我再一次看到自己熟睡中的脸孔。

我一下子靠在椅背上。这么久了，它就一直潜伏在黑漆漆的屏幕后面，这个丑陋的秘密。我用力拍打鼠标，好像在打蛇的七寸：催促鼠标飞奔到角落，把这张图片关掉。

好了，现在我看到的是邮件页面，又看到了把它偷偷塞到我眼皮底下的那个地址：guesswhoanna。

猜猜我是谁。我不记得自己做过这件事，这个——诺雷利怎么说来着？"半夜的自拍"？我对天发誓，没有印象。可这句话确实是我说的，是我们家常说的话；戴维有不在场证人（证明自己不在场的证人——我认识的人里，从来没有谁要当不在场证人，或者需要一个不在场证人）；那就没人可以进入我的卧室了。没有《煤气灯下》那样的情节。

难道……这张照片还在我手机的相册里？

我皱起眉头。

是的，应该在。除非我故意删除，但……好吧。但是……

尼康相机被我随手搁在书桌边缘，肩带垂在书桌外。我伸手够到带子，把相机拉过来，打开相机，查看相册。

最近的照片：阿里斯泰尔·拉塞尔，穿着大衣，跃上他家门前的台阶。日期：11 月 6 日，周六。之后就没有拍过照片了。我关掉相机，放回桌上。

不管怎么说，尼康太笨重了，不太可能用于自拍。我从睡袍口袋里摸出手机，输入密码，按下相册的图标。

瞧，就在这儿，第一张就跳出来了：和邮箱里的照片一模一样，只不过在 iPhone 屏幕上看起来小了很多。微张的嘴巴，垂落的头发，鼓起的枕头——时间显示：02：02 a.m.。

没有别人知道我手机的密码。

还有一个办法可以证实这件事，但我已经知道结果了。

我打开浏览器，输入 gmail.com 的域名。眨眼间就出现了登录页面，用户名自动出现：guesswhoanna。

真的是我，给自己发了自拍照。猜猜我是谁。安娜。

只能是我。也没有人知道我电脑的开机密码。就算有人潜入了这栋房子——就算戴维用别的办法进来了——知道密码的人只有我。

我的心一沉。

对天发誓，我一点都不记得做过这些事。

80

我把手机放回口袋，深吸一口气，登录阿戈拉。

一大堆留言等着我看。我匆匆浏览了一遍。大部分都是老朋友留的，汇报情况的人包括：迪斯科米奇，玻利维亚的佩德罗，湾区的塔利亚。萨莉4号的留言更夸张——**怀孕了！四月生！**

我瞪着屏幕足有半晌。心好痛。

还有一些新人。有四位在寻求帮助。我的手指放到了键盘上，却又落到了膝头。我算哪门子医生？胆敢告诉别人、任何人，应该如何应对情绪紊乱？

我选中所有信息，按下了删除键。

就在我准备退出时，一个对话框跳了出来。

莉齐奶奶：你好吗，安娜医生？

干吗不呢？我都已经和别人道别了。

医生在此：莉齐，你好！儿子们还和你在一起吗？
莉齐奶奶：威廉还在！
医生在此：太好了！你有进展吗？
莉齐奶奶：真的特别特别神奇。我可以定期外出了。你呢？
医生在此：都还好。今天是我的生日。

老天爷，我心想——这是事实。我全忘光了，自己的生日。过去的一周里，我压根没想过这事。

莉齐奶奶：生日快乐！是个大生日吗？

医生在此：一点都不大。除非你觉得三十九就是老人了！

莉齐奶奶：我还巴不得三十九呢……

莉齐奶奶：你有家人的消息吗？

我捏紧了鼠标。

医生在此：我要跟你坦白。

莉齐奶奶：？？

医生在此：我的家人去年十二月都去世了。

光标闪动。

医生在此：车祸。

医生在此：我有了外遇。我丈夫和我为此争执，车子偏离了道路。

医生在此：我开的车，开出了道路。

医生在此：我在看一个精神科医生，帮我解决愧疚的问题，还有恐旷症。

医生在此：我希望你知道真相。

必须就此了断。

医生在此：我得走了。很高兴知道你有所好转。

莉齐奶奶：哦，亲爱的……

我看到她在输入新信息，但我不想等了。我关掉对话框，退出。
阿戈拉也到此为止吧。

81

到今天已经三天了，我滴酒未沾。

刷牙时突然想到了这一点。（我可以暂缓洗澡，但刷牙是刻不容缓的事。）三天了——我什么时候忍过这么久？甚至想都没想到酒。

我低下头，吐口水。

药妆柜里塞满了瓶瓶罐罐。我选中了四瓶。

走下楼去，黄昏的灰色光线从头顶的天窗照下来。

坐进沙发，我选中一瓶药，翻倒，拖着它从咖啡桌的一头走到另一头。一连串药片像面包屑一样跟在小药罐后面。

我仔细地看着它们，数数有多少颗，再把它们全部拢到微微弯曲的掌心里，再一松手，洒在桌面上。

挑出一颗，送进嘴边。

不——再等等。

倏忽间，夜色降临。

我转向窗户，远远地眺望公园那边，那栋小楼，让我的忧思焦虑尽情表演的舞台。我心想，多么诗意啊。

那栋小楼的窗户里忽明忽暗，闪着生日蜡烛的火光；房间里没有人。

我觉得，某种疯狂似乎已将我释放。我打起寒战。

我走上楼梯，直奔自己的房间。明天，我要把最喜欢的几部电影重温一遍。《午夜蕾丝》。《海外特派员》——至少看看风车那一段。《距贝克街23步远的地方》。不妨也把《迷魂记》再看一遍；上次看的时候我打瞌睡了。

后天……

躺在床上，脑海中只有睡意，我开始聆听这栋小楼的脉动——楼下的落地钟敲响九下；地板吱吱呀呀。

"生日快乐。"埃德和奥莉薇亚在欢呼。我翻过身，躲开他们的声音。

这也是简的生日，我记得。我为她选定的生日。十一月十一日。

又过了一会儿，在沉寂的深夜里，我在蒙眬中醒了片刻，听到猫在漆黑的楼梯上轻轻跑动。

星期五

11 月 12 日

82

天窗洒下一片阳光，把楼梯照得明晃晃的，最终落定在厨房外的走廊里。我走进那个大光斑，好像站到了聚光灯下。

除了这里，处处都笼罩在黑影中。我拉下了所有窗帘，关死了每一扇百叶窗。黑暗如同浓烟，我几乎可以闻得出来。

电视机里播放着《夺魂索》的最后一幕。两个英俊的年轻男子，一位被谋杀的同班同学，一具尸体被装在客厅中央的古董皮箱里，又是詹姆斯·斯图尔特，在看似一镜到底的长镜头中独领风骚（事实上，这部影片由八段十分钟长的胶片剪辑而成，但剪得天衣无缝，尤其考虑到那是在 1948 年，效果堪称惊人）。"猫和老鼠，猫和老鼠。"身边的大网越收越紧，法利·格兰杰[1]坐立不安地说："但究竟谁是猫，谁是老鼠？"我也大声地念出这句台词。

我自己的猫趴在沙发背上，四肢摊开，尾巴像条中了魔咒的蛇般摇来摇去。它扭伤了左边的后爪；我今天早上刚发现它一瘸一拐的，伤得很厉害。我已经把它的食盆装满了，足够几天的分量，就是为了让它少走——

门铃响了。

我吓了一跳，半坐起身子，靠在靠垫上，不由自主地扭头朝门口看。

---

1. 法利·格兰杰（1925—2011），美国演员，是悬念大师阿尔弗雷德·希区柯克的爱将之一。

会是谁？

不可能是戴维，不可能是比娜。肯定也不会是菲尔丁医生——他是留了很多条语音信息，但我觉得他不可能不打招呼就直接上门；除非他在某条留言中提过，但我没仔细听。

门铃又响了一遍。我按下暂停键，把脚放到地板上，然后才站起来，走向对讲机。

是伊桑。他两只手插在口袋里，围巾松散地绕在脖子上，头发在阳光下闪亮。

我按下通话键。"你父母知道你来这里吗？"我问。

"没关系的。"他答道。

我犹疑了一下。

"真的很冷呢。"他又讲了一句。

我按下了开门键。

片刻之后，他就走进了起居室，还带来一股冷风。"谢谢。"他短促地呼吸，哈出气来。"外面冻死人了。"他朝四周看看，"这儿真暗呀。"

"只是因为外面太亮了。"我嘴上这么说，心里却知道他说得对。我打开了落地灯。

"要我打开百叶窗吗？"

"好啊。其实也不用，这样挺好的。不是吗？"

"好吧。"他应了一声。

我靠在贵妃椅上。"我可以坐这儿吗？"伊桑指了指沙发。我可以吗，我可以吗。对一个十几岁的男孩来说，他实在是恭敬有礼。

"当然可以。"他这才坐下来。庞奇从沙发背上溜下来，一眨眼的工夫就爬到沙发底下去了。

伊桑左看看右看看："壁炉能用吗？"

"是烧煤气的，但可以用。你想让我点上吗？"

"不用了，只是问问。"

一阵沉默。

314

"这些药都是干吗用的？"

我的视线猛然扭向咖啡桌，药片一颗一颗散落在桌面上；总共有四罐药，像四株立于空地的塑料树，其中一罐是空的。

"只是想数一数。"我解释说，"装新药用的。"

"哦，这样啊。"

继续沉默。

"我过来是想——"他开口时，我刚好叫了他的名字。

我抢着说道："对不起。"

他连忙点头。

"我非常抱歉。"现在，他只埋头看着膝头，但我执意讲下去，"给你们带来这么多麻烦，很抱歉，把你也扯进来了。我——那么……自以为是。我真的以为发生了什么意外。"

他冲着地板点点头。

"我这一年……真的很难熬。"我闭起眼睛；睁开时，看到他正注视着我，眼睛那么明亮，似乎在搜索着什么。

"我失去了自己的孩子和丈夫。"咽下去。说出来。"他们死了。他们都死了。"呼吸。呼吸。一，二，三，四。

"我就开始酗酒，比往常喝得还多。我还给自己配药吃。这是不对的，很危险。"他专注地看着我。

"并不——倒不是说我相信他们真的在和我交流——你知道的，从……"

"另一个世界。"他的声音很轻。

"没错。"我在贵妃椅里挪了挪身子，朝前倾一点，"我明白他们已经不在了，死了。但我很喜欢听到他们的声音。还感觉……很难描述。"

"感觉彼此相连？"

我点点头。他真是个与众不同的少年。

"至于别的事——我不……我甚至记不住大多数事情。我猜，我是想和别人产生联结的。或者说，需要。"我摇了摇头，头发垂在我的两颊上。

"我不能理解。"我直勾勾地看着他，"但我很抱歉。"又清了清嗓子，坐直身子。"我知道，你来这里不是为了看一个成年人哭泣。"

"我也在你面前哭过。"他可真是一针见血。

我笑了："这么说倒很公平。"

"我借走了你的影碟，记得吗？"他从大衣口袋里抽出碟盒，放在咖啡桌上。《荒林艳骨》。我确实忘了。

"你能看吗？"我问。

"能。"

"感觉如何？"

"怪吓人的，那个家伙。"

"罗伯特·蒙哥马利[1]。"

"演丹尼的那个？"

"是的。"

"真的很吓人。我喜欢他问那个女孩——呃……"

"罗莎琳德·拉塞尔[2]。"

"演奥莉薇亚的？"

"是的。"

"他问她是不是喜欢他，她说不，他就说'别人都喜欢'。"他咯咯地笑起来。我也露出笑容。

"很高兴你喜欢这部电影。"

"喜欢。"

"黑白片没那么难看吧。"

"嗯，挺好看的。"

"你想借哪部电影都可以，随时欢迎。"

"多谢。"

"但我不想招惹你父母对你发火。"话音刚落，他就转过头去，看

---

1. 罗伯特·蒙哥马利（1904—1981），美国演员，代表作有《荒林艳骨》《太虚道人》等。
2. 罗莎琳德·拉塞尔（1907—1976），美国女演员，代表作有《荒林艳骨》《玫瑰舞后》等。

着壁炉。但我仍要讲："我知道他们很容易暴怒。"

他没回答，但轻轻地哼了一声。"他们有他们的问题。"又扭头看着我，"真的很难忍受他们。我是说，超极难。"

"我认为，很多年轻人都觉得很难和父母相处。"

"不，他们是真的很难相处。"

我点点头。

"我等不及去上大学了，"他说，"还有两年。甚至不到两年。"

"你知道自己想去哪里吗？"

他摇摇头。"那倒没有。反正就是要走得远远的。"他把手弯到背后，挠了挠背，"反正我在这儿也没什么朋友。"

"你有女朋友吗？"我问。

他摇摇头。

"男朋友？"

他瞪着我，一副惊讶的样子，然后耸耸肩："我会找到答案的。"他这样解释。

"说得好。"我在想，他父母是否知道这一点。

落地钟敲响了，一下，两下，三下，四下。

"你知道的，"我说，"楼下的套间现在空着。"

伊桑皱起眉头："那个租客呢？"

"他走了。"我又假装咳嗽一下，"不过——如果有需要，你可以使用那个房间。你需要自己的空间，我很明白这一点。"

我是在报复阿里斯泰尔和简吗？我觉得不是。我甚至没想到那一点。但这或许挺好的——很好，我可以肯定——会有个人在这里陪陪我。还是个年轻人，哪怕他是个寂寞的少年。

我往下说，就像销售员要把卖点讲清楚："没有电视，但我可以把Wi-Fi密码给你。下面还有个沙发。"我说得很轻快，好像已经说服了自己。"如果待在家里很难受，你就可以来这里。"

他目光如炬："那简直太好了。"

317

趁他还没改主意，我先站了起来。戴维还给我的钥匙在厨台上，昏暗的光线里，可以看见一个银色的小碎片。我把它放在手心里，递给伊桑，他也站起来了。

"太好了。"他再次称赞，把钥匙揣进了衣袋。

"随时都可以过来。"我对他说。

他瞄了一眼门口："我好像该回家了。"

"没错。"

"多谢——"他拍了拍衣袋，"还有影碟。"

"不用客气。"我跟着他走进了门厅口。

出门前，他转过身，朝沙发摆了摆手："小家伙今天挺害羞的。"又看了看我。"我有手机了。"他自豪地对我说。

"恭喜。"

"想看看吗？"

"当然。"

他拿出一个边角有磨损的 iPhone："二手的，但挺好用。"

"真不赖。"

"你的是几代的？"

"我也不知道。你的呢？"

"6。算是最新款了。"

"哎呀，那可太好了。我很高兴你有自己的手机了。"

"我把你的号码存进去了。你想要我的吗？"

"你的号码？"

"是的。"

"当然。"他在屏幕上按了几下，我的手机就在睡袍褶皱的深处振动起来，"我打给你了。"他解释了一下，就挂断了电话。

"谢谢你。"

他握住了门把手，又低下头，看看我，突然间变得很严肃。

"我很遗憾，你经历了那些事。"他说得那样轻柔，让我有了哽咽的感觉。

我点点头。

他走了。我把门锁好。

人轻飘飘地回到沙发边，我低头看着咖啡桌，看着那些洒在桌面上的星星点点的药片。我伸出手，拿起遥控器，继续播放。

"跟你说句实话吧，"詹姆斯·斯图尔特说道，"这真的有点吓到我了。"

星期六

11 月 13 日

83

十点半，我感觉有点异样。

大概是睡得太多（两颗安定，十二小时）；也可能是胃不舒服——伊桑走后，看完电影，我给自己做了个三明治。这算是一周以来我吃过的最像样的一餐了。

不管是什么情况，不管是什么原因，我感觉有点异样。

我觉得好多了。

我冲了个澡。站在花洒下面；清水浸透了我的头发，打湿了我的肩膀。十五分钟过去了。二十分钟。半小时。等我用洗发水和浴花清洁完毕，从淋浴间里出来后，感觉皮肤焕然一新。我扭着腰身，挤进了牛仔裤，套上毛衣。（牛仔裤！我都记不清上次穿是什么时候了。）

我走进卧室，走到窗边，拉开窗帘；阳光立刻照进了房间。我闭起眼睛，感受那份温暖。

我整顿一新，俨然进入战备状态，可以面对新的一天了，也可以面对一杯红酒，就一杯。

我下楼去，每经过一个房间都走进去巡视一番，拉起百叶窗，拉开窗帘。整栋小楼沐浴在阳光里。

走到厨房，我给自己倒了一杯梅洛，几指宽而已。（"只有苏格兰威士忌才论几指宽。"我听到埃德在讲话。我把他推到一边去，又多倒了一指的高度。）

好了：《迷魂记》，第二轮。我在沙发里坐定，把电影快退到开头：警察跳过一个又一个屋顶去追逃犯的那一段。詹姆斯·斯图尔特出现在镜头里，从梯子上爬上来了。最近他没少陪我啊。

过了一小时，我已喝到了第三杯：

"他本打算把太太送进专门机构，"主持审讯的法官慢条斯理地说道，"让有资质的专家解决她的精神问题。"我有点烦躁，起身又续了一杯。

我本来已想好了：今天下午，我要玩几把国际象棋，去经典老电影的网站看看动态，也许还可以清扫一下房间——楼上的几个房间都已落满尘埃。不管在什么情况下，我都不会去观望邻居们在干什么。

甚至不往拉塞尔家望一眼。

尤其不能观望拉塞尔家。

站在厨房的窗边，我甚至不抬头看窗外。我转过身，背对他们家，再走回沙发，躺下来。

又过了一会儿。

"得知她有自杀倾向，深感遗憾……"

我瞥了一眼咖啡桌上的那堆药，然后坐起身，脚搁在地毯上，把它们全部拢到一只手里。小小的一堆，在掌心里。

"陪审团认为马德琳·埃尔斯特在神志恍惚的状态下自杀身亡。"

你们都错了，我在心里说。事情不是这样的。

我把药一颗一颗扔回药罐里去，把盖子旋紧。

就在我靠回沙发里的时候，突然发现自己在想伊桑，他会不会来？也许他会再来聊一次天吧。

"我只能走到这里。"詹姆斯忧愁地说道。

"我只能走到这里。"我重复了一遍。

又过了一小时；西斜的阳光照进厨房。此时我已有点晕乎了。猫一瘸一拐地进了屋；我检查它的脚爪时，它痛得缩起身体。

我皱起眉头。这一整年来，我想过哪怕一次带它去宠物诊所吗？"怪我不好，太不负责任了。"我对庞奇说道。

它眨巴眨巴眼睛，在我腿间蜷缩起来。

屏幕上，詹姆斯正强拽着金·诺瓦克爬上钟塔。"我没法跟上她——天知道我尽全力了。"他使劲攥着金的双肩，撕心裂肺地喊道，"人很少有第二次机会。我再也不想被鬼魂缠着了。"

"我再也不想被鬼魂缠着了。"我自言自语，闭起双眼，又念了一遍。抚摸我的猫。去拿我的酒杯。

"是她死了，那位真正的太太，不是你。"詹姆斯高声说道。他的双手扼紧了她的喉咙："你是假冒的。你是个冒牌货。"

我脑海里的雷达好像突然捕捉到了什么，叮，响了一声。轻轻的，缥缈、遥远又柔和，但这声轻响让我分神了。

但也就是一瞬间。我躺下去，抿了一口酒。

修女，尖叫，一声钟响，电影结束了。"我就想那样结束。"我对猫说。

我把自己从沙发里拉起来，把庞奇放到地板上；它不高兴地叫了一声。我把酒杯放回水槽，必须开始大扫除了，要把里里外外收拾干净。伊桑也许会过来待一会儿——我可不想变成郝薇香小姐[1]（《远大前程》也曾入选克里斯蒂娜·格雷读书会的书单。我该查一查，她们最近在读什么书。那总不至于带来什么恶果吧。）

上楼，坐进书房，我登录象棋论坛。两小时过去，窗外夜幕降临；我连胜三局。该庆祝一下。我跑了一次厨房，拿了一瓶梅洛——能量充足的时候，我的棋艺最高——我一边走上楼梯，一边倒酒，在藤编地垫上留下几滴酒渍。我会用海绵擦掉的，晚一点再说。

---

1. 查尔斯·狄更斯长篇小说《远大前程》中的女性人物之一，当爱情失败、被父权社会剥夺了话语权后，她把自己囚禁在监狱般的沙提斯宅，过着囚犯般的生活，并以报复的行为使自己走上了疯癫的道路。

又过了两小时，又胜了两局。势如破竹。我把这瓶酒底部的最后一点红酒也倒进杯子。今天比我预料中喝得多，但明天我的状态会比今天更好。

第六局开场后，我开始思忖过去的两周，让我无法挣脱的那股狂热。感觉像是《旋涡》里的吉恩·蒂尔尼，被催眠了；又像是《煤气灯下》里的英格丽·褒曼，仿佛失去了理智。自己做过的事，自己竟然不记得。自己记得的事，自己反倒没做过。身为临床医生的那个我不得不尴尬地搓搓手：进入真正的分裂阶段？菲尔丁医生肯定会——

靠。

我不小心牺牲了后——点错了，还以为那是象。我爆了句粗口。好多天没这样骂粗话了。简直要咀嚼一番，品品滋味。

然而，骂归骂，后还是保不住了。毋庸置疑，昵称"摇滚棋手"的家伙立刻反扑，吃掉了我的后。

搞什么？他给我发来一条信息。**这步太烂了啊哈哈！**

看错了，以为是别的棋子。我回了一句，又把酒杯端到唇边。

我呆住了。

84

如果说……

思考。

有个念头一闪而过，像血溶于水般消失了。

我抓起酒杯。

如果……

不。

是的。

如果说：

简——我认识的简——从头到尾都不是简呢？

不……

是的……

假设：

假设她本来就是另一个人呢？

利特尔就这样讲过。不对——这是他的话外音。他说的是：207 号那位发型利落、腰臀纤瘦的女主人绝对是简·拉塞尔，如假包换。这一点，我接受。

但是，万一我遇到的这个女人，或是我以为自己遇到的这个女人——其实是另一个人在假扮简呢？就像另一颗棋子，被我看错了，点错了？以为是象，其实是后？

如果说，她——被刺死的女人——是假扮的呢？万一她才是冒牌货呢？

酒杯已不在我嘴边了。我索性把它放回桌面，再推得远点。

可是，这又是为什么？

思考。假设她是真实存在的。好的：否决利特尔，否决逻辑推断，假设我本来就是对的——至少在这一点上是对的。她存在。她来过我家。她也在他们家出现过。那么，拉塞尔家的人为什么要否认——确实否认了——她的存在呢？他们完全可以坚称她不是简，随便编个说法也无伤大雅，但他们却矢口否认。

还有，她怎么会那么了解他们家的事呢？她为什么要假扮成她，假装是简呢？

"那她会是谁呢？"埃德问道。

不行。不能往下说了。

我站起来，朝窗户走去。抬眼望望拉塞尔家——那栋小楼。阿里斯泰尔和简双双站在厨房里，他们在交谈；他的一只手在笔记本电脑上滑动，她把双臂交叉在胸前。我心想，就让他们往我家看好了。书房里没开灯，黑漆漆的，我觉得很安全，很隐秘。

眼角的余光瞥到什么动静。我飞快地朝楼上伊桑的房间看了看。

他在窗前，台灯在他背后，他只是一条细细瘦瘦的黑影。他把两只手压在窗玻璃上，好像在尽力往外看。过了一会儿，他扬起一只手，朝我挥了挥。

我的心跳加快了。很慢很慢地，我也朝他挥了挥手。

下一步。

85

铃响第一声，比娜就接起来了。

"你还好吗？"

"我——"

"你的医生给我打过电话了。他非常、非常担心你。"

"我知道。"我坐在楼梯上，笼罩在黯淡的月光里。我脚边的地毯上有一小片湿湿的印记，因为刚才我把酒洒出来了。必须擦洗干净。

"他说他一直在试图联系你。"

"是的。我很好。告诉他我很好。听着——"

"你在喝酒吗？"

"没有。"

"你听上去——有点大舌头哦。"

"没喝。我只是在睡觉。听着，我在想——"

"我以为你在睡觉。"

我没理她。

"我一直在琢磨几件事。"

"什么事？"听起来，她很警惕。

"公园对面的那些人。那个女人。"

"哦！安娜！"她叹了口气。"这——我周四就想和你谈谈的，但你连门都不让我进。"

"我知道。很抱歉。但——"

"那个女人根本不存在。"

"不是的，我只是不能证明她存在，存在过。"

"安娜。这太疯狂了。事情已经过去了。"

我沉默了。

"没什么事需要证明。"强有力的语气，甚至带点恼怒——我从没听她这样讲过话，"我不知道你在琢磨什么，也不知道你……到底怎么回事，但这件事已经结束了。再这样下去，你会把自己的日子搞得一团糟。"

我听着她的呼吸声。

"你在这件事上纠缠得越久，以后恢复需要的时间就越久。"

一阵沉默。

"你说得对。"

"你真的同意？"

我叹了口气："是的。"

"请告诉我：你不会再做什么疯狂的事了。"

"不会了。"

"我要你向我保证。"

"我保证。"

"我要你说出来：这都是你脑袋里想象出来的。"

"都是我想象出来的。"

一阵沉默。

"比娜，你是对的。我很抱歉。只是——类似余震效应吧，死亡后也会有神经反应的。"

"好吧。"变回往常那种温暖的语气了，她说，"那种事我可不懂。"

"对不起。重点是：我不会疯狂行事了。"

"而且你保证过了。"

"保证过了。"

"下周我给你理疗时，不想再听到——你懂的，让人不安的话。"

"只有我平常那些让人不安的呻吟。"

我听到她轻笑一下。"菲尔丁医生说你又一次离家出走了。一路走到了咖啡店。"

像是上辈子的事了。"确实如此。"

"感觉如何？"

"哦，太恐怖了。"

"还是那样？"

"老样子。"

她又沉默了一会儿："最后再说一次……"

"我保证，都是我脑子里想出来的。"

我们互道晚安。我们挂断电话。

我的手一直在揉后脑勺。通常，我撒谎时就会有这个小动作。

86

我得三思而后行。再也容不下任何纰漏了。我已是彻底的孤军。

大概还有一个同盟者。但我还不想向他求助。不可以。

思考。我得缜密思考。所以，我首先需要好好睡觉。也许是因为红酒——肯定是——我突然觉得疲惫不堪。我看了看手机。差不多十点半了。这一天过得好快。

我回到起居室，关灯，上楼到书房，合上笔记本电脑（摇滚棋手给我留言：**人呢？跑哪儿去了？** ），再上一层楼回到卧室。庞奇一路跟着我，一跳一跳的。对它那只脚，必须采取措施了。也许，可以让伊桑带它去看兽医。

我朝浴室里看了看。太累了，都不想洗脸、刷牙了。再说，早上已经洗过、刷过了，应该可以撑到明天吧。我脱掉衣服，抱起猫，钻进了被子。

庞奇在床上绕了一圈，在床脚的一侧安顿下来。我听着它的呼吸声。

也许要怪红酒——现在几乎可以确定了——我实在是睡不着。我仰卧着，瞪着天花板，看着自墙边荡开的一圈圈涟漪状的吊顶纹饰；我翻了个身，瞪着黑漆漆的走廊。我又翻了个身，趴着，把脸埋进枕头。

安定胶囊仍在咖啡桌上的药罐里。我应该一跃而起，直奔楼下。然而，我只是动静很大地又翻了个身。

现在，我可以望见公园那一边。拉塞尔家的小楼也入眠了：厨房暗了，小客厅里的窗帘垂下来了，伊桑的房间里只有电脑屏幕发出的冷光。

我盯着那团模糊的冷光看，直到眼睛发酸。

"妈咪，你打算怎么办呀？"

我翻个身，把脸埋进枕头里，狠狠地闭紧眼睛。现在不行。现在不行。要专注于别的事物，任何事物。

专注于简。

我开始回忆，倒带，重播和比娜的谈话；我看到伊桑在窗前，背对着光，手指在玻璃窗上展开。再往前倒一点，快速倒回《迷魂记》，倒回伊桑的短暂来访，倒回这星期里独自一人度过的时光；厨房里站满了来客——先是两位警探，然后是戴维，然后是阿里斯泰尔和伊桑。现在加速，跳过模糊不清的那一段，跳过咖啡店，跳过医院，跳过我看见她被刺死的那一晚，照相机从我手中跌落，滚到地板上——继续倒，继续倒，倒回她靠在水槽边，面对我的那个时刻。

停住。我躺正一点，睁开眼睛。眼前的天花板就像一个投影屏。

简在画面中央——我所知道的那个简。她站在厨房窗边，辫子垂在肩胛骨之间。

这一幕要以慢速放映。

简转身面对我，我拉近镜头，对焦于她明亮的脸庞，熠熠闪光的双眸，来回闪动的银色吊坠。现在拉回，变成全景：一手拿着水杯，一手拿着白兰地酒杯。"我也不知道白兰地是否管用！"她的声音在环绕立体声效果下听来有点发抖。

我停住这个画面。

韦斯利会怎么说？让我们把问题再提炼一下，福克斯。

问题一：为什么她要对我说，她是简·拉塞尔？

问题一，补遗：她说了吗？难道不是我先开口，把她叫作简的吗？

我再往回倒，倒到我第一次听到她讲话的时刻。她原地转身，又朝向了水槽。播放："我正往隔壁走……"

对。就是这儿——就在这个瞬间，由我决定，定下了她是谁。这个瞬间，我念错了台词。

好，问题二：她是怎么应答的呢？我快进画面，对着天花板眯起眼睛，对焦于她的嘴巴，我听到自己的声音："你是公园另一边那家的女主人吧。"我说道，"你是简·拉塞尔。"

她的脸红了。她的嘴唇张开。她说——

但现在，我听到了别的声音，画外音。

楼下传来的声音。

玻璃杯打碎的声音。

87

如果我拨911，他们最快能何时赶到？如果我给利特尔打电话，他会接吗？

我的手伸到旁边。

没摸到手机。

我摸了摸旁边的枕头，毯子。手机不在床上。

思考。认真思考。最后一次打电话是什么时候？在楼梯上，和比娜打电话。然后——然后我去起居室关灯。我把手机搁哪儿了？带上楼了吗？留在书房里了？

在哪里无所谓，我意识到了，反正不在手边。

那声响再次打破了沉寂——玻璃碎裂的清脆响声。

我挪动双腿，一条腿，再一条腿，把脚轻轻放在地毯上，站起身，把搁在椅子上的睡袍拿起来，披上，朝门走去。

门外，天窗洒下灰蒙蒙的夜色。我轻手轻脚，侧着身体，贴着墙壁，走进过道。走下螺旋形的楼梯时，我连大气都不敢出，心怦怦直跳。

我下了一层楼。楼下悄然无声。

慢一点——慢一点——我踮着脚尖走进书房，前脚掌压在藤编地垫上，接着踩到了地毯上。我站在门口，望了望桌面。手机不在桌上。

我转过身。还有一层楼。我手无寸铁。我无法求救。

楼下又有玻璃粉碎的声音。

我浑身战栗，屁股撞到了储物间的门把手。

储物间的门。

我握紧把手，转动，听到锁芯转动了，就把门拉开。

炭黑的空间向我敞开。我迈步，进去。

进了储物间，我的手朝右边摆动，手指碰到了一层搁板。电灯泡的拉绳就在我额前晃动。我要冒险开灯吗？不行——这盏灯太亮了；光线会漏到楼梯间。

我继续朝前，在黑暗中摸索，现在两只手都张开了，好像蒙着眼睛在玩捉迷藏。总算，有只手摸到了：冰凉的金属制工具箱。我摸到了插销，扳开，把手伸进去。

那把开箱刀。

我从储物间里退出来，攥紧了武器，推动锁扣，刀刃伸出来了，在一束月光下闪耀寒光。我走向楼梯口，手肘紧紧地夹在身体两旁，开箱刀的刀刃笔直朝前。我用另一只手抓着栏杆。我迈出了一只脚。

就在这时，我想起埃德的书房里有电话。座机。只有几步之遥。我转过身。

但我还没迈出步子，就听到楼下传来新的动静：

"福克斯太太，"有人说道，"来厨房陪我待一会儿吧。"

88

我认得那嗓音。

小心翼翼，掌心里的栏杆摸上去很光滑；走下楼梯时，我手中的刀颤抖得越来越凶。我听得到自己的呼吸声。我听得到自己的脚步声。

"这就对了。拜托你走快点。"

我走下最后一级台阶，再转个弯就到了，却在门口游移不定，想深吸一口气，结果咳了起来，唾沫四溅。我试图压住自己的声音，哪怕他已经知道我在门边了。

"进来吧。"

我进去了。

月光洒在厨房里，把台面照成银色，窗边的空酒瓶里也仿佛灌满了月光。水龙头上有光斑；水槽像个明亮的水盆。连红木都在闪光。

他靠在中央厨台上，月光勾勒出他的剪影，平面的人形阴影。他的脚边有碎玻璃在发光：杯子的弧形边缘和小碎片散落一地。他身边的台面上立着几个酒瓶和酒杯，月光也照亮了它们高低起伏的轮廓。

"抱歉……"他一挥手臂，指了指厨房，"搞了点动静。因为我不想上楼去。"

我什么都没说，但活动了一下握着刀柄的手指。

"我一直很有耐心，福克斯太太。"阿里斯泰尔叹了口气，把头转到一边，我便看到了他月光下的侧影：高高的前额，尖耸的鼻梁。"福克斯医生。不管你……怎么称呼你自己。"他的言语里透着醉意。我恍然大悟：他醉得很厉害。

"我一直很有耐心，"他又说了一遍，"我实在是受够了。"他吸了吸鼻子，挑了一只厚底玻璃杯，在掌心里转来转去，"我们都一样，尤其是我。"现在我看得更清楚了：他的夹克衫拉链一直拉到最上面，还戴了一副黑手套。我的喉头一紧。

但我还是没作声，而是走到开关旁边，摸到了开关。

玻璃杯就在我伸出的手边不远的地方碎裂。我跳着脚缩回来。"别他妈开灯。"他咆哮起来。

我呆呆地站着，手指抠住门框。

"真该有人来警告我们防着你点。"他摇摇头，狂笑起来。

我干咽口水。他的笑声减弱，收声。

"你把公寓的钥匙给了我儿子。"他把钥匙提起来，"我来还给你。"他把它丢在台面上，钥匙叮当一响。"就算你没有失去……该死的理智，我也不想让他和一个成年女人在一起消磨时光。"

"我会报警的。"我轻声说道。

他哼了一声："报呀。给你手机。"他把手机从台面上拿起来，抛起又接下，一次，两次。

没错——我把手机落在厨房里了。有那么一瞬间，我等着他把手机砸在地上，或是摔到墙上；但他只是把它放回去，放在钥匙旁边。"警察觉得你是个天大的笑话。"他说着，朝我走来一步。我扬起了开箱刀。

"哎呀！"他咧嘴笑起来，"哎呀呀！你想用它干什么呀？"他又上前一步。

这一次，我也朝前走了一步。

"滚出我家。"我对他说。我的胳膊在晃动；手在颤抖。刀刃在月光下泛着寒光，一条细窄的银光。

他不往前走了，屏住了呼吸。

"那个女人是谁？"我问。

突然间，他的手往前一伸，揪住了我的脖子，把我往回推，我的背砰一声撞在了墙上，脑袋也撞疼了。我喊出声来。他的手指用上劲，掐进了我的皮肤。

"你是个妄想狂。"他的呼吸带着酒味，热辣辣地喷在我脸上，刺痛了我的眼睛，"离我儿子远点。离我老婆远点。"

我喘不上气来了。我用一只手揪住他的手，指甲抠进他的手腕。

另一只手里的刀刃对准了他的腰侧。

但我的判断失误了，一下就刺空了，开箱刀当啷一声落在地上。他用脚踩住它，继续掐紧我的脖子。我用嘶哑的声音喊叫。

"你他妈的离我们全家越远越好。"他咬牙切齿。

过了片刻。

又是片刻。

我的视野模糊了。泪水流淌在脸颊上。

我就快失去意识了——

他松开了我的脖子。我跌落在地，大口喘息。

现在他居高临下地看着我。他飞快地踢了一脚，把开箱刀踢到墙角。

"记住这句话。"他说着，大口喘气，嗓音沙哑。我无法抬头去看他。

但我听到他又说了一句话，轻轻地，几乎脆弱不堪："拜托了。"

沉默。我看见他穿着靴子的双脚转移方向，走开了。

走过厨台时，他用胳膊扫过台面。几只玻璃杯落地开花，碎片纷飞。我想放声大叫，但嗓子眼里只能发出咝咝的喘息声。

他走向门厅的门，拉开插销。我听到前门被打开，又被重重地关上。

我撑住自己，一手抚摸着脖颈，一手抓着身体。我在抽泣。

当庞奇一跳一跳地从走廊里走过来，贴心地舔着我的手背时，我哭得更凶了。

星期日

11 月 14 日

89

对着浴室里的镜子，我察看自己的脖子。五处瘀青，蓝得发紫，我的脖子上分明留下了手掌的痕迹。

我低头看看庞奇，它蜷缩在瓷砖地上，舔着那条受伤的腿。我俩真是一对啊。

昨晚的事，我不会报警的。不会，也不能。当然，证据确凿，我的皮肤上留有他的指纹，但警方会问：阿里斯泰尔为什么会出现在这儿，真正的缘由是……唉，不提也罢。我邀请一位未成年男子随意出入我家的地下室，而我先前跟踪并骚扰过他的家人。你懂的，他可以作为我死去的孩子和丈夫的替代品。这样讲太不体面了。

"太不体面了。"我讲出声来，权当测试声带有没有问题。语气很弱，听来很没底气。

我走出浴室，下楼去。手机沉甸甸地坠在睡袍口袋底部，一下一下撞着大腿。

我把好多酒瓶和高脚杯的残骸扫成一堆，把大大小小的碎片拢进垃圾袋里。干活的时候尽量别去想他如何揪住我，掐住我，居高临下，踩碎明亮的残骸。

我的拖鞋好像踩在沙滩上，旁边尽是闪闪发光的白色碎屑。

我靠在厨台上把玩那把开箱刀，听着刀刃伸缩时咔嗒咔嗒的轻响。

遥望公园的那一边，拉塞尔家的小楼回望着我，窗前空无一人。我想知道他们在哪里。他在哪里？

我本该瞄准了再下手的，本该用力点刺过去。我幻想刀刃划破他的夹克衫，再划破他的皮肤。

那样的话，你家里就会有一个受伤的男人。

我放下开箱刀，把杯子送到嘴边。碗橱里没有茶包——埃德历来不管这事，而我更喜欢喝别的——所以我喝的是撒了盐的温开水。一口下去，嗓子眼火辣辣的，疼得我眼睛鼻子都皱起来了。

我又往那边看，然后站起身，把这排百叶窗拉下来。

昨晚像一场高烧中的噩梦，像一团萦绕的烟雾。天花板上放映的电影。玻璃杯砸碎时的锐响。储物间里的黑洞。盘旋而下的楼梯。还有他，站在那儿，呼唤我，等待我。

我摸了摸喉头。别告诉我这是梦，他从没来过这儿。瞧——没错，又是《煤气灯下》里的台词。

因为这本来就不是梦。（"不是梦！真的发生过！"——米娅·法罗在《罗斯玛丽的婴儿》里叫道。）有人擅闯我家。有人毁坏了我的东西。有人威胁了我。我受到了暴力攻击。可我无法声张，束手无策。

对任何事都束手无策。现在我知道了，阿里斯泰尔有暴力倾向；现在我知道了，他有能力做什么样的坏事。但他说得对：警察不会听我的。菲尔丁医生认为我有幻觉。我对比娜倾诉，向她保证我会放下这件事，乖乖地把日子过下去。没法联系到伊桑了。也没有韦斯利了。没有人了。

"猜猜我是谁？"

这次是她在叫我，声音微弱，但很清晰。

不行。我摇摇头。

那个女人是谁？我问过阿里斯泰尔。

如果她存在的话。

我不知道。我再也没机会知道真相了。

90

中午之前，我一直赖在床上，到了下午，我忍住不要哭，不想让自己瞎琢磨——去想昨晚，去想今天，明天，还有简。

窗外，乌云开始积聚，黑压压的。我看了看手机上的天气预报：今晚深夜会有雷暴。

阴沉的黄昏很快就降临了。我拉下窗帘，打开笔记本电脑，放在身旁；电脑一边播放《谜中谜》，一边暖着我的被窝。

"我要怎么做才能让你满意？"加里·格兰特[1]问，"成为下一个受害者吗？"

我发起抖来。

电影放完的时候，我已在半梦半醒之中。片尾曲响起，我就伸手把显示屏压下去，合上了电脑。

过了一会儿，手机振动，把我吵醒了。

紧急警报

本地区东部时间 3：00 a.m. 洪水警报。请避开蓄洪区域。

详情请见本地媒体。

——美国国家气象局

国家气象局真够警惕的。有备无患，我早已远离了蓄洪区域。我打了一个大哈欠，下了床，走到窗帘前。

---

1. 加里·格兰特（1904—1986），英国电影演员，代表作有《美人计》《谜中谜》。

外面好黑。还没下雨，但天空黑压压的，雨云压得很低；悬铃木的树枝摇来晃去。我听得见风声，不由得用胳膊抱住自己。

公园对面，拉塞尔家的厨房里亮着一盏灯：正是他，朝冰箱走去。他打开门，取出一瓶——我觉得是啤酒。不知道他今天是否也要不醉不休？

我的手指下意识地摸了摸脖子。瘀青处还在疼。

我把窗帘拉紧，回到床上，把手机里的信息清空，看了看时间：9：29 p.m.。还可以再看一部电影。还可以再喝一杯。

指尖在屏幕上漫不经心地游移，点来点去。喝一杯吧，我心想。就一杯——喝多了嗓子疼。

指尖突然闪过一片鲜艳的色彩。我定睛一看，原来是不小心点开了相册。我的心一沉：又要看到那张照片了，沉睡中的我。所有人都说，那是我自拍的。

我有点迟疑。过了几秒钟，我把它删除了。

屏幕上立刻跳出前一张照片。

我一时没认出来，看了一会儿才想起来：是我在厨房窗前拍的快照。夕阳下，远处的高楼像一排参差的牙齿，咬进那片橙子果冻般的颜色。街道沐浴在金色的光芒中。天上有一只鸟，羽翼张开，凝固在那个瞬间。

玻璃窗里还有一个女人的身影，正是我所知道的那个简。

91

半隐半现，边缘模糊——但她绝对是简，毫无疑问，像幽灵般占据了照片的右下角。她看着照相机，视线水平，朱唇微启。没拍到伸出去的那条胳膊——我记得，她正在小碗里掐灭烟头。一团浓厚的烟雾在她的头顶升起。时间自动标注为 06：04 p.m.，日期是将近两星期前。

简。我几乎不能呼吸，弯下腰，把屏幕抱在胸前。

简。

这世界是个美好的地方。她说过。

别忘了这一点，也别错过。她说过。

好样的！她说。

她确实说过这些话，全都是她说的，因为她真的存在过。

简。

我手忙脚乱地下了床，床单绕在腿上，笔记本电脑滑落到地板上。我冲到窗前，把窗帘拉开。

现在，拉塞尔家小客厅里的灯亮着——事情就是从那里开始的。他们都坐在那个有彩色条纹的双人沙发上，两个人：阿里斯泰尔和他太太。他弓着身，手握啤酒瓶；她把双腿折叠在身下，一边用手梳理光滑的头发。

这对骗子。

我看着手里的手机。

这张照片该怎么办？

我知道利特尔会说什么，他肯定会说：这只能证明照片本身是存在的，别的事一概无法证明——尤其是那位不知姓名的女子。

"菲尔丁医生也不会听你解释的。"埃德对我说。

闭嘴。

但他是对的。

思考。好好想想。

"妈咪，比娜呢？"

别说了。

思考。

只有一步棋可以走。我的目光从小客厅移到没开灯的、通向卧室的楼梯。

吃掉卒子。

"喂？"

小鸟般的声音，轻微而脆弱。我的视线穿透黑夜，看向他卧室的窗户。没看到他。

"是我，安娜。"我说。

"我知道。"几乎是耳语。

"你在哪里？"

"在我房间。"

"我没看到你。"

过了一会儿，他像个幻影浮现在窗前，又瘦又苍白，只穿了一件白色的 T 恤。我把手按在玻璃上。

"你看得到我吗？"我问。

"看得到。"

"我想让你过来一趟。"

"我办不到。"他摇摇头，"他们不许我过去。"

我把目光移回到楼下的小客厅。阿里斯泰尔和简都没挪动位置。

"我知道，但事情非常重要。非常、非常重要。"

"我爸把钥匙拿走了。"

"我知道。"

停顿。"如果我看得到你……"他没往下说。

"怎么了？"

"如果我看得到你，他们也看得到。"

我单脚后退，拉上窗帘，只留了一条缝，然后查看小客厅。他们还在那儿。

"来吧，"我说，"求你了。你没有……"

"什么？"

"你——你什么时候可以溜出家门？"

又是一段沉默。我看到他看了一下手机，又贴到耳朵边上。"我爸妈十点钟会看《傲骨贤妻》。那时候我大概可以溜出去。"

现在轮到我看看手机上的时钟。还有二十分钟。"好。很好。"

"一切都好吗？"

"是的。"不要打草惊蛇。你并不安全。"但有一件事，我要和你谈谈。"

"我明天可以很轻松地过去。"

"等不了。真的——"

我朝楼下看看。简低着头，视线落在自己的膝头，手里握着一瓶啤酒。

阿里斯泰尔不见了。

"挂掉电话。"我激动起来。

"什么？"

"快挂掉。"

他张口结舌。

他的房间瞬间灯火通明。

阿里斯泰尔站在他身后，手按在电灯开关上。

伊桑转过身，手臂垂下去。我听到他挂断了。

然后只能默默远观那一幕。

阿里斯泰尔走进门，说了些什么。伊桑朝前走去，扬起手，摇了摇手机。

好一会儿，他俩就那么面对面站着。

接着，阿里斯泰尔大步朝他儿子走去，从他手里抢走了电话，看了看屏幕。

又看了看伊桑。

走过他，走到窗边，眼睛里要喷出火来。我赶紧往后退。

他张开双臂，把两扇百叶窗拉到半高处，转动叶片，从外面完全看不到里面了。

那个房间被封锁了。

将军。

92

我在窗帘前转身，瞪着自己的卧室。

我不能想象那边发生了什么事，就因为我。

我拖着沉重的脚步走向楼梯，每迈一步，都会想起伊桑在那两扇窗后，孤零零地面对他父亲。

往下走，往下走，往下走。

我到了厨房，在水槽边洗杯子时，窗外传来一阵低沉的雷鸣，我从百叶窗缝隙里往外看。风起云涌，树枝剧烈地颤动，乌云翻滚。暴风雨就要来了。

我坐在桌边，喝着梅洛。酒瓶上的蚀刻商标图案是一艘在海浪中飘摇的船，下面的标签注明产地：新西兰银湾。说不定，我可以搬去新西兰，在那儿从头开始生活。我喜欢银湾的海涛声。我会再次爱上扬帆出海的。

只要我能离开这个家。

我走到窗边，用手指拨开一道缝隙：雨丝斜斜地打在玻璃窗上。我朝公园对面看去，他房间的百叶窗还是紧闭的。

就在我转身要回桌边时，门铃响了。

如同警铃般，那声音打破了沉寂。我的手一抖，红酒洒了出来。我朝门口看去。

是他。是阿里斯泰尔。

我顿时惊惶不已，伸手去掏口袋里的手机。另一只手已在摸索，想去抓住开箱刀。

我呆立在厨房里，再慢慢地走过去，越来越靠近对讲机了。我抱紧自己，看了一眼屏幕。

伊桑。

我顿时放松下来，长吁一口气。

伊桑，跺着脚后跟，胳膊紧紧地抱住身子。我按下开门键，门锁打开。眨眼间他就进屋了，头发上的雨珠闪闪发亮。

"你来这儿干什么？"

他呆呆地看着我："是你叫我来的啊。"

"我以为你父亲……"

他把门关好，越过我，径直进了起居室："我说那是学游泳的朋友打来的。"

"他不是看过你的手机了吗？"我跟着他走进去。

"我把你的号码存下来，但写的是另一个名字。"

"万一他打过来怎么办？"

伊桑耸耸肩："他没打。这是什么？"他的目光落在开箱刀上。

"没什么。"我把刀刃收起来，塞进口袋。

"可以用一下卫生间吗？"

我点点头。

他进了红房间后，我掏出手机点了几下，做好准备。

我听见马桶抽水的声音，水龙头放水的声音，然后他又朝我走来了。"庞奇呢？"

"我不知道。"

"他的爪子还好吗？"

"还好。"此时此刻，我不介意脚爪的事，"我想给你看看这个。"我把手机塞到他手里："点击相册。"

他看看我，皱起眉头。我又催了一遍："点一下就好。"

他点了，我盯着他的脸看。落地钟开始报时，我屏住呼吸。

好一会儿都没反应。他并没有什么表情。"我们这条街，太阳升起的时候，"他说，"也可能——等等，这是朝西的，所以是日落——"

他停下不说了。

看到了。

又过了一会儿。

他抬起大眼睛看着我。

第六下钟响，第七下。

他张开口。

八。九。

"这是——"他说话了。

十。

"该说实话了。"我对他说道。

93

最后一下深沉的钟响之后，他站在我面前，我却几乎听不到他的呼吸声，直到我抓着他的肩膀，把他引向沙发。我们坐下来后，伊桑仍把手机捧在手里。

我什么都没说，只是看着他。我的心像困在玻璃罩里的飞虫般乱跳乱撞。我把手掌交叠在膝头，以免暴露它们在不停地颤抖。

他嗫嚅着说起话来。

"你说什么？"

他清清嗓子，又说："你什么时候发现的？"

"今晚，给你打电话之前。"

他点点头。

"她是谁？"

他依然盯着那张照片看。有那么一会儿，我以为他压根没听到我在提问。

"她是——"

"她是我母亲。"

我皱起眉头："不对，警探说你母亲——"

"我真正的母亲，亲生母亲。"

我目瞪口呆："你是被领养的？"

他不再说话，又点了点头，眉目低垂。

"那么……"我倾身向前，用手指梳了梳头发，"那……"

"她——我都不知该从何讲起。"

我闭上眼，决定一鼓作气问个水落石出。他需要我来引导一下。这事，我做得到。

我侧转身体，面对他，抚平腿边的睡袍褶皱，然后看着他，问道："你是什么时候被领养的？"

他叹了口气，往后坐，靠垫在他背后瘪下去："我五岁的时候。"

"为什么那么大了才被领养？"

"因为她是——她当时有毒瘾。"他很犹豫，仿佛一只小马驹战战兢兢地迈出第一步。我不知道他曾多少次这样讲述过。"她吸毒成瘾，而且很年轻。"

难怪简看起来那么年轻。

"所以我开始和现在的父母一起生活。"我端详他的表情，被舌尖润过的嘴唇，太阳穴上残留的雨滴。

"你小时候住在哪里？"我问。

"在波士顿之前？"

"对。"

"旧金山。我父母就是在旧金山领养我的。"

我按捺住想要拥抱他的冲动。于是，我从他手里拿回手机，搁在桌上。

"以前她就找过我。"他继续讲，"我十二岁的时候。她在波士顿找到我们，上门来问我爸她能不能来看我。他说不行。"

"所以，你没有机会和她见面，说说话？"

"没有。"他停顿一下，深呼吸，眼睛亮起来，"我爸妈非常生气。

他们对我说，如果她还要试图来看我——我就应该告诉他们。"

我点点头，往后靠了靠。他现在讲得比较自如了。

"后来我们就搬到这儿来了。"

"但你父亲丢了工作。"

"是啊。"语气谨慎，不温不火。

"为什么？"

他有点不安了："和他上司的太太有关。我不太清楚。他们为此大吵大闹。"

从头到尾都超神秘的，亚历克斯幸灾乐祸地说过。现在我明白了。绯闻，外遇。没什么稀奇的。我只是纳闷，这种事真的值得吗？

"我们刚搬来，我妈就回波士顿去处理一些事情。我猜也是为了和我爸分开一段时间。后来他也回波士顿了。他们把我独自留在家里，只有一晚上。以前也有过这种情况。结果她出现了。"

"你的生母？"

"是的。"

"她叫什么？"

他吸了吸鼻子，用手抹了抹："凯蒂。"

"她去了你们家。"

"是的。"他又抽了一下鼻涕。

"什么时候？具体点？"

"我不记得了。"他摇着头，"不，让我想想——是万圣节。"

就是我遇到她的那个夜晚。

"她对我说，她已经……戒了。"他说得很拗口，仿佛拧湿毛巾般用力挤出这个词，"她不吸了。"

我点点头。

"她说她在网上看到我爸调任的消息，接着发现我们搬到了纽约。她就跟着我们南下。她想等到我父母去波士顿的时候再决定怎么办。"他停了停，一只手抓了抓另一只手。

"后来发生了什么事？"

"后来……"他闭起眼睛，"后来她就来我家了。"

"你和她谈过了？"

"是的。我让她进门了。"

"在万圣节那天？"

"是的。就是那天。"

"我是那天下午遇见她的。"我说。

他垂着头，又点点头："她去旅店拿了一本相册回来。她想让我看看老照片，小时候的照片。她就是在回来的路上看到你的。"

我想起她揽着我的腰，头发扫过我的脸："但她自我介绍时，说是你的母亲。你的——简·拉塞尔。"

他又点点头。

"你知道这事？"

"知道。"

"为什么？她为什么要这样对我说？自称是别人？"

他终于抬起头正视我了："她说她没那样说。她说，是你用我妈的名字称呼她的，她一下子没想出好借口来搪塞。要记住，她是不该出现在那里的。"他指了指这间屋子，"也不该出现在这里。"他停顿了一下，又挠了挠手背，"而且，我认为她挺喜欢冒充她的——我现在的妈妈。"

一声惊雷，似乎劈开了天空。我们都吓了一跳。

过了一会儿，我继续问道："那后来呢？她扶我进屋之后？"

他又低头看着自己的手指："她回到我家，我们聊了一会儿，说了说我小时候的事，还有她抛弃我之后，做了哪些事。她给我看了照片。"

"然后呢？"

"她走了。"

"她回旅店了？"

他又摇摇头，比先前更慢了。

"她去哪儿了？"

"其实，我那时也不知道。"

我感到胃里一阵剧痛："她去哪儿了？"

他再次抬头正视我："她来这里了。"

秒针一下一下地走动。

"你这是什么意思？"

"她遇到了住在你家楼下，或者曾经住在这儿的那个男人。"

我目瞪口呆："戴维？"

他总算点头了。

我回想万圣节过后的那天清晨，我和戴维处理死老鼠的时候，确实听到楼下水管咕噜咕噜响。我又想起他床头柜上的耳环。那是凯瑟琳的。凯蒂。

"是她在我家地下室。"我说。

"我是后来才知道的。"他强调这一点。

"她在这里待了多久？"

"待到……"他的声音开始颤抖。

"说呀！"

现在他开始拧手指了："万圣节过后的那一天，她回来了，我们又聊了一会儿，我说我会跟父母讲，我希望和她见面——以公开的、正式的方式。因为我快十七岁了，年满十八岁后，我想怎么做都可以。所以，第二天我给父母打电话，说了这事。"

"我爸气炸了。"他接着说道，"我妈也很气，但我爸是真的暴跳如雷。他直接冲回来，想知道她在哪里，可我没法回答，他就……"一滴眼泪从他眼里滚落下来。

我伸手搭在他肩膀上："他打你了？"

他不作声地点点头。我们一言不发地坐了一会儿。

伊桑深吸一口气，又吸了一口："我知道她和你在一起，"他颤抖着往下说，"我看到你们在这儿"——他看向厨房——"从我房间里看到的。到最后我还是告诉他了。对不起。我真的很抱歉。"他哭了起来。

"哦……"说着，我用手摩挲他的背。

"我只是不想让他缠着我。"

"我理解。"

"我真的……"他用食指在鼻子下抹了抹，"我看到她离开你家了。所以我知道他并不能找到她。后来他就来这里了。"

"没错。"

"我一直在观望你。我一直在祈祷，但愿他别冲你发火。"

"不，他没有。"我只想问问，今晚可有访客来你家？他是这么说的，后来又说：我是来找我儿子的，不是找我太太。全是谎言。

"可他一回家，她……她又找上门来了。她不知道他赶回来了。他本来是第二天才能回家的。她按响门铃，他让我去开门，邀请她进来。我吓坏了。"

我没吭声，只听他讲。

"我们想和他好好谈。我俩都尽了全力。"

"在你家小客厅里。"我喃喃自语。

他眨眨眼。"你看到了？"

"看到了。"我记得他们的模样，伊桑和简——凯蒂——坐在双人沙发上，阿里斯泰尔坐在椅子上。别人家里的事，谁能知道？

"谈得不太好。"他简直泣不成声，抽噎得气都喘不上来了，"我爸对她说，如果她再来，他就会报警，控告她骚扰我们，让警察把她抓起来。"

我仍在回忆窗前的那一幕：孩子，父亲，"母亲"。别人家里的事……

我突然想起另一件事。

"第二天……"我开口问了。

他点点头，盯着地板，搁在膝头的手指都在颤抖："她又来了。我爸声称他会杀了她。他攥住了她的脖子。"

沉默。这句话仿佛有回声。他会杀了她。他攥住了她的脖子。我记得阿里斯泰尔把我摁在墙上，钳子般的手掐住我的脖子。

"所以她尖叫了。"我静静地说道。

"是的。"

"就在我给你们家打电话的时候。"

他又点点头。

"为什么你当时不告诉我发生了什么事？"

"他在我身边。我怕得要命。"他提高了嗓门，脸颊完全被泪水浸湿了，"我是想说的。她一走我就过来了。"

"我知道，知道你想来告诉我。"

"我尽力了。"

"我知道。"

"再后来的那天，我妈从波士顿回来了。"他抽泣着往下说，"结果她又来了。凯蒂。那天晚上。我想，她大概以为我妈比较好说话。"他垂下头，掩面而泣。

"到底发生了什么事？"

他有片刻没说话，只是用余光看着我，好像心有疑虑。

"你真的没看到？"

"没有。我只看到你的——看到她冲着谁喊叫，然后就看到她……"我用手在胸前比画，"这里有……"我说不下去了，"我没看到别人。"

他再开口时，声音变得低沉、稳重了："他们上楼去谈的，我爸、我妈还有她。我在自己的房间里，但我都听得到。我爸要报警。她——我的——她反反复复地说我是她的儿子，我们理所应当可以见面，还说我父母不该从中作梗。我妈冲她大喊大叫，说会想办法，确保她再也见不到我。后来就突然安静了。过了一分钟，我下楼去看，她——"

他的面孔扭曲了，涕泪横流，深深地埋下头，靠在胸前痛哭起来。他把头扭到左边去，仿佛已经坐不住了。

"她倒在地板上。她刺杀了她。"伊桑用手示意，往自己胸前刺，"用拆信刀。"

我点点头，又停下来："等等——谁刺的？"

他哽咽了一下，答道："我妈。"

我张口结舌。

"她说她不想让别人夺走我。"——抽噎——"把我带走。"他往前一栽，双手撑在额上，遮住了眉眼。哭泣的时候，他的肩膀不断耸动。

我妈。我猜错了。我全都想错了。

"她说她等了很久才有了自己的孩子，还说……"

我闭上眼睛。

"还说她不能让她再伤害我一次。"

我听着他低声呜咽。

一分钟过去了，又过去了一分钟。我想着简，真正的简；我想到那种母狮般的本能，又想起山谷深处，我也体验过那样纯粹的母性。她等了很久才有了自己的孩子，她不想让别人夺走我。

当我睁开眼睛时，他已经不再热泪滚滚了。伊桑大口喘息着，好像刚刚在全速奔跑。"她是为了我才那么做的，"他说，"为了保护我。"

又过去了一分钟。

他清了清嗓子。"他们把她——埋在我们家北面的荒地里了。"他的双手捂住膝头。

"她还在那里吗？"我问。

他的呼吸深沉又凝重："是的。"

"第二天警察来的时候是什么情况？"

"太吓人了。"他说，"我在厨房里，但我听到他们在起居室里的谈话。警察说有人举报前一天晚上这里有骚乱。我父母断然否定。接着，警察发现是你报的警，就意识到你的证词和我们的说法不符。没有别人见过她。"

"可是戴维见过她啊。他和她……"我在脑海中快速查证日期，"共度了四个晚上。"

"我们是后来才知道这事的。当我们检查她的电话，想看看她和哪些人打过电话时。我爸说，反正也不会有人相信住在地下室的租客说了什么。所以，他们就统一口径来反驳你。爸爸说你……"他不往下说了。

"说我什么？"

他吞了一口口水："说你精神不稳定，酒喝得太多。"

我没吭声。我听得到雨声，连珠炮一样击在玻璃窗上。

"我们当时不知道你家的事。"

我闭上眼睛，开始默数。一。二。

数到三，伊桑又开口了，语气有点紧张："我觉得自己一直在所有人面前隐瞒秘密。我再也撑不下去了。"

我睁开眼。在起居室的昏暗光线里，在落地灯凄惨的弱光里，他看起来就像个天使。

"我们必须跟警察讲实话。"

伊桑猫下腰，并拢膝头，然后挺直身子，看了我一会儿，又移开视线。

"伊桑。"

"我知道。"几乎是听不到的耳语声。

身后传来一声娇气的呼唤。我在沙发里转过身。庞奇坐在我们后面，歪着脑袋。它又叫了一声。

"它在这儿呀。"伊桑弯腰到沙发背后去抱它，可猫转身跑开了，"我猜它已经不喜欢我了。"伊桑轻轻说道。

"听着，"我清了清嗓子，"这件事极其严重。我打算给利特尔警探打电话，让他马上过来，你可以把刚才告诉我的这些事都讲给他听。"

"我可以先告诉他们吗？"

我皱皱眉："谁？你的——"

"我妈。还有我爸。"

"不行。"我边说边摇头，"我们——"

"哦，求你了。求求你。"他哀求的语气撕心裂肺。

"伊桑，我们——"

"求求你。求求你了。"现在几乎是在尖叫了。我呆呆地望着他：

泪水涟涟，满脸都是泪痕。那双眼睛里透着近乎狂野的惊惶。我该让他哭喊出来吗？

但没等我决定，他已经哭诉起来："她是为了我才那么做的。"热泪涌出眼眶，"她是为了我。我不能——我不能这样对她。毕竟她是为了我啊。"

我一时语塞："我——"

"让他们自首难道不是更好吗？"他问道。

我开始考虑这种可能性。对他们来说更好，对他也就更好。可是——"出了这事之后，他们一直惶惶不可终日。他们真的都快疯了。"他的上嘴唇泛着光亮——涕泪交融，还有汗。他抹了一把。"我爸对我妈说，他们应该去警察局。他们会听我的。"

"我不——"

"他们会听的。"他坚定无比地点着头，深深地呼吸，"如果他们不答应，我就说我已经向你坦白了，你会去报警的。"

"你肯定……"你能相信你母亲吗？相信阿里斯泰尔不会攻击你吗？相信他们之中任何一个都不会来找我吗？

"你能不能等一下，让我和他们谈谈？我不能——如果我让警察来，现在就来抓走他们，我不……"他的目光落到自己的双手上，"我真的做不出来。我不知道怎么样……自己活下去。"他的声音又被抽噎淹没了。"给他们一次机会，帮帮他们。"他几乎说不出话来了，"她是我妈妈啊。"

他这次说的是简。

我没有应对这种场面的经验。我想到韦斯利，设想他会给我怎样的建议。自己想，福克斯。

我能让他回到那个家吗？回到那两个人身旁？

可是，我能眼看着他懊恼悔恨一辈子吗？我深知那是什么样的感受；我亲身感受过永不减退的伤痛，始终萦绕在心头的伤痛。我不想让他步我的后尘。

"好吧。"我说。

他眨眨眼："可以吗？"

"是的。去跟他们说吧。"

他现在愣住了，似乎我的答复让他难以置信。好半天，他才缓过神来，"谢谢你。"

"请你千万小心。"

"我会的。"他站起来了。

"你打算怎么说？"

他又坐下了，带着哭腔长叹一声。"大概——我会说……说你有铁证。"他点点头，"我会讲实话。我把事情都告诉你了，你说我们得去警察局自首。"他的声音在发抖。"在你报警之前去。"他用手揉揉眼睛，"你觉得他们会怎样？"

我愣住了，边说边整理思绪："这个……我认为——警方会理解你父母受到了骚扰，她——凯蒂——实际上在非法跟踪你。那可能违反了你被领养时所达成的协议。"他慢慢地点点头。"还有，"我补上一句，"他们会考虑到，事情是在争执中发生的。"

他咬起了嘴唇。

"是不太容易。"

他垂下眼帘。"不容易。"他轻轻应道，又用逼视的目光看着我，那眼神让我不由自主地挪了挪身子，"谢谢你。"

"这，我……"

"真的。"他用力咽下一口口水，"谢谢你。"

我点点头："你有我的电话号码，对吧？"

他拍了拍大衣口袋："有。"

"如果——就给我打个电话，告诉我一切都好。"

"好的。"他又站起来了，我也随他站起身。他转身走向门口。

"伊桑——"

他回过身。

"我要知道一件事：你父亲。"

他看着我。

"他——他有没有在晚上来过我家？"

他皱了皱眉："来过。昨晚。我以为——"

"不。我是说上星期。"

伊桑没说什么。

"因为别人都说，你们家出的事都是我幻想出来的，但现在我知道那不是我的幻觉。别人还说我画了一张画，但那不是我画的。我想——我需要知道是谁在我睡觉时拍了那张照片。因为"——我听到自己的声音在颤抖——"我真的不希望那是我自己拍的。"

安静。

"我不知道。"伊桑说，"他怎么能进来呢？"

这个问题我无法回答。

我们一起走到门口。就在他要握住门把手时，我伸出双臂，把他揽在怀里，紧紧地拥抱他。

"千万小心，注意安全。"我轻声说道。

雨点打在玻璃上，风在窗外呼号，我们又那样站了一会儿。

他退后，离开我的怀抱，脸上挂着哀伤的笑容，然后，转身走了。

94

我拨开百叶窗，目送他迈上自家的前门台阶，把钥匙插进门锁。他推开门；门关上后，就看不见他了。

我让他回去，这样做对吗？我们是不是应该先通知利特尔？或是应该把阿里斯泰尔和简叫到我家来？

太晚了。

我朝公园对面张望，查看每一扇空荡荡的窗，每一个空荡荡的房间。

看不见人影。在那栋小楼的深处，他正在和父母交谈，在他们的小世界里扔下爆炸性的话语。我觉得自己又回到了每天叮嘱奥莉薇亚的时候：千万小心，注意安全。

要说我多年来在和儿童打交道的过程中学到了什么，那唯一的真理就是：孩子们有非同寻常的复原能力。忽视他们，他们可以忍耐；虐待他们，他们可以存活；他们有忍耐力，甚至在忍受中变得强大，在同样的处境下，成年人反倒可能经不起大风大浪的打击。我在为伊桑担心，也在为伊桑鼓劲。他会需要那种强大的复原能力。他必须忍受这次打击。

话说回来，怎么会这样——多么不幸的故事。我走回起居室关掉落地灯的时候，浑身都在打战。那个可怜的女人。那个可怜的孩子。

竟然是简。不是阿里斯泰尔，而是简。

一行眼泪流下来。我想用手指抹去泪痕，泪珠却在指尖闪亮；我好奇地看着这滴泪，接着，把手在睡袍上抹了抹。

我觉得眼皮好重。我上楼走进卧室，继续担心，继续等待。

我站在窗边，盯着公园对面的小楼。没有人。

我把拇指指甲都咬出血了。

我绕着地毯在房间里一圈又一圈地走。

我瞄了瞄手机。不知不觉，已经过去半小时了。

我得找点事做，分分心。我得让自己平静下来，找点熟悉的事做，抚慰我心的事。

《辣手摧花》。编剧：桑顿·怀尔德[1]，希区柯克最喜欢的自己执导的电影之一：天真的姑娘发现自己心目中的英雄不过是道貌岸然的坏蛋。桑顿·怀尔德写的好故事。"我们只能把日子过下去，什么事也不会发生，"她心有怨念，"我们陷在一成不变的可怕的日子里，吃了睡，睡了吃，就这些事。我们甚至没有真正意义上的交谈。"直到她的查理舅舅来访，

---

1. 桑顿·怀尔德（1897—1975），美国小说家、剧作家，代表作有《我们的小镇》等。

这样的日子才告终结。

老实说，在我看来，她实在太盲目了。

我是在笔记本电脑上看的电影，边看边吮吸已经啃破的大拇指。几分钟后，猫溜达进屋，跳上床来陪我。我轻轻按了按它的脚爪，它痛得龇牙咧嘴。

故事越来越紧张了，我也越来越紧张，总有一种难以名状的不安感。我好想知道公园对面的小楼里正在上演怎样的剧情。

手机在我身边的枕头上以振动模式爬了几步。我一把抓起它。

去警察局了。

11：33 p.m.，原来我看着看着就睡着了。

我翻身下床，把窗帘拉到一边。炮火般密集的雨点落在玻璃窗上，眨眼间就汇成弯弯曲曲的水流。

隔着暴雨，我依然能看到公园对面的小楼一片漆黑。

"你不知道的事太多了，有太多隐情。"

电影仍在我身后播放着。

"你活在梦里，"查理舅舅鄙夷地说道，"你是个盲目的梦游人。你怎么会知道世界是什么样的？你知道吗，只要把房子的门廊推倒，你就会看到卑鄙的人？动动你的脑子。认真点吧。"

就着从窗口透进来的夜色，我慢悠悠地走向浴室。得找点东西帮我再次入睡——褪黑素也许有用。今晚我需要安眠药。

我吞下一片。屏幕上，那人摔了下去，火车鸣笛，片尾字幕出现。

"猜猜我是谁。"

这一次，我没能抗拒他，因为我虽有意识，但已经睡着了。这是一场半梦半醒间的逼真的梦。

但我努力了："埃德，别来找我。"

"来吧。和我聊聊天。"

"不行。"

我看不见他。什么都看不见。等等——好像有模模糊糊的影子，像他。

"我认为我们得好好谈谈。"

"不要。走开。"

黑暗。寂静。

"事情不对劲。"

"不行。"但他说得对——确实有哪里不对劲。这种直觉让我辗转反侧，不得安宁。

"天知道，原来这星期的事都是那个叫阿里斯泰尔的家伙搞出来的，不是吗？"

"我不想谈这件事。"

"我差点忘了。莉薇有一个问题要问你。"

"我不想听。"

"就一个。"他咧嘴一笑，皓齿在反光，"很简单的问题。"

"不行。"

"问吧，小南瓜。去问妈咪。"

"我说了——"

但她的声音已经钻到我耳朵眼里了，一字一句热乎乎地融进了我的头脑，就像平常讲悄悄话时那样，她完全用气息在讲话。

"庞奇的脚爪怎么了？"她问道。

我醒了，突然清醒无比，好像被当头浇了一桶冷水。我双目圆睁。一道光从天花板上反射下来。

我翻身下床，拉好窗帘，把光线挡在外面。灰蒙蒙的阴影重回卧室；透过窗户，透过雨幕，我看见拉塞尔家的小楼顶着一片邪恶的天空——就在楼顶上，一道尖利扭曲的闪电从天而降。雷声轰鸣。

我回到床上，重新躺好时，庞奇轻轻地叫了几声。

庞奇的脚爪怎么了？

就是这件事——让我百思不得其解的事。

伊桑前天来我家的时候，他发现猫在沙发背上，但庞奇跳到地板上，躲到了沙发下面。我眯起眼睛，仿佛在调动不同角度的摄像机，重现那一幕。不：伊桑没看到——不可能看到——猫的脚受伤了。

难道看到了？现在我抚摸着庞奇，捋着它的尾巴；它又朝我发出沙哑的呼声。我看了看手机上的时钟：1：10 a.m.。

数字时钟刺痛了我的眼睛。我赶紧闭上眼睛，然后再看向天花板。

"他怎么会问起你的爪子？"我在黑暗中问猫。

"因为我在夜里拜访了你呀。"伊桑说道。

星期一

11 月 15 日

95

我吓得挺身跳起来，扭头看向门口。

闪电劈下来，把卧室照得白花花的。他就站在门口，靠在门框上，围巾松松垮垮地挂在脖子上，头发被雨淋透，泛着一圈光，好像自带光环。

我话都说不清了："我以为——你回家了。"

"是回了。"声音低沉，但很清晰，"道了晚安。等他们上床睡觉了。"他微微笑着，嘴角上扬，"我才重返这里。我最近可没少来呢。"他特意加上这句。

"什么？"我不明白眼下是什么情况。

"我必须告诉你，"他说，"我见过很多心理医生，但没把我诊断为人格障碍的，你是第一个。"他扬了扬眉，"我估计，你不能算是全世界最优秀的心理医生。"

我欲辩又难言，嘴巴一开一合，活像坏掉的门。

"不过，你引起了我的兴趣，"他说，"确实有兴趣。所以我一次又一次回来找你，哪怕明知道我不该这么做。老女人会让我兴致高涨。"他皱了皱眉，"抱歉，这样说会不会侮辱你？"

我动弹不得。

"但愿没有。"他叹了口气，"我爸的上司的太太就让我很有兴致。珍妮弗。我喜欢她。她也喜欢我，可以这么说吧。可惜……"他换了个姿势，把细长的身子的另一侧靠在门框上，"有过……一点误会。就在我们搬家之前。我拜访了他们家。在夜里。她不太喜欢。反正她是这样说的。"现在他两眼放光了，"她很清楚自己在做什么。"

这时，我看到他手里的东西了，闪着寒光的一截银色。

刀刃。拆信刀。

他的目光从我的脸移到自己的手上，再转回到我身上。我已经发不出声音来了。

"我就是用这个解决凯蒂的。"他语气欢快地解释起来，"因为她不肯放过我。我跟她讲过，讲了又讲，讲了好多遍，可她就是……"他摇摇头。"不肯罢手。"他哼了一声，"有点像你。"

"可是，"我的声音听来嘶哑，"今晚——你……"说不下去了，声音干涸，消失。

"什么？"

我舔了舔嘴唇："你告诉我——"

"我只是为了让你——抱歉，让你闭嘴——才那么说的。很抱歉，只能那样说，因为你实在太好了。但我真的需要你闭嘴。否则我没法顾及别的事。"他有点烦躁地说，"你想报警。我要争取一点时间——你懂的，把事情处理好。"

眼角的余光瞥见一点动静：是猫，在床边伸懒腰。它看了看伊桑，叫了一声。

"讨厌的猫。"他说，"我小时候可喜欢那部电影啦。《酷猫妙探》！"他朝庞奇笑笑。"顺便说一下，应该是我弄断了它的腿。我向你们道歉。"他用拆信刀指了指床上的我们，寒光一闪，"它一直跟着我在夜里到处转，所以我有点生气。再说，我早就告诉过你，我对猫毛过敏。我可不想半夜打几个喷嚏，把你吵醒。很抱歉，你现在醒了。"

"你夜里来我家？"

他朝我走来一步，刀刃划过灰黑的光线："我差不多每天晚上都来这里。"

我屏住呼吸："怎么进来的？"

他又笑起来。"我拿了你的钥匙呀，那天你为我写下电话号码的时候。我第一次来你家，就看到钥匙挂在挂钩上，后来又意识到，就算钥匙不见了，你也不见得会发现。因为你不太用钥匙。我复制了一把，再把你的钥匙还回来。"他又笑了一下，"易如反掌。"

现在，他忍不住咯咯地笑出声，没有持刀的那只手捂住了嘴巴。"不好意思。只是——你今晚给我打电话的时候，我还以为你发现了呢。我简直——当时都蒙了，不知道该怎么办。其实我刚才来的时候，这玩意已经在我口袋里了。"他又扬了扬拆信刀，"以防万一嘛。为了圆谎，我可没少说谎。可是你竟然都信了。'我爸脾气不好。''哦，我怕得要命。''哦，他们不让我带手机。'你简直像条哈巴狗，我说什么，你就流着口水信什么。我就说嘛：你才不是最了不起的心理医生。"

"嘿！"他突然喊了一嗓子，"我有个好主意：分析我吧。你想知道我的童年，对不对？他们都想了解我的童年生活。"

我呆呆地点点头。

"你会爱死这件事的。这就好像，心理分析师的梦想。凯蒂"——他故意加上重音，让这个名字听来可鄙又可恨——"是个瘾君子，除了对海洛因上瘾，还是个不要脸的臭婊子。海洛因荡妇。她甚至从没告诉我，我的生父是谁。老天爷啊，她可真不配当妈。"

他看了看拆信刀："我一岁的时候，她开始吸毒。我养父母是这样说的。我真的记不住那时候的事了。我是说，他们把我从她身边带走时，我才五岁。但我记得我经常挨饿，总是吃不饱。我记得很多带针头的玩意。我还记得，只要他们心血来潮，她的男朋友就把我踢得半死。"

沉默。

"我敢说，换作我生父，肯定不会那么做。"

我一言不发。

"我记得我目睹过她的一个朋友吸食过量而亡。我就眼睁睁看着她在我面前死掉。那是我最初的记忆。那时我四岁。"

沉默更深重了。他轻轻叹了一声。

"我开始不乖了。她想帮我，或是阻止我，但她吸得太多，身体太弱了。后来，我就被列入待领养清单，再后来，我养父母就把我接走了。"他耸耸肩，"他们……是啊，他们给了我很多。"又叹了口气，"我知道，我给他们带来很多麻烦。这就是他们不让我去学校的原因。我爸丢了工作，也是因为我想接近、想了解珍妮弗。因为这事，他都气疯了，但，你知道……"他的眉骨投下更深的阴影，"运气不好。"

卧室又被闪电照亮了。雷声滚滚。

"不管怎么说，凯蒂嘛，"现在，他望出窗外，望向公园的那一边，"就像我跟你说的，她在波士顿找到了我们，但我妈不让她和我讲话。后来，她又找出我们在纽约的下落，有一天我独自在家时，她突然冒出来了。她给我看吊坠里珍藏的我的照片。我和她交谈，是因为我有点感兴趣。尤其是，我想知道我的生父是谁。"

现在，他撤回目光，再次凝视我："你知道那是什么感觉吗？不知道你的亲爹是不是和亲妈一样浑蛋？满心希望他不是？但她只是轻描淡写地说，那都不重要。她的相册里也看不到他。她确实收藏了些老照片。我说的那些都是实话，你知道吧。"

"好吧……"他又露出那种人畜无害的无辜表情，"不全是实话。那天你听到她大叫一声了？是我掐住了她的脖子。真的没用力，但我在那个节骨眼真是烦透她了。我只想让她滚蛋。她疯了。她死活不肯闭嘴。直到她大呼小叫的，我爸才发现她在我们家。他就说，'在他还没有闯祸前，赶紧滚出我家'。紧接着，你的电话就来了，我不得不假装自己很害怕，后来你又打来一通，我爸也只能假装一切都好……"他摇摇头。"谁知道那婊子第二天还会上门来。"

"到那天，我实在受够她了，忍无可忍。我不在乎看不看老照片，不在乎她驾船远航、上课学手语那些破事。正如我说过的，她还是不肯透露关于我生父的事。也许她也讲不出来，甚至可能根本不认识他。"他轻蔑地哼了一声。

"所以，没错，她回来了。我在自己房间里，听到她和我爸吵起来了。我再也忍不下去了。我想让她消失，根本不管她那些哭哭啼啼的说法，因为她对我做了这样的事，所以我恨她，我恨她不告诉我生父是谁，我不想让她出现在我的生活里。所以我从书桌上抓起这个"——扬了扬拆信刀——"冲下楼，跑进去，就……"他做出往下刺的动作，"真的就是一眨眼的事。她连叫都没叫一声。"

我想起几小时前他对我讲过的那些话：简刺死了凯蒂。我想起来了，他的眼神不自觉地飘向左边。

现在，他的眼神是明亮而坚定的。"那感觉很爽，很痛快。就差那么一丁点，你就看到那个场面了。或者说，看到全景。"他用力地看着我，"不过，你已经看得够多了。"

他慢慢地走向我的床。又开口道：

"我妈不知道。完全不知道这件事。她根本不在场——第二天早上她才回来的。我爸让我发誓一个字都不许说。他想要保护她。我有点……为他难过：要对自己的婚姻伴侣隐瞒这种天大的事。"他向前迈出第三步，"她只是认定你疯了。"

再走一步，现在，他已经站到我身边了，刀锋就平放在我脖子前方。

"所以？"他说道。

我吓得浑身发抖。

接着，他在床垫边坐下来，后背靠在我膝盖上。"分析我。"他连连点头，"把我治好。"

我往后退缩。不。我做不到。

但你可以啊，妈咪。

不。不。完蛋了。

加油啊，安娜。

他有武器。

你也有你的脑筋可用啊。

好的。好的。

一，二，三，四。

"我知道我是什么样的人。"伊桑说着,轻轻柔柔,简直像是抚慰人心的甜言蜜语,"这对你有帮助吗?"

精神病患者。表面的可爱只是伪装,内在的个性喜怒多变,情感贫乏。手里拿着拆信刀。

"你——从小就会伤害动物。"我试着稳住自己的语气。

"是的,但猜到这一点也没什么稀奇的。我把自己砍死的老鼠给了你的猫。我是在我家地下室里发现那只老鼠的。这个城市真恶心。"他看了看刀刃,再看看我,"还有吗?继续讲。你应该不只有这一招。"

我深吸气,再猜:"把别人玩弄于股掌之间,会让你很开心。"

"嗯,没错。我是说……真是这样。"他抓了抓后脖颈,"很好玩。而且很容易。玩弄你就很容易。"他朝我挤挤眼睛。

有东西拍了我手臂一下。我慌忙朝旁边瞥一眼。手机从枕头上滑下来了,刚好落在我肘弯里。

"我对珍妮弗下了重手。"他似乎若有所思,"她就——是有点过分了,我应该悠着点的。"他把拆信刀平放在自己的大腿上,用手指抚摸着,好像在磨刀。刀刃在牛仔裤上陷下去。"我不想让你认为我构成了某种威胁。所以我才说,我很想念以前的朋友们。我还假装自己可能是同性恋,甚至哭了那么多次——真他妈多。所以你才会可怜我,觉得我是……"话音渐渐消失,"也因为,我说过的,我对你有点欲罢不能……"

我闭起眼睛。我可以在脑海里看到手机,好像有东西照亮了它。

"嘿——你有没有注意到,我在窗前脱衣服?我脱了好几次呢。我知道有一次你看到了。"

我只能干咽一下。慢慢地,我把胳膊往枕头里蹭,把贴在前臂裸露皮肤上的手机也蹭到枕头下面去。

"还有呢?也许还有恋父情结?"他又咧嘴笑起来,"我知道,我刚才一直在说他。真正的父亲,不是阿里斯泰尔。阿里斯泰尔只是个可怜的小男人。"

我感觉到屏幕贴着手腕,凉凉的,滑滑的:"你不……"

"什么？"

"你不太尊重别人的私人空间。"

"好吧，我在这儿，不是吗？"

我点点头。用拇指滑动屏幕。

"我告诉你了：我对你有兴趣。街区那头的老婊子跟我说过你的事。嗯，当然也不是全部啦。从那之后，我了解到不少情况。所以我才带着香氛蜡烛来你家。我妈根本不知道。她也不会让我来的。"他停下来，端详我，"我敢说，你以前一定很漂亮。"

他把拆信刀举到我的脸旁，用刀尖挑起一缕垂在脸颊上的头发，拨开。我畏缩着，颤抖着。

"那女人只是说，你一天到晚待在家里。我觉得这挺有意思的。从不出门的怪女人。变态。"

我的手掌握住了手机。我可以输入开机密码，让手指摸索出那四个数字。我已经输入过无数次了。摸黑，不看，也可以。就算伊桑坐在我身边，也可以。

"我就知道，我必须来接近你，了解你。"

好了。我按到了手机上的主屏幕键。咳嗽一下，掩盖那声轻响。

"我父母——"他转身看着窗户，突然停下不讲了。

我也跟着他扭过头去。一眼就看到他正在看的景象：手机屏幕的光，反射在窗玻璃上。

他大口喘气。我也是。

我瞥了他一眼。他正怒目而视。

接着，他狞笑起来。"我开玩笑呢。"他用刀尖指了指手机，"我已经换过密码了，就在你醒来之前。我可不是笨蛋。我不能让一个随时可以打电话的手机躺在你身边。"

我无法呼吸。

"而且，如果你想知道更多详情，我可以告诉你：我还拆下了楼下书房里座机的电池。"

我的血液都快凝固了。

他指了指门的方向。"无所谓啦。这一两周，我每到夜深就来你家，只是到处晃晃，看看你。我喜欢这里，又安静，又黑暗。"他好像在边思考边说话，"你的生活方式也很有趣。我觉得自己好像在研究你，就像拍纪录片一样。我甚至"——他笑了——"拍了你的照片。"扮了个鬼脸，"是不是太过分了？我觉得挺过分的。哦，对了——快问我是怎么解锁你的手机的。"

我什么也没说。

"问我呀。"威逼的口吻。

"你是怎么解锁我的手机的？"我轻声问道。

他露出自豪的笑容，好像小孩知道自己要讲出机灵的俏皮话那样："是你告诉我的呀。"

我摇摇头："不是。"

他翻了个白眼。"好吧，确切地说——你是没有告诉我。"他向我靠过来，"但你告诉蒙大拿的老太婆了。"

"莉齐？"

他点点头。

"你——在监视我们聊天吗？"

他长长地叹了口气："天哪，你真的笨到家了。顺便说一句，我从来没有教残障儿童游泳。我宁可自杀也不会做那种事。不，安娜：我就是莉齐。"

我张大了嘴，下巴都快掉了。

"曾经是，"他继续说，"她最近经常出门了。我认为她好转了。多谢她的两个儿子——他们叫什么来着？"

"博和威廉。"

他又笑出声来。"太扯淡了。我简直不敢相信你竟然都记得。"现在笑得更大声了，"博。我发誓，就是当场现编的名字。"

我瞪着他。

"我过来的第一天，就看到你笔记本电脑上那个变态网站。我一回家就注册为新用户。结果认识了各种各样的倒霉蛋，都是孤零零不出门的，迪斯科米奇什么的。"他摇摇头，"真可悲。但他帮我联系到你。我不想平白无故地就和你聊天。不想让你——你懂的，起疑心。"

　　"结果呢，你告诉莉齐该怎样设置她那些密码，把字母换成数字。你还真以为是美国宇航局的高精尖技术啊。"

　　我想咽口水，但喉咙僵住了。

　　"或是用生日——你就是这么说的。你之前就告诉我了，你女儿的生日是情人节那天。0214。我就这样解开了你的手机，拍了你打呼噜的照片，然后换掉密码，只是拿你寻开心而已。"他朝我摆摆手指。

　　"然后我下楼去，进了你的笔记本电脑。"他又凑过来，慢慢地说道，"当然啦，你的密码就是奥莉薇亚的名字，你的笔记本电脑，你的电子邮箱。当然啦，你刚刚清过邮件，和你对莉齐交代的一模一样。"他摇着脑袋，"你他妈的到底有多笨啊？"

　　我一声不吭。

　　他两眼放光："我问了你一个问题。你他妈的——"

　　"非常。"我说。

　　"非常什么？"

　　"非常笨。"

　　"谁笨？"

　　"我。"

　　"他妈的非常非常笨。"

　　"是的。"

　　他点点头。雨滴打在玻璃上。

　　"所以我就注册了一个 Gmail 账号，在你的电脑上。你对莉齐说，你的家人交谈时总喜欢用'猜猜我是谁'作为开场白，这简直就是现成的用户名，再好不过了：猜猜我是谁，安娜？"他咯咯地笑个不停，"然后我就把那张照片发到你的邮箱了。我真想看到你收信时的表情。"他又笑了一通。

房间里好像缺氧了。我感觉呼吸不畅，气短。

"我不得不把我妈的名字也放在寄件人一栏里。我敢说，那肯定会让你兴奋难耐的。"他得意地笑笑，"但你也对莉齐讲了些别的事。"他再次倾身靠向我，拆信刀指着我的胸口，"你有过一次外遇，荡妇。是你害死了全家人。"

我讲不出话来。我已一无所有。

"后来你就被凯蒂的事搞得晕头转向。疯了。你疯了。我是说，我其实挺理解的。我当着我爸的面干了那件事，他也快疯了。但坦白地说我相信他其实也松了一口气，因为她总算消失了。我也觉得如释重负。我说过，她都快把我气死了。"

他理了理床铺，又靠近我往前坐了一点。"过去点。"我曲起双腿，紧挨着他的大腿，"我本该查看窗外有没有人在张望，但事情发生得太快了。不管怎样，要矢口否认这件事也很容易，比撒谎容易，也比讲真话容易。"他摇摇头，"我有点为他难过。他只是想保护我而已。"

"他是想保护你，不受我的骚扰。"我说，"尽管他早知道——"

"不。"他冷冰冰地打断我，"他是想保护你，不受我的骚扰。"

我也不想让他和一个成年女人在一起消磨时光，阿里斯泰尔这样说过。那不是为了伊桑考虑，而是为了我好。

"但你又能怎么办呢，是不是？有个心理医生对我父母说，我天性太坏了。"他耸耸肩，"好。真他妈好。"

愤怒，亵渎的语言——他越来越难控制情绪了。我感觉血冲脑门。专注。回忆。思考。

"你知道吗？我也为那些警察感到难过。那个大块头那么努力，想要容忍你。真是个圣人啊。"他又轻蔑地哼一声，"另一个就像个臭婊子。"

我几乎没在听他讲什么了，而是喃喃地说道："跟我说说你母亲。"

他看着我："你说什么？"

"你母亲。"我点点头，"跟我说说她的事。"

停顿。外面传来一声雷鸣。

"什么……样的事？"他谨慎地问道。

我清了清嗓子："你刚才说，她男朋友虐待你。"

他这才睁大眼睛："对，我说了，他们把我揍个半死。"

"是的。我猜这种事肯定经常发生。"

"是啊。"他依然瞪着眼睛，"为什么？"

"你说过，你觉得自己天性就很坏。"

"那是另一个心理医生说的。"

"我不相信。我不相信你天生就是坏人。"

他歪了歪脑袋："你不信？"

"不信。"我克制自己，平稳呼吸，"我不相信人性本恶。"我抵着枕头，让自己坐直一点，抚平大腿上的被子，"你不是生来就恶劣的。"

"不是？"他手里的拆信刀已松弛下来。

"在你还是孩子的时候，发生了一些事。你亲眼……看到了那些事，都是超出你的掌控能力的事。"我讲起话来有点底气了，"你忍受、并熬过来了。"

他抽搐了一下。

"她不是个好母亲。这一点，你说得对。"他咽了一口口水，我也是，"我认为，在你父母领养你的时候，你的身心都遭受了巨大的创伤。我认为……"我要不要冒险往下说？"我认为他们很关爱你。哪怕他们并不完美。"我补上一句。

他凝视我的眼睛。微妙的波动在他脸上一闪而过。

"他们很怕我。"他说。

我点点头。"是你自己说的。"我提醒他这一点，"你说，阿里斯泰尔尽力保护你——不让我们在一起。"

他一动不动。

"但我觉得他不是怕你，而是为你担心，还想保护你。"我伸出手臂，

"我相信，他们把你接回家时，就已经拯救了你。"

他看着我。

"他们很爱你。"我说，"你也配得上他们的爱。如果我们和他们谈——我肯定——他们为了保护你，愿意做任何事。他俩都一样。我知道他们很想……和你建立更深的联结。"

我的手朝他伸去，在他肩头迟疑了片刻。

"你小时候经历的事，全都不是你的错。"我轻轻说道，"至于——"

"废话说得够多了。"他没等我的手落下，就飞速闪开。我也赶紧收回自己的胳膊。

我失去他了。我感觉得到，血管里好像空了，口干舌燥。

他凑过来，用那双明亮又热切的眼睛紧盯我的双眼："我闻起来如何？"

我摇摇头。

"来呀，闻一下。我有什么味道？"

我吸了一口气，不禁想起第一次见到他的场景，深吸蜡烛的香氛。薰衣草味。

"雨。"我答道。

"还有呢？"

我简直不相信自己说："古龙水。"

"浪漫。拉夫·劳伦[1]牌，"他又补上一句，"希望你喜欢这味道。"

我又摇摇头。

"哦，对了。我还没拿定主意，"他若有所思地说下去，"坠落楼梯好呢？还是过量服用药物好？你最近很悲伤，一直都是。咖啡桌上就有那么多药。但你又是个该死的酒鬼，所以也可能醉醺醺地……踏空。"

眼前发生的事让我不敢相信。我看着猫。它侧着身子，还在睡。

---

1. 拉夫·劳伦（Ralph Lauren），美国经典品牌，以 POLO 衫闻名，除时装外，还有香水、家居等产品。

"我会想你的。除了我就没别人了。甚至很多天都不会有人发现，之后也不会有人在意。"

我抱住自己在被子下的双腿。

"你的心理医生大概会，但我敢说，他也受够你了。你跟莉齐讲过，他一直在容忍你的恐旷症，以及，你的愧疚。老天爷啊。又是一个该死的圣人。"

我紧紧闭起双眼。

"婊子，我跟你说话的时候，你要看着我。"

我用尽全身的力气，踢了出去。

96

我踢中了他的肚子。他弯下腰去，我已收回双腿，又踢了出去，这一次踢中了脸。我的脚跟正好踢中他的鼻梁骨。他倒在地板上了。

我掀开被单，翻身下床，朝门口冲去，跑进了黑漆漆的走廊。

头顶上，雨在天窗上汇流而下。我跌跌撞撞地跑在长条形的地垫上，腿脚发软，膝盖着地，只能用颤颤巍巍的手抓住扶梯。

突然间，一道闪电劈来，楼梯和走廊瞬间惨白发亮。就在那个瞬间，透过竖栏杆的缝隙，我看到每一级楼梯都被照亮了，一圈一圈，旋转着往下，往下，往下，一路延伸到底。

往下，往下，往下。

我眨着眼睛。楼梯间又陷入了黑暗。什么也看不见，什么都感觉不到了，只能听到雨声如鼓。

我勉强地把自己撑起来，飞速走下楼梯。外面雷声滚滚。

"你这个臭婊子。"我听到他滚落在走廊里，带着哭腔在喊，"臭婊子。"他冲向扶栏时，木头发出吱呀的呻吟。

我得到厨房去，去拿开箱刀。它肯定还在厨台上，刀刃尚未出鞘。我要跑到可回收垃圾桶那里，闪闪发光的空酒瓶那里。跑到对讲机那里。

跑到门口。

但你可以出门吗？埃德问道，轻如耳语。

我出去过了。别来烦我。

他会在厨房里追上你。你不会有机会跑到外面去的。就算你能……

我下了一层楼，像罗盘上的指针一样飞速旋转，控制自己的方向。这层楼有四扇门。我的书房。埃德的书房。储物间。小卫生间。

挑一间。

等等——

挑一间。

卫生间。天堂狂喜。我抓住把手，把门拉开，走了进去。我贴在门边，呼吸又急又浅——

他来了，冲下了楼梯。我屏住呼吸。

他走到这层楼的走廊，站住了，离我只有一米远。我感觉得到他带来的风。

有那么一会儿，我只能听到鼓点般的雨声。背上有汗流下来。

"安娜。"轻轻一声，听来冰冷。我都快缩成一团了。

一手紧抓门框，用力得几乎能把木头掰开了，我这才小心翼翼地从门缝里往黑洞洞的门外看。

他的身影黯淡，不过是阴影中的阴影，但我可以辨认出他双肩的轮廓，苍白的手心。他背对着我。我看不见他是否还攥着那把拆信刀。

慢慢地，他转过身来；我看到他的侧影，面对着埃德的书房门。他只用直勾勾的目光看向前方，一动不动。

接着，他又转过身，这次动作快了几分，没等我再往卫生间里躲一步，他就看向我。

我没有动。动不了。

"安娜。"他静静地喊了一声。

我张开嘴，心都快从嗓子眼里跳出来了。

我们四目相对。我马上就要叫出来了。

他转身走了。

他并没有看到我。他无法在黑暗中看到远处的细节。但我已经习惯了昏暗的光线，甚至不见天光。我可以看到他看不到的——

现在，他走向楼梯。手里闪过刀刃的寒光，另一只手揣在口袋里。

"安娜。"他又喊了一声，那只手从口袋里伸出来了，高举在身前。

从那只手的掌心里射出一道手电筒光。那是他的手机。手机自带的手电筒。

藏身于过道里的我一下子看清了楼梯，墙面在强光下显得白花花的。不远处，雷声滚滚。

他又一次转过身，光束像灯塔的灯光般扫过整个走廊。先是储物间门。他大步朝储物间走去，拉开门。用手机往里面照了一圈。

接着，书房。他走进去，借着手电筒光巡视了一圈。我望着他的背，鼓动自己抓紧时机跑下楼。往下，往下，往下。

但他会追上你的。

我没有其他的路可走了。

你有。

哪儿？

往上，往上，往上。

他从书房里出来时，我拼命摇头。接着是埃德的书房，再往下，就该是卫生间了。我得赶紧撤，赶在——

我的屁股蹭到了门把手，它在扭动时发出轻轻的呻吟。

他听到了，耳朵真灵，那束光立刻转向，从书房门口射出来，刚好直射在我的瞳孔上。

我瞬间瞎了。时间凝滞。

"你在这儿啊。"他轻声说道。

我拔腿就跑。

冲出门口，撞倒他，把肩膀往他肚子上顶。我用力的时候，他剧烈喘息着。我看不到，但我把他撞到一边了，正对楼梯口——

突然间，他不见了。我听到他从楼梯上翻滚下去，发出咣当咣当的巨响，那束光疯狂地用各种角度射向天花板。

往上，往上，往上，奥莉薇亚在耳语。

我转身，视野里依然是星星点点。一只脚撞在了楼梯上，我跌倒了，然后以手代脚继续往上爬了一级，让自己站起来。跑。

上了一层楼，我就急转弯，调整自己在黑暗中的视力。卧室在前方，微微发光；对面就是客房。

往上，往上，往上。

但楼上只有空房间啊。还有你的卧室。

往上。

屋顶？

往上。

可我怎么上去？我怎么出去？

女汉子，埃德说道，你别无选择。

两层楼下，伊桑开始往上走了。我转身就往楼上跑，藤条让脚底板生疼，扶手在掌心里震颤。

我冲上了顶楼，径直冲到活板门下面，张开手掌在头顶撩动，摸到了铁链，我把链条紧紧攥在指间，拉下。

97

门被拉开时，雨水溅了我一脸。活梯发出刺耳的金属摩擦声，向我伸展开来。在楼梯的最下面，伊桑咆哮起来，但大风卷走了他的话语。

我闭紧眼睛，迎着风雨往上爬。一，二，三，四，踏板又冰又滑，梯身在我的体重下颤颤巍巍地抖动起来。爬到第七级，我感到头部已经伸出了屋顶，而外面的声响……

那声响差一点把我击退。风暴像头猛兽般在咆哮。狂风拢住空气，然后撕成碎片。暴雨像利齿般咬进我的肌肤。雨水舔舐着我的脸庞，把头发冲刷到脑后——

他的手拉住了我的脚踝。

我把他踢开，化怒气为动力，迫使自己赶紧爬上去，爬出去，翻身滚到活板门和天窗之间。我单手撑住穹顶天窗的玻璃，挣扎着站起来，睁开眼。

世界在我身边倾斜。在猛烈的暴风雨中，我听见自己开始呻吟。

哪怕在漆黑的夜里，我也能看到屋顶上宛如野生的丛林。根植在陶盆和花圃里的花花草草向四面八方疯狂生长；藤蔓像血脉一样布满了四面墙。常春藤都快把通风口堵住了。在我前方，矗立着一个三米多长的大花架，已被覆在其上的密叶压得向一侧倾斜。

而在另一边，雨水好像不再是落下来的，而是翻着波涛席卷而来，如同在海面上。倾盆大雨的重量全部压在屋顶上，溅落在石雕像上，水雾弥漫。我的睡袍眨眼间就湿透了，贴在身上。

我慢慢地原地转身，膝头绵软无力。转过三个方向，转到第四个方向：朝东了，圣邓诺学校的外墙像山一样出现在眼前。

我之上，只有天空。无尽的空间将我围绕。我的手指扭曲起来。双腿打战，迈不出步子。我的呼吸早已支离破碎。风雨的噪声肆虐袭来。

我看到身后的黑洞——打开的活板门。有一条胳膊正从那洞口伸出来，想要挡住大雨。伊桑。

现在，他也爬上屋顶了，像影子一样黑，只有手中的拆信刀银光逼人。

我踉跄着、颤抖着往后退。一只脚抵住了天窗；感觉很脆弱——真脆弱，戴维早就提醒过我了。枝枝蔓蔓都爬到玻璃上了，早晚会压垮整扇天窗。

那条黑影逐渐逼近。我大叫起来，但大风打着旋夺走了声音，仿佛那不过是一片轻飘飘的枯叶。

有那么一瞬间，伊桑惊讶地上下看看。接着爆发出狂笑。

"没人能听见你的喊叫。"他的吼叫盖过了呼号的风声，"我们在……"话还没说完，更大的雨劈头盖脸地浇下来。

我的脚抵在天窗边，没法再往后退。我只能往旁边侧一侧，只挪了几厘米，就踩上了淋湿的金属格栅。我往下一瞥，看到戴维那天在屋顶上碰翻的水壶。

伊桑往前走来，浑身湿透，黑影的脸上只有眼眸放着寒光，他喘着粗气。

我蹲下身，抓住水壶，朝他扔去——但我太晕了，失去了平衡，水壶从我手中轻飘飘地滑落，顺着积水漂走了。

他弯下腰。

我开始跑。

在黑暗中，在狂野的森林里，既害怕头顶的天空，又恐惧身后的少年。我在记忆里勾勒出屋顶的地图：左边是一排黄杨木，后面是花圃。右边有几个空花盆，几袋栽培土像醉汉一样歪歪斜斜地靠在花盆边。拱廊花架就在正前方。

雷声震动。闪电划破云层，骤升在屋顶上。雨幕在飘摇中震颤。我冲破那道雨幕。天空随时都可能塌下来，把我压得粉碎，但在我冲向拱廊花架的时候，我的心还在跳动，热血还在流淌。

拱廊入口处挂着一道水帘。我一头冲进去，钻到廊下，里面黑漆漆的，像在大桥下面，又湿淋淋的，像在雨林之中。在覆着油布和枝蔓的廊下，外部的声音也被阻隔了，世界安静了一点；我听得到自己粗声地大口喘气。廊下的一侧就是那把窄窄的长椅。*循此苦旅，以达天际。*

那东西就在拱廊的另一头，我希望它还在那里。我飞奔过去，用双手抓紧它，转过身。

一个人影出现在水帘后面。这就是我第一次见到他时的样子，我回想起来，他的影子在我家客厅的毛玻璃上渐渐显形。

接着，他一步穿过了水帘。

"简直完美。"他抹了一把脸上的水，朝我走来。他的大衣浸湿了；围巾仍挂在脖子上。拆信刀仍在他手里。"我本想让你摔断脖子，但这样更好。"他扬了扬眉，"你完蛋了，从屋顶一跃而下吧。"

我摇摇头。

现在，换上了笑脸："你不这样认为吗？你拿着什么？"

说完，他自己也看清楚了我拿着什么。

园艺大剪刀在我手里颤抖不已——大剪刀很重，更何况我浑身都在抖——但我把刀尖举起来，往前走，对准了他的胸口。

他不再笑了："把它放下。"

我又摇摇头，逼近一步。他面露犹疑之色。

"放下。"他又说了一遍。

我又上前一步，把剪刀的两半啪嗒一声合在一起。

他看了一眼自己手中的细小刀刃。

接着，他往后退，回到了雨里。

我等了片刻，心都快从胸腔里跳出来了。他不见了。

慢慢地，我小心翼翼地朝拱廊入口走去。马上就能出去了，我停下来，流淌在脸上的雨水迷住了我的眼，我用剪刀尖刺破水帘，好像它变成了某种探测仪。

好。

我用力地把园艺剪往外刺，同时冲进雨里。如果他在外面等我，那就——

我呆呆地站着，雨水从头发上涌流而下，衣服也在滴水。他不在外面。

我环顾屋顶。

黄杨木边，看不到他。

通风口旁边。

花圃里。

头顶又闪过一道霹雳，屋顶瞬间变得煞白。我看得很清楚，这里荒无一人——只有疯长的植物，缺乏照料的荒野，还有凄厉暴烈的大雨。

可是，如果他不在这里，那——

他从后面向我冲来，那么快，那么狠，我不由得尖叫一声。手中的剪刀掉落了，我和他一起翻滚落地，膝盖着地，太阳穴撞在湿漉漉的屋顶上；我听到有东西碎裂的声响。鲜血涌入了嘴里。

我们在铺了沥青的屋顶上翻滚，一圈，两圈，直到我俩的身体撞到了天窗。我感觉到天窗震颤了一下。

"婊子。"他用热乎乎的气息在我耳边骂道，现在，他站起来了，一只脚踩在我的喉咙上。我只能发出打嗝般的声响。

"不要给我捣乱。"他粗声粗气地说道，"我要你乖乖地走出这个屋顶。你不肯，那我就把你丢下去。"

我看着雨滴在沥青地面上，溅起很多小泡泡。

"你选哪一边？公园还是街道？"

我闭上眼睛。

"你母亲……"我轻轻说道。

"什么？"

"你母亲。"

踩在我喉头的脚放松了一点，但也只是一点点。"我母亲？"

我点点头。

"她怎么了？"

"她对我说过——"

他又加大了力气，差点让我窒息："说什么？"

我睁开眼。嘴巴张大。我得喘气。

他再把脚抬起一点："对你说了什么？"

我深深吸入一口气，才说道："她对我说过，你父亲是谁。"

他没有动。雨水尽情地落在我脸上。舌尖上鲜血的铁锈味越来越浓烈。

"你撒谎。"

我咳了一下，朝地板扭过头去："没有。"

"你甚至不知道她是谁。"他说，"你以为她是别人。你那时也不知道我是领养的。"他又把脚压在我的喉头上，"所以说，怎么——"

"她对我说了。我不——"我咽下一口血水，喉咙已经肿起来了，"我那时候没明白，但她确实告诉我了……"

他再一次陷入沉默。空气艰难地从我嗓子眼里进出，雨在沥青地面溅起水泡。

"谁？"

我保持沉默。

"谁？"他朝我的肚子踢了一脚。我倒吸一口冷气，缩起身子，但他又抓住了我的衣领，把我拽起来，让我跪坐着。我整个人都要往前倾倒。他张开虎口，对准我的喉头，掐了下去。

"她说了什么？"他大喊起来。

我的手指在脖子上胡乱地挥动挣扎。他开始使劲，把我往上提，哪怕我的膝盖不停地打战，我们终于还是面对面、四目相对了。

他看起来真年轻啊，雨水冲刷下的皮肤是那么光滑；他的嘴唇很厚实，头发横贯在前额。好孩子。我还看到，小公园就在他身后，他家的小楼投下一大片阴影。我还感觉到，自己的脚后跟靠在穹顶天窗边。

"告诉我！"

我想说话，但说不出来。

"告诉我。"

我的喉咙完全被掐死了。

他松了松手。我垂下眼帘，拆信刀仍被他攥在拳头里。

"他是个建筑师。"我喘着粗气说道。

他看着我。雨水落在我们周围，落在我们之间。

"他喜欢黑巧克力。"我说下去，"他叫她'女汉子'。"他的手从我脖子上滑落下去。

"他喜欢看电影。他俩都喜欢。他们喜欢——"

他皱起眉头:"她是什么时候跟你说这些的?"

"她来看我那天晚上。她说她很爱他。"

"那他人呢?他在哪里?"

我闭起眼睛:"他死了。"

"什么时候?"

我摇摇头:"有一阵子了。这无关紧要。他死了,她也崩溃了。"

他又掐住了我,我的眼睛瞪大了。"不对,这事关重大。什么时候——"

"重要的是他爱过你。"我的声音已嘶哑。

他愣住了。再一次,他的手松开了我的脖子。

"他是爱你的,"我又说一遍,"他和她,都很爱你。"

伊桑虎视眈眈地看着我,手握拆信刀,我开始大口呼吸。

然后,我拥抱了他。

他完全僵住了,好半天才松弛下来。我们站在雨里,我拥抱着他,他的手垂在身旁。

我慢慢地摇晃,晕眩得转圈时,他也抱住了我。当我站稳脚跟时,我俩已交换了位置,我用双手按住他的胸腔,感受到他的心跳。

"他们都很爱你。"我轻轻说道。

接着,我用尽全身的力气压在他身上,放手一推,把他推向天窗。

98

他背部着地。天窗哗啦一响。

他什么都没说,只是看着我,一脸困惑,好像我问了他一个很难的问题。

拆信刀滑落到另一边。他张开双手，按住玻璃，想把自己撑起来。我的心跳慢下来。时间也慢了下来。

就在这时，他身下的天窗解体了，在暴风雨中，那种碎裂几乎是无声的。

眨眼间，他就坠落到我看不到的地方。即使他尖叫了，我也听不到。

我摇摇晃晃地走到昔日天窗的边缘，往下看，看向这栋小楼里的深井。雨水如断了线的珠子，坠入深井之下，闪闪发亮；楼下的走廊里，摊落着一片碎玻璃，闪闪发亮。我看不到更深的地方——太黑暗了。

我站在暴风雨里，头晕目眩。雨水溅在我的脚上。

我开始往后退。小心翼翼地避开天窗边。我朝活板门走去，那扇门依然朝天敞开着。

我往下走。往下，往下，往下。手指在活梯的踏板上打滑。

踏到地板了，藤编地垫已完全浸湿了，我继续往楼梯口走，在洞开的屋顶下走过去；雨水哗哗地落在我头上。

我走到了奥莉薇亚的卧室，停下来。往里看。

我的宝贝。我的天使。我非常非常抱歉。

过了一会儿，我转身走下楼梯；现在，藤编地垫是干燥的，扎人的。在楼梯口，我停下来，穿过自上而下的雨帘，然后又停下来，浑身滴着水，站在我的卧室门口。我看了看床，看了看窗帘，然后是公园另一边黑漆漆的拉塞尔家。

再一次，走过雨帘，再一次，走下楼梯，现在我在书房门口——埃德的书房；我的书房——望着暴雨敲打玻璃窗。壁炉上的座钟报时了。午夜两点。

我移开视线，离开这间屋子。

在这个楼梯口，我已能看到他的尸体，奇形怪状地摊在地板上。坠落的天使。我走下楼梯。

黑红色的鲜血流出他的头颅。一只手捂在胸前。眼睛在看着我。

我也看着他。

然后，我从他身边走过。

然后，我进了厨房。

然后，我插上座机的电源，给利特尔警探打了电话。

六个星期

之后

99

　　最后几片雪花已在一小时前飘落，现在，正午的阳光浮动在蓝得耀眼的天空下——正如纳博科夫在《塞巴斯蒂安·奈特的真实生活》[1]中所写的，"温暖不了体肤，但足以愉悦眼目"的天空。我已经为自己制订了阅读计划。我不再远程参与别人的读书会了。

　　确实愉悦眼目。窗下，白雪覆盖的街道同样让人神清气爽，在日光反射下越发白得发亮。今天早上降下了三十多厘米厚的大雪。我在卧室窗前久久凝望，看着雪花匆匆落下，为人行道铺上冰霜，为门阶铺上白色的地毯，在花圃里越积越高。十点过后，格雷家的四口人雀跃地鱼贯出门，在寒风里快乐地尖叫，倾斜着身体，迎着风口走下去，走出了我的视野。街对面的丽塔·米勒出现在前门台阶上，对着漫天飞雪惊喜地欢呼，她裹着一件睡袍，一手还端着咖啡杯。她的丈夫出现在她身后，环抱住她，把下巴搭在她的肩窝里。她亲吻他的脸颊。

　　顺便告诉你们，我知道她的真实姓名了——利特尔告诉我的，毕竟他曾挨家挨户拜访过我的邻居们。她叫苏。真让人失望。

　　公园里已是一片耀眼的雪野，白茫茫的一片，好干净。那一边的小楼窗户紧闭，百叶窗紧闭，伫立在令人目眩的天空下；用更加耸人听闻

---

1. 俄裔美国作家弗拉基米尔·纳博科夫创作的长篇小说。故事的第一人称叙述者是塞巴斯蒂安同父异母的弟弟，为了反驳传记作者古德曼对已故哥哥的歪曲，他决心为哥哥写一部传记。

的新闻标题来说：那是一个青少年杀人犯的家，价值四百万美元的豪宅！我知道，实际价格没有那么高，但估计也不会低于三百四十五万。这个价钱不算诱人。

人去楼空。空了好几个星期了。那天早上，利特尔第二次来到我家时，警察已经到了，急救人员也已经运走了尸体。他的尸体。警探告诉我，阿里斯泰尔·拉塞尔因被指控为谋杀从犯而被捕；一听到儿子的死讯，他立刻就招供了。他坦白，事情正如伊桑所说的那样。阿里斯泰尔显然已经崩溃了，强悍地撑到底的人是简。我不确定她知道多少。我甚至不知道她是否本来就知情。

"我应该正式地向你道歉。"利特尔喃喃地说着，摇了摇头，"还有瓦尔——天哪，她真该郑重地来谢罪。"

我可没说不要。

第二天他顺路又来看我。那时候，记者早就敲过我的家门了，一群人挤在我的门铃边。我没理他们。要说我这一年来长了什么能耐，那就是：我特别善于忽略外面的世界。

"安娜·福克斯，你好吗？"利特尔问道，"这位想必就是传说中的精神病医生了。"

菲尔丁医生跟着我从书房里走出来，站在我身边，呆呆地看着警探，确切地说，是利特尔巨大的身形让他目瞪口呆。"有你在，真是太好了。"利特尔说着，握住他的手摇了摇。

"深有同感。"菲尔丁医生回应道。

我也深有同感。过去的六个星期让我稳定下来，厘清了自己。天窗修好了，这是头一件事。专业清洁人员吊着安全绳，把我家擦拭一新。我按医嘱定时定量吃药，酒喝得少多了。事实上，是根本不喝了，这要部分归功于身上有刺青的戒酒志愿者：这位奇迹制造者叫帕姆，她第一次来访时就对我说："我协助过各种各样的人，在各种各样的状态下。"

"我这样的也许是例外吧。"我说。

我试图向戴维道歉——给他打了十几通电话，但他从来没接过。我不知道他在哪里，也不知道他是否安全。我在地下室的床下找到了他的耳机，卷成一团。我把耳机带上楼，捋顺，绕好，放进了抽屉。也许他会回电吧。

几星期前，我重新登录阿戈拉。他们就是我的部落，就像一个大家庭。以救死扶伤为己任。

我一直在抗拒埃德和莉薇。但不是时时刻刻都拒绝，没有那么彻底；有些夜里，我听到他们的声音时，还是会轻轻地回应。但是，我们之间的交谈已告终止。

100

"加油。"

比娜的手很干燥。我的手就大不一样了。

"来呀。来呀。"

她把后花园的门拉开。一股寒风吹了进来。

"你在大雨里的屋顶上都做到了。"

可那是截然不同的情况啊。我那是在搏命。

"这是你家的花园。阳光灿烂。"

没错。

"你还穿上了雪地靴。"

没错。我在放工具箱的储物间里找到了这双鞋。在佛蒙特挨过那一夜后，我就没再穿过这双靴子。

"那你还等什么呢？"

没等什么——没什么好等了。我曾苦苦等待家人归来，但他们不会回来了。我也曾苦苦等待自己的抑郁消退，但它不会自动消退，除非我助自己一臂之力。

我曾等待重新步入这个世界。现在，正是时候。

现在，太阳照耀着我家。现在，我头脑清醒，眼目清明。现在，比娜把我引到门边，指引我站在第一级台阶上。

她是对的：我在大雨滂沱的屋顶上已经迈出了一步。我搏命出击。所以，我肯定是不想死的。

如果我不想死，那我就得继续活下去。

你还在等什么？

一，二，三，四。

她慢慢松开我的手，走进花园，在雪地里留下一串脚印。她转过身，朝我招手。

"来呀。"

我闭上眼睛。

又睁开。

我就这样走进了阳光。

致谢

珍妮弗·乔尔：我的朋友，经纪人，无比珍贵的引路人；

弗利西蒂·布伦特：创造奇迹的人；

杰克·史密斯 - 博赞基特，艾丽斯·迪尔：赋予我整个世界的人；

ICM 的团队成员以及柯蒂斯·布朗。

珍妮弗·布里赫，朱利亚·威兹德姆，我目光精准、心胸开阔的冠军搭档；

莫洛出版社和哈珀·柯林斯出版集团的团队成员；

我在各国的出版商们，非常感谢。

乔西·弗里德曼，格雷格·莫拉迪安，伊丽莎白·加布勒，德鲁·里德。

我的家人和朋友们；

霍普·布鲁克斯：睿智的第一读者，永不疲倦的啦啦队长；

罗伯特·道格拉斯 - 费尔赫斯特：长久以来的灵感源泉；

利亚特·斯特赫利克：谢谢你说我可以写；

乔治·S. 格奥尔基耶夫：谢谢你说我应该写。

附录：书中出现的电影

片名	导演
《知情太多的男人》*The Man Who Knew Too Much*（1956）	阿尔弗雷德·希区柯克
《吉尔达》*Gilda*（1946）	查尔斯·维多
《漩涡之外》*Out of the Past*（1947）	雅克·特纳
《逃亡》*To Have and Have Not*（1944）	霍华德·霍克斯
《空前绝后满天飞》*Airplane!*（1980）	大卫·扎克
《绅士爱美人》*Gentlemen Prefer Blondes*（1953）	霍华德·霍克斯
《恶魔》*Les diaboliques*（1955）	亨利-乔治·克鲁佐
《堕落的偶像》*The Fallen Idol*（1948）	卡罗尔·里德
《恐怖内阁》*Ministry of Fear*（1944）	弗里茨·朗
《三十九级台阶》*The Thirty-Nine Steps*（1978）	唐·夏普
《双重赔偿》*Double Indemnity*（1944）	比利·怀尔德
《煤气灯下》*Gaslight*（1944）	乔治·库克
《海角擒凶》*Saboteur*（1942）	阿尔弗雷德·希区柯克
《大钟》*The Big Clock*（1948）	约翰·法罗
《瘦人之歌》*Song of the Thin Man*（1947）	爱德华·巴泽尔

《屠夫》*Le boucher*（1970）	克劳德·夏布洛尔
《逃狱雪冤》*Dark Passage*（1947）	德尔默·戴夫斯
《飞瀑怒潮》*Niagara*（1953）	亨利·哈撒韦
《谜中谜》*Charade*（1963）	斯坦利·多南
《惊惧骤起》*Sudden Fear*（1952）	大卫·米勒
《盲女惊魂记》*Wait Until Dark*（1967）	特伦斯·杨
《神秘失踪》*The Vanishing*（1993）	乔治·斯鲁依泽
《惊狂记》*Frantic*（1988）	罗曼·波兰斯基
《副作用》*Side Effects*（2013）	史蒂文·索德伯格
《卡萨布兰卡》*Casablanca*（1942）	迈克尔·柯蒂斯
《科学怪人》*Frankenstein*（1931）	詹姆斯·威尔
《星球大战》*Star Wars*（1977）	乔治·卢卡斯
《四海本色》*Night and the City*（1950）	朱尔斯·达辛
《旋涡》*Whirlpool*（1950）	奥托·普雷明格
《爱人谋杀》*Murder, My Sweet*（1944）	爱德华·迪麦特雷克
《荒林艳骨》*Night Must Fall*（1937）	理查德·索普
《罗拉秘史》*Laura*（1944）	奥托·普雷明格
《迷魂记》*Vertigo*（1958）	阿尔弗雷德·希区柯克
《第三人》*The Third Man*（1949）	卡罗尔·里德
《男人的争斗》*Rififi*（1955）	朱尔斯·达辛
《爱德华大夫》*Spellbound*（1945）	阿尔弗雷德·希区柯克
《航越地平线》*Dead Calm*（1989）	菲利普·诺伊斯
《蝴蝶梦》*Rebecca*（1940）	阿尔弗雷德·希区柯克
《火车怪客》*Strangers on a Train*（1951）	阿尔弗雷德·希区柯克
《夺魂索》*Rope*（1948）	阿尔弗雷德·希区柯克
《西北偏北》*North by Northwest*（1959）	阿尔弗雷德·希区柯克
《贵妇失踪记》*The Lady Vanishes*（1938）	阿尔弗雷德·希区柯克
《不法之徒》*The Outlaw*（1943）	霍华德·休斯　霍华德·霍克斯

《热血》*Hot Blood*（1956） 尼古拉斯·雷

《辣手摧花》*Shadow of a Doubt*（1943） 阿尔弗雷德·希区柯克

《后窗》*Rear Window*（1954） 阿尔弗雷德·希区柯克

《爱丽丝梦游仙境》*Alice in Wonderland*（1933） 诺曼·Z. 麦克劳德

《天兆》*Signs*（2002） M. 奈特·沙马兰

《罗斯玛丽的婴儿》*Rosemary's Baby*（1968） 罗曼·波兰斯基

《午夜蕾丝》*Midnight Lace*（1960） 大卫·米勒

《海外特派员》*Foreign Correspondent*（1940） 阿尔弗雷德·希区柯克

《距贝克街 23 步远的地方》23 *Paces To Baker Street*（1956） 亨利·哈撒韦

图书在版编目（CIP）数据

窗里的女人 /（美）A. J. 费恩（A.J.Finn）著；于是译 . — 长沙：湖南文艺出版社，2018.2

书名原文：The Woman in the Window

ISBN 978-7-5404-8530-6

Ⅰ.①窗… Ⅱ.①A…②于… Ⅲ.①长篇小说—美国—现代 Ⅳ.①I712.45

中国版本图书馆 CIP 数据核字（2018）第 017657 号

著作权合同登记号：图字 18-2017-241

THE WOMAN IN THE WINDOW

Copyright © 2018 by A.J.Finn, Inc.

Simplified Chinese rights arranged through ICM Partners，Curtis Brown Group Limited and Bardon-Chinese Media Agency.

上架建议：畅销·心理悬疑

CHUANG LI DE NÜREN

窗里的女人

作　　者：	〔美〕A. J. 费恩
译　　者：	于　是
出 版 人：	曾赛丰
责任编辑：	薛　健　刘诗哲
监　　制：	吴文娟
策划编辑：	董　卉
特约编辑：	陈晓梦
版权支持：	文赛峰
营销支持：	李茂繁
封面设计：	利　锐
版式设计：	潘雪琴
出版发行：	湖南文艺出版社
	（长沙市雨花区东二环一段 508 号　邮编：410014）
网　　址：	www.hnwy.net
印　　刷：	北京京都六环印刷厂
经　　销：	新华书店
开　　本：	875mm × 1270mm　1/32
字　　数：	350 千字
印　　张：	12.5
版　　次：	2018 年 2 月第 1 版
印　　次：	2018 年 2 月第 1 次印刷
书　　号：	ISBN 978-7-5404-8530-6
定　　价：	45.00 元

若有质量问题，请致电质量监督电话：010-59096394

团购电话：010-59320018